LA DANZA DE PARÍS

MARÍA LÓPEZ VILLARQUIDE

LA DANZA DE PARÍS

PLAZA & JANÉS

Papel certificado por el Forest Stewardship Council®

MIXTO
Papel | Apoyando la silvicultura responsable
FSC® C117695

Penguin Random House Grupo Editorial

Primera edición: mayo de 2024

Para la elaboración de esta obra la autora recibió una ayuda para la movilidad internacional de autores literarios del Plan de Recuperación, Resiliencia y Transformación y por la Unión Europea – Next Generation EU

Printed in Spain – Impreso en España

ISBN: 978-84-01-03433-6
Depósito legal: B-4497-2024

Compuesto en Mirakel Studio, S. L. U.

Impreso en Rodesa
Villatuerta (Navarra)

L 0 3 4 3 3 6

Para todas las wilis que he conocido:
las que bailan y las que no

Esta noche hay un baile en el cementerio.

«*Die Jungfrau schläft in der Kammer*»,
HEINRICH HEINE

1

París, 1866

El cuerpo sin vida de un hombre se mecía lentamente a orillas del Sena con la suavidad y el ritmo de una mazurca rusa. Su piel había adquirido con la muerte una tersura extraña, como de anfibio lechoso, como de espectro húmedo. Se encontraba boca abajo: el cabello desparramado a ambos lados de la cabeza le daba un aire de Medusa colérica, y los brazos, dos aspas oscilantes, marcaban el vaivén de las olas que lo hacían batir contra el bolardo a merced de la corriente.

En el teatro Le Peletier, la sede de la Opéra, se celebraba mientras tanto el famoso baile de máscaras anual.

Théophile Gautier apuró de un trago la copa de licor de pera que acababan de servirle. Pensó que en su vida había probado una bebida más desagradable, pero inmediatamente rectificó: sí, lo había hecho, y en varias ocasiones, aunque en todas había sido mejor que aquélla. El tradicional baile de Carnaval comenzaba a resultarle aburrido y estúpido.

Dejó el vaso en una de las mesas improvisadas alrededor de las barandillas y el líquido pringoso se derramó sobre la madera. Sin importarle lo más mínimo, Théophile permitió que la bebida se absorbiera por las grietas de aquella superficie mal barnizada y trató de recuperar con la mirada a Félix, que ya se había perdido entre la multitud.

Alguien le tocó el hombro.

—¡Aquí lo tenemos! Monsieur Gautier: un año más, un baile más, ¿no es así? Supongo que hay ciertas costumbres que está bien que no se pierdan. —Un caballero sonriente que atusaba los extremos del bigote con la mano que le quedaba libre, sin dejar de sonreír, se dirigía a Théophile con el firme propósito de no apartarse hasta prender la mecha de una conversación—. Por cierto, enhorabuena: ampliar la familia es ilusionante. Imagino que estarás entusiasmado.

—Gracias, Pierre, aunque quien verdaderamente se alegra por todo esto es mi hija Judith, que es quien va a casarse.

El tal Pierre hizo el gesto de entrechocar su copa para brindar, pero se dio cuenta de que Théophile no tenía ninguna.

—Vaya, estás seco, amigo. ¿Quieres que me acerque a por algo de beber?

Era muy probable que lo último que necesitase Théophile en esos momentos fuera un brindis de celebración por el matrimonio de su hija. Aquella circunstancia, lejos de alegrarlo, lo asqueaba y lo atormentaba desde hacía meses. No podía soportar la presencia de su futuro yerno ni a diez metros de distancia; aquel fanfarrón, aquel engolado y pretencioso poeta de medio pelo que había hipnotizado con la peor de las artes a su dulce hija mayor... Qué desgracia.

—Gracias, Pierre, pero iba a retirarme ya. No me siento muy animado, creo que la cena me ha caído mal al estómago. Por cierto, ¿has visto a Félix? Hemos venido juntos, pero en cuanto ha puesto un pie en la sala lo he perdido de vista. Me gustaría despedirme.

—Sí, descuida: si lo veo, le diré que lo estás buscando, pero ¿de verdad vas a marcharte? El baile de máscaras te espera cada mes de febrero, ¿y tú vas a darle plantón así?

Forzó una sonrisa lo mejor que pudo y asintió sacudiéndose una serpentina que había caído sobre sus zapatos y mirando al suelo. No quería darle explicaciones. En realidad, Théophile no tenía ánimos para explicarle nada a nadie aquella noche y se arrepentía de haber accedido siquiera a acompañar a su amigo.

Tras unos segundos dudando, por fin se dio media vuelta. ¡Al cuerno con Félix! Seguro que se había encontrado con un cliente que querría felicitarlo por sus últimos trabajos o a una jovencita dispuesta a posar para sus fotografías. Pocas cosas ilusionaban tanto al fotógrafo como los voluntarios a dejarse retratar. Hacía tiempo que la amistad que unía a Félix Nadar con Théophile había traspasado las fronteras del trato profesional; tras varios años acudiendo a su taller el escritor se había convertido en su amigo, y la confianza les había dado pie a compartir risas y charlas entre sesión y sesión con aquellos calotipos o juguetitos al nitrato de plata que tan feliz hacían al fotógrafo. Durante todo aquel tiempo habían mantenido cientos de conversaciones, desde los chismorreos más calenturientos acerca de modelos sin pudor a la hora de desnudarse hasta las alocadas teorías de Balzac en sus primeros encuentros con el daguerrotipo (mucho se habían reído con la supersticiosa convicción de éste, que aseguraba que las fotografías robaban capas del alma humana al retratado en cada exposición). Pese a todo, la ambición de Félix y su afán por especializarse en retratos de personalidades relevantes del mundillo cultural de París siempre lo llevaban a apartarse de Théophile y a buscar la mejor forma de hacer prosperar su negocio. El baile de máscaras de Le Peletier era un pozo sin fondo de oportunidades en el cual Félix había preferido zambullirse esa noche, dejando solo a su amigo.

Se dirigió hacia la salida tratando de esquivar rostros conocidos y camuflados tras pedazos de cartón, cintas y polvillo multicolor, caras a medio cubrir dispuestas a felicitarlo por aquel matrimonio que sólo él adivinaba mal avenido. Cuando estaba a punto de alcanzar el ropero fue cuando lo reconoció: al igual que él, tampoco llevaba antifaz.

Catulle Mendès estaba apoyado en una de las macetas que adornaban el centro de la sala, cuyas palmeras gigantes dejaban asomar su silueta. Dichoso de ser el centro de atención de una charla con una atractiva joven que se cubría los ojos con una gasa negra y reía a su lado, él sonreía, estirando los labios bajo un bigotito de intelectual que Théophile consideraba repugnante, y alzaba las cejas convencido de su superioridad e ingenio. Al cruzarse sus miradas se le revolvieron las tripas: aquel desgraciado, aquella alimaña, no tenía vergüenza. ¿Cómo se atrevía a mostrarse delante de todos flirteando con una joven que no era su hija?

Théophile apretó los puños y comenzó a golpearse el pecho como un orangután al tiempo que respiraba dando grandes bocanadas. Algunos de los asistentes se agruparon a su alrededor: Théophile Gautier acababa de entregarse a una de sus conocidas excentricidades y, pronto, las miradas de sorpresa dieron paso a carcajadas de burla. Con este gesto, sin embargo, Théophile sólo trataba de calmarse. Había oído en una ocasión que ciertas tribus primitivas podían controlar así los ataques de pánico y, sin duda, él estaba sufriendo uno.

Catulle se volvió para fijarse también él en su futuro suegro y avanzó unos pasos para tenderle la mano.

—Buenas noches, monsieur Gautier. ¿Se encuentra usted bien? —le preguntó con sinceridad. Prefirió actuar con cinismo maquillado de amabilidad en vez de huir de aquel ridículo espectáculo—. No tiene usted buen aspecto. ¿Puedo ayudarle en algo?

«Por supuesto que puedes —pensó Théophile—. Puedes esfumarte, desaparecer de esta fiesta en general y de la vida de mi hija en particular, puedes dejar de comportarte como un ave carroñera que aprovecha los recursos ajenos en su propio beneficio, y de paso también puedes peinar un poco esa salvaje melena con la que te coronas la cabeza». Podía hacer muchas cosas, pero Théophile, en cuanto notó cómo su pulso recuperaba un ritmo más sensato y acorde a su respiración, sólo le pidió una. Se secó la frente y respondió:

—No estaría mal, ya que lo preguntas, Catulle, que comiences por venir a este tipo de celebraciones acompañado de mi hija. Al fin y al cabo, tenéis intención de casaros, ¿no? Más vale que empieces a acostumbrarte, ya sabes, a eso de la compañía de una sola mujer.

No había nada que enfureciera más a Théophile que la indiferencia a sus reproches y sus ataques, así que Catulle, por la pura satisfacción de molestarlo, obvió sus palabras y continuó:

—Un gusto coincidir en esta fiesta. Es la primera vez que vengo y estoy gratamente sorprendido. Usted, en cambio, tiene una larga tradición aquí, pero me ha parecido que le he cortado el paso de camino a la salida. ¿Me equivoco? Entiendo que iba a marcharse.

El corrillo de asistentes enmascarados se había multiplicado.

—¿Acaso debo justificar mi presencia o mi ausencia en este evento ante alguien como tú? —Théophile se recolocó el chaleco y se irguió con dignidad.

—En ningún caso —dijo Catulle—, pero, según había entendido, hasta hace unos años usted venía aquí puntual como un reloj suizo, y me apena adivinar que esa desmotivación reciente pueda estar relacionada con la falta del acompañante adecuado. Lamento mucho su pérdida, no se confunda usted, pero creo que la vida debe seguir disfrutándose por los vivos y a pesar de la ausencia de los muertos.

El comentario le pareció a Théophile una alusión directa a la muerte de Gérard Nerval, amigo inseparable desde la infancia, que se había quitado la vida hacía años. Ofendido e indignado —había ciertos límites que no debían traspasarse—, respondió hecho una furia:

—No te atreverás a profanar la figura de un alma noble e incomprendida, de un amigo verdadero. ¡Jamás consentiré una falta de respeto semejante! Si así lo deseas, atácame, Catulle, pero en la calle: tú y yo solos. Me niego a conceder un segundo más de espectáculo a toda esta gente —dijo alargando el brazo derecho hacia la concurrencia.

—¿«Un alma noble», dice usted? ¿Acaso un alma noble se pasea con un crustáceo atado a una cinta por los jardines de la ciudad o se baja los pantalones en público como si tal cosa? ¿Un alma noble se emborracha cada noche, pierde los estribos y tiene que pedir ayuda a su mejor amigo para que le saque del calabozo? ¿Noble le parece a usted alguien que decide colgarse de una viga de su buhardilla por ser incapaz de encarar los problemas de la vida real?

Aquella sarta de improperios y falsas acusaciones había ido demasiado lejos. Théophile no pudo contenerse y se abalanzó sobre Catulle.

—¡Desgraciado! ¡Qué sabrás tú del sufrimiento ajeno! Egoísta, que sólo piensas en ti. No te atreverás a corromper con tus sucias ideas a mi hija. ¡No entrarás nunca en mi familia!

Catulle hizo lo posible por cubrirse la cara antes de notar cómo el coloso enojado de Théophile dejaba caer todo su peso sobre su esmirriada figura. Los dos rodaron por el suelo, se enroscaron entre las alfombras y los restos del festín sin parar de propinarse puñetazos, bofetones e insultos hasta que los expulsaron.

Una vez fuera, Catulle dio un par de sacudidas a su traje y se recompuso el cabello revuelto. Pretendía regresar a su hogar como si nada hubiera sucedido y así lo hizo: se subió a una de las berlinas estacionadas a la entrada del teatro y dejó a su contrincante abandonado a su suerte en mitad del bulevar, con la rabia y la frustración hirviendo por sus venas.

Así fue cómo Théophile llegó hasta el paseo a orillas del Sena.

Caminó sin rumbo por el adoquinado que bordeaba el río, bajo los puentes. Por lo general, aquellas caminatas lo ayudaban durante sus bloqueos creativos y ordenaban sus pensamientos, pero esa noche, agitado todavía por la pelea con el prometido de su hija, esperaba sosegar sus ánimos.

Le parecía increíble que Judith pudiera haberse enamorado de aquel mequetrefe. Desde niña, había recibido una esmerada educación. Cuando comenzó a interesarse por las traducciones y el trabajo de documentación de su padre para escribir relatos de corte histórico, decidieron que ingresase en el convento de la Miséricorde para que la formasen las monjas. Théophile no podía estar más orgulloso de ella; sin embargo, no dejaba de preguntarse cómo era posible que una muchacha con tan buen ojo crítico en sus lecturas, tan observadora, tan curiosa y disciplinada, que aprendía de todo y a la que no se le escapaba ningún detalle, hubiera caído en las fauces de un embaucador de medio pelo como Catulle Mendès. Debía reconocer que, por desgracia, Judith no sólo había heredado el intelecto y la capacidad creativa de su padre, sino también la pasión arrebatada y algo inconsciente que caracterizaba a los Gautier. Sin duda, su hija estaba enamorada con la ceguera y el entusiasmo que sólo alguien como él podía llegar a manifestar.

Théophile había descendido por la rampa y se había sentado a mirar al infinito cobijado bajo uno de los *cagnards*, los depósitos para las lavanderas y el comercio fluvial que a esas horas estaban completamente desiertos. Allí, pensó que también había fracasado en la formación de sus hijas: Estelle y Judith no eran tan especiales como él esperaba. El agua comenzaba a empapar sus escarpines, pero no le molestó. Pensó que tal vez mereciera seguir hundiéndose en el agua hasta dejar que el Sena se lo tragara por completo, porque quizá, al desaparecer, podría acabar de una vez y para siempre con la angustia de su existir.

Recordó a su amigo Gérard. Era posible que un pensamiento de insatisfacción similar lo hubiera acompañado la noche en que decidió quitarse la vida. La tristeza llenó sus pulmones y Théophile, desesperado, rompió a llorar.

Entonces uno de los pies del cadáver chocó contra el suyo.

Théophile ya había visto muchos y en ocasiones muy diversas; pies de *demi-mondes* lujuriosas, de bailarinas; pies enfundados en botas de uniforme de soldados del Ejército que agitaban a multitudes durante enfrentamientos en plena calle; pies de camilleros que se llevaban a los enfermos durante la epidemia de cólera; pies de niños descalzos; pies de ancianos mendigos... Sin embargo, hasta ese momento, ningún pie de un muerto había rozado el suyo. Théophile se levantó, observó cómo asomaba desde la orilla y siguió con la mirada la línea de agua que cubría el resto del cuerpo sumergido; sin pensarlo, lo agarró por la pernera del pantalón.

—Pero ¿qué es esto?

Tiró del cuerpo hacia el lecho de piedras secas de la orilla. Una vez que sacó el cadáver, lo sostuvo entre los brazos y lo escudriñó. Pese a la deformación de la piel, hinchada por el paso de las horas, reconoció enseguida el rostro del *régisseur*, el director de escena de Le Peletier. Lo soltó, asustado. ¿No acababa de verlo en el baile? Théophile no estaba seguro de ello, pero Guido Philidor era una figura esencial en el ambiente de la Opéra, el responsable último de los cambios y las directrices que se daban a los bailarines sobre el escenario. Jamás faltaba a la celebración del baile de Carnaval, y sólo un motivo de extrema urgencia podría haberlo obligado a ausentarse. ¿Acaso existía uno más grave que la propia muerte?

Comenzaron a oírse, cada vez más próximas, las pisadas de unos botines de tacón: una joven con el rostro pastoso y el maquillaje a medio borrar que, igual que Théophile, regresaba del baile del teatro, caminaba hacia él. El escritor soltó el cuerpo de inmediato para sacudirse el barro y estirarse las mangas de la chaqueta. La simple idea de que alguien lo encontrara allí junto a un muerto le provocó un escalofrío que le recorrió el espinazo, pero, antes de que le diera tiempo a reaccionar, la joven ya había lanzado un grito de socorro.

Théophile dio un par de saltos para regresar a la acera, tropezó con la tela empapada de sus pantalones e intentó alejarse del río en una carrera grotesca que de nada le sirvió, ya que, en cuanto alcanzó la avenida principal, junto al puente, un oficial de policía le cortó el paso.

—¡Alto! ¡Policía! ¡Deténgase!

El cuerpo sin vida del *régisseur* de la Opéra había quedado allí tendido, a orillas del Sena.

Pronto se unieron a la joven unos cuantos trabajadores del mercado, una pareja de mendigos y un borracho despistado que se escabullía de las primeras luces de la mañana en dirección a su hogar. Todos caminaron curiosos hacia allí para ver lo que sucedía. Un coche de policía había aparcado junto al cuerpo. La muchedumbre, confundida, quería verlo todo sin perder detalle.

—Apártense, por favor. Hagan sitio, dejen pasar... Madame, no puede estar aquí. ¿Es que no ha oído a los oficiales?

A lo lejos, la figura de Théophile discutía con el agente para que lo dejara irse.

—¿Se puede saber qué pretende? —preguntó Théophile tratando de zafarse del oficial que lo sostenía por los brazos con fuerza—. ¡Suélteme! No he hecho nada.

—Monsieur, haga el favor de comportarse o me veré obligado a esposarlo: está usted huyendo de la escena de un crimen y deberá someterse a un interrogatorio.

Además del bochorno de haber sido reconocido por una mujer cuando sostenía el cuerpo del hombre muerto entre los brazos, Théophile se fijó en que un rastro de agua sucia lo unía directamente al cadáver. Se cubrió la cara con las manos, avergonzado ante su torpeza.

La mañana lo había alcanzado como principal sospechoso del asesinato del director de escena del teatro Le Peletier, y tuvo que reconocer que, por mucho que se hubiera lamentado hasta ese momento, las circunstancias, sin duda, siempre podían empeorar.

2

París, 1877

Eloise abrió la ventana de par en par. La mañana helada irrumpió en la cocina y, con ella, los ruidos procedentes del trajín de los vendedores de la rue Douai, que avanzaban hacia el mercado dispuestos a inaugurar el día. El jaleo la ayudaría a despertar a sus hijas, que en menos de una hora debían estar listas y salir de casa.

Vivían las cuatro en un diminuto apartamento en la planta superior de un edificio del elevado barrio de Montmartre que, sin embargo, Eloise había sabido aprovechar al máximo gracias a la separación ingeniosa de dos ambientes con una cortina: la cocina —una habitación provista de ventana, con una pared alicatada, un espacio para prender la lumbre que ni siquiera podía calificarse de chimenea y un depósito para el agua corriente, el bien más preciado de la casa— hacía las veces de salón, comedor, taller y dormitorio. Al otro lado de la tela que colgaba entre dos vigas situadas en medio de la estancia se encontraba el jergón donde dormían las niñas. Una cómoda con tres cajones albergaba las pocas pertenencias de la familia, y un barreño pegado a la pared del fondo se usaba para el aseo personal.

Fuera del apartamento, al final del pasillo, había un baño de uso común para las tres viviendas de la casa que casi siempre estaba ocupado. Tenían suerte de vivir en la última planta porque el baño les quedaba cerca, o al menos eso era lo que Eloise les recordaba a sus hijas antes de que cualquier tipo de queja se atreviera a asomar por la comisura de los labios de alguna de las tres.

Colocó tres pocillos sobre la mesa plegable y apartó el diván que también usaba como cama para que pudieran acomodarse; luego corrió la cortina y comenzó a gritar:

—¡El agua hierve, Marie!

Para asegurarse de que a ninguna se le pegaran las sábanas, Eloise llenó una escudilla con el agua helada que conservaba en la fresquera del alféizar y la volcó sin inmutarse sobre las niñas.

—¡No, madre! ¡Ya estaba despierta! ¡Basta! —Lo que le parecieron miles de cuchillas congeladas acababan de clavarse en la nuca de Marie, que recibió la mayor parte del aluvión. Se incorporó y salió de la cama.

La oscuridad de la habitación a las seis de la mañana parecía aún más negra que cuando Marie se había acostado hacía tan sólo unas horas; sin embargo, el día acababa de comenzar. Los inconfundibles gritos de su madre se superponían a los que llegaban de la calle. Marie se rascó la nariz y miró a su alrededor para reconocer el escenario habitual: su hermana mayor, Antoinette, de dieciséis años, estaba abrazada a la pequeña, Louise-Joséphine, de siete; ambas se cubrían con varias capas de mantas. A su lado estaba Lolo, un perrillo que, en cuanto vio que Marie asomaba sus pies fuera del lecho, empezó a mover la cola para seguirla.

—Venga, ¡levantaos de una vez! El café va a enfriarse y no tengo tiempo de volver a calentarlo. ¡Arriba!

Eloise no tomaba nada. A veces Marie se preguntaba si su madre dormía o si su madre comía, porque jamás la había visto hacer ninguna de las dos cosas.

—Ya voy, madre —respondió Marie—. Antoinette, ¿has visto mi ropa?

Sacudió a su hermana por el hombro y ésta, lejos de despabilarse, sólo lanzó un gruñido y se volvió a tapar con las mantas antes de responderle:

—¿Qué ropa? Ay, es muy pronto. Déjame...

—No encuentro el corpiño... Estoy segura de que anoche lo dejé junto a la silla porque estaba húmedo, pero ahora no lo veo.

—¡No! ¡Déjame! Se te habrá caído y estará en la cocina. Pregúntale a madre.

Con los brazos en jarras, Eloise se había plantado delante de Marie y le dirigía una mirada de reprobación. Apoyada en una de las sillas en donde las tres hijas deberían sentarse a beber su café aguado, junto a la mesa plegable, había una pila de prendas de colores, una pequeña montaña formada por sedimentos de batista, muselina y crespón endurecido por el uso. Eran sus ropas para acudir a clase y las estaban esperando. Marie entendía que su madre ya lo había dispuesto todo para que las niñas no perdiesen un minuto y se marchasen cuanto antes.

—Estaban junto al hornillo —le dijo señalando al otro lado de la habitación donde el fuego crepitaba con la olla hirviendo encima—. Siempre os digo que las dejéis estiradas porque, si se secan dobladas, se enmohecen y las arrugas acaban partiendo la fibra del tejido. No sé cuántas veces os lo habré repetido. ¿Cómo tengo que explicaros las cosas? —Eloise tendía a su hija mediana uno de los pocillos que humeaba con un líquido más parecido al agua sucia llena de posos que a un café—. Toma, anda, bébetelo antes de que se enfríe, vístete y márchate ya, que llegarás tarde. Y vosotras ya me habéis oído, ¡arriba de una vez!

Marie dio un sorbo a la bebida y no pudo reprimir un gesto de asco: sabía mal y estaba demasiado caliente.

—¡Esto no hay quien se lo beba, madre! Prefiero el té de madame Crosnier, que siempre tiene de sobra.

—¡Ni hablar! Os prohíbo que aceptéis nada que os ofrezca esa vieja bruja. —La madre abrió mucho los ojos, que se le pusieron rojos como dos bolas ensangrentadas al oír aquello. Apuntó con el dedo índice a la frente de Marie y le advirtió con firmeza—: Ni se os ocurra entreteneros hablando con ella o con quien sea a la salida del teatro: quiero que vengáis a casa directas. ¿Me has entendido, Marie?

A continuación le propinó una colleja a su hija mediana, que no pudo reaccionar más que encogiéndose, frunciendo el ceño y asintiendo resignada. Marie no comprendía qué motivos tenía su madre para que la portera de la Opéra le cayese tan mal. Era una mujer demasiado mayor como para hacerle daño a nadie, y siempre tenía un poco de sopa o una taza de té caliente para ofrecer a las chicas a la entrada o a la salida de las clases en l'Académie.

—Ya está bien, madre, no hacía falta que la golpearas, nos queda claro que no debemos perder el tiempo. —Antoinette hablaba en defensa de su hermana desde el otro lado de la cortina mientras se quitaba el camisón. Los cuatro años de diferencia que las separaban la convertían en la responsable del grupo.

Eloise enmudeció y continuó revolviendo la olla que estaba al fuego como si nada hubiera sucedido.

Terminaron de vestirse y salieron de casa.

En menos de lo que iba a tardar su madre en estirar las sábanas de la cama y pasar un agua a la coliflor para el guiso del mediodía, a las tres niñas les dio tiempo de correr calle abajo hacia el teatro y llegar puntuales al Palais Garnier.

—¡Buenos días, madame Crosnier!

Antoinette dio un empujón a Marie para evitar que se detuviera a hablar con la portera, tal y como acababan de ordenarles, y ésta no tuvo otra opción que agarrar de la mano a la pequeña Louise-Joséphine y seguir caminando.

Antes de quitarse el abrigo, Marie se volvió para mirar de nuevo a la anciana: sostenía una taza con las dos manos y saboreaba su bebida caliente con satisfacción. Luego regresó a la portería y cerró la puerta.

Sus hermanas ya subían las escaleras en dirección a los vestuarios, de modo que se dio cuenta de que se había quedado sola en la imponente entrada del teatro. Una ráfaga de aire se coló por entre las columnas de mármol que comunicaban con el acceso de los artistas. Recordó las palabras de su madre y sintió cierto miedo por estar sola donde no debía.

—¡Esperadme!

3

París, 1840

Fue aquella última bocanada de la pipa de Gérard la que le hizo pensar, por primera vez, en la idea de acostarse con un fantasma. La locura de recrearse a solas imaginando una mujer muerta pero presente en la forma de un espectro de sensualidad arrebatadora había comenzado a rondar por su cabeza aquella tarde. Pura fantasía. Deleite ilimitado.

Théophile dio una nueva calada y dejó que el humo se contoneara ante sus ojos como un espectro juguetón. Se inclinó hacia atrás para recostarse sobre lo que le parecían ochocientos cincuenta cojines de seda recubriendo aquella cama turca y comenzó a reírse ante su ocurrencia.

—Si sólo vamos a compartir la pipa, Théo, creo que prefiero irme a mi casa. ¿De qué te ríes? —Gérard Nerval se volvió hacia su amigo con mirada escrutadora. Llevaban semanas acudiendo al hotel Pimodan para disfrutar de los efectos de diversas sustancias psicotrópicas que los miembros del club llevaban allí de sus viajes por el extranjero, pero no eran las drogas lo que había unido a aquellos dos escritores: su amistad se remontaba a la época en que habían estudiado juntos en el Charlemagne; entre ambos no había secretos—. Cuando te adentras en tus propios pensamientos, nos dejas fuera a los demás y es imposible seguirte la pista. Vamos, cuenta...

—Es el humo, amigo. ¿No lo encuentras delicioso? ¿No te parece que su ligereza y volatilidad lo vuelven irresistible?

Gérard se incorporó y, pese a tener las pupilas dilatadas y del tamaño de dos aceitunas negras, trató de enfocar la mirada en su colega. La risa ya se le había contagiado.

—¿De qué estás hablando? ¿Acaso el humo te pone cachondo ahora?

No podían parar de reír. Desde el fondo de la sala, alguien les hizo un gesto con la mano para pedirles que se tranquilizaran. Aquél era un lugar de relajación.

—Nooo, amigo, ¿por quién me tomas? No me gusta el humo, me gusta su falta de permanencia, su movimiento sinuoso... Me recuerda a un espectro sensual, un espectro al que poder tomar entre las manos y...

—¿Ya estás otra vez con lo de tu deseo insatisfecho? Théo, no creo que sea nada de lo que avergonzarse, amigo, a todos nos ha pasado alguna vez. Si con Eugénie no se te levanta, igual es cuestión de que vengas aquí a fumar más a menudo... —Volvió a reírse, tapándose esta vez la boca para disimular.

—A todos no, no digas eso. ¡No me había pasado nunca! E insisto: no es que no se me levante, sino que ha dejado de gustarme... con ella. Es demasiado real a veces, ¿sabes a qué me refiero?

Gérard dio otra calada a su pipa y se recostó en el diván antes de responder:

—Por supuesto que Eugénie es real, Théo. Es una mujer. ¿Son sus cambios de humor lo que hace que mengüe tu libido? Porque si es así, amigo, me temo que no hay solución no real que valga. ¡Todas las mujeres se comportan igual!

Sus carcajadas salieron por la ventana y se oyeron más allá del muelle, y sorprendieron a un paseante que en ese momento cruzaba el puente Marie, próximo al hotel, y que pensó, equivocadamente, que se debía estar celebrando alguna fiesta en uno de los salones de la mansión.

Horas más tarde, los dos amigos tomaban una berlina a la altura del Liceo y compartían trayecto hacia el norte de la ciudad. Gérard vivía humildemente, en una buhardilla escondida en lo alto de una casa a las afueras, allí donde el adoquinado de París se transformaba en camino de tierra, y Théophile, en un lujoso apartamento de alquiler de la rue Navarin, en una encantadora vivienda de entre los cuarenta y seis mil edificios que se erigían en París y que el escritor pagaba gracias a sus codiciadas críticas de arte en *La Presse*. Ambos seguían dándole vueltas al asunto de la decaída de apetito sexual con Eugénie Fort, la madre de Totó, que a su vez era hijo ilegítimo de Théophile, una comprensiva y paciente muchacha con quien continuaba viéndose pese al poco interés que profesaban por contraer matrimonio o comprometerse.

—¿No crees que a veces el auténtico deseo se alimenta, precisamente, de esa insatisfacción del deseo mismo? —le dijo a Gérard, insistiendo en esa nueva teoría que parecía haberle sorbido el seso aquella tarde.

—No lo sé. Yo veo un par de senos turgentes y mi deseo se aviva de inmediato. No entiendo a qué te refieres.

Gérard, con los ojos vidriosos, y tambaleante por todo el opio que corría por sus venas, no alcanzaba las profundidades del discurso al que su colega se empeñaba en llegar aquella noche.

—Me refiero a la frustración, amigo. Hablo de esa belleza perfecta, eterna... Hablo del ideal que sólo una mujer que no sea real puede encarnar, aunque sea una paradoja. ¡Hablo de follarme a un espectro, Gérard! ¿Te imaginas?

Nada más pronunciarse aquella pregunta, el cochero frenó en seco. Acababan de llegar a la primera de las paradas indicadas: Notre-Dame de Lorette. Théophile se bajó con cuidado.

—Prefiero seguir dando un paseo, a ver si se me despeja la mente —le dijo a Gérard antes de despedirse, pagar su parte del trayecto y ver cómo el coche se alejaba entre la niebla nocturna. Allí, en mitad de la calzada, con la iglesia a su espalda y el mar de chimeneas recortando la vista del horizonte, no pudo evitar un escalofrío tenebroso que sirvió para espabilarlo.

La pregunta que había lanzado a su amigo sobre la posibilidad de imaginarse manteniendo relaciones sexuales con un espectro, como si se la hubiera llevado el viento que soplaba desde el canal, quedó sin respuesta.

4

París, 1866

La Sûreté Nationale se encontraba a poca distancia del punto en el que acababan de detener a Théophile, el mismo en donde habían levantado el cadáver de Guido Philidor, al que ya habían trasladado al depósito para que el médico forense le hiciera la autopsia. La resistencia del escritor frente al policía había provocado una situación incómoda y se había resuelto por la fuerza, con Théophile esposado e inmovilizado, conducido en coche hasta el despacho del comisario.

Durante el trayecto no había parado de quejarse, indignado ante lo que estaba sucediendo.

—Lamentarán este error: no se dan cuenta de las consecuencias que tendrá para la organización que se hayan confundido conmigo de esta forma. ¡Soy Théophile Gautier! ¡El mismísimo Théophile! ¿Qué tendrá que ver una personalidad tan relevante del mundo de la literatura como yo con un asesinato?

El oficial, sin molestarse en desviar la mirada de la ventanilla, se limitó a responder con voz monótona, como lo haría con un enajenado cualquiera:

—Monsieur, por favor, trate de mantener la calma. Una confesión sobreexcitada podría confundir a los agentes del orden. Le aconsejo que guarde silencio al menos hasta que lleguemos al despacho y sea usted interrogado.

—¡«Que guarde silencio», dice! ¿Acaso no ve usted en qué estado me llevan a un interrogatorio a todas luces fuera de lugar? Yo no he hecho nada. —Théophile se secó la frente con un pañuelo y maldijo en alto sus tristes circunstancias—: ¿Por qué demonios decidiría irme del baile? Seguro que Félix continúa allí todavía... Ah, la bohemia... Los artistas somos unos incomprendidos, siempre mecidos por el vaivén de las circunstancias más hostiles. Hoy, al calabozo; quién sabe si mañana el destino me empujará a la mendicidad...

El coche sorteó un bache con torpeza y los dos hombres dieron un bote que les hizo golpearse contra el techo.

—¿Es que no piensan terminar nunca estas malditas obras? —Théophile arremetía ahora contra la reforma de las calles y la construcción de los nuevos bulevares, que habían puesto patas arriba toda la zona centro de París, en las inmediaciones de Le Peletier—. En Neuilly no tenía este tipo de problemas para llegar de un punto a otro del barrio, ¡maldita sea!

—Ya casi hemos llegado, monsieur. Se lo ruego, mantenga la compostura o tendremos que retenerlo hasta que se calme. Así no podemos trabajar.

Condujeron a Théophile hasta el interior del edificio y le hicieron esperar en la segunda planta. El ambiente de aquella sala a las seis de la mañana se cargaba con olores nauseabundos procedentes de un grupo de mendigos encerrados en una celda. Uno de ellos llevaba el pantalón cubierto de restos de vómito con una alta concentración de alcohol, y Théophile no pudo reprimir un comentario, incómodo por tener que mezclarse con aquella gente:

—Ya ni siquiera se guardan las formas... ¡A mí jamás nadie me ha hecho esperar para una entrevista!

El policía se volvió para cerciorarse de lo que Théophile acababa de decir. ¿Acaso aquel majadero pensaba que iban a entrevistarle? Caminó hacia el banco en donde el escritor estaba sentado, con las manos sujetas por los grilletes que él mismo acababa de cerrarle, y le dijo, con tranquilidad lastimosa, como si se dirigiera a un anciano demente en vez de a un sospechoso de asesinato:

—Son las seis de la mañana, monsieur. No hace ni media hora que usted estaba arrodillado junto al cadáver de un hombre, a orillas del Sena, ¿recuerda? Son detalles que deberá explicar al comisario en cuanto llegue; si colabora y habla con tranquilidad, si explica bien lo que ha sucedido, estoy seguro de que podrá estar en su casa en menos de una hora, monsieur.

—Está bien, le diré que me marché de un baile en el que ya no saben ni ofrecer un buen licor de pera, un lugar en el que mi amigo Félix Nadar me dejó abandonado a mi suerte por perseguir clientes y modelos para sus proyectos, allí donde el imbécil de Catulle insistió en provocarme con sus comentarios... ¡Eso sucedió! Si no me hubiera ido de esa fiesta, jamás habría encontrado el cadáver del que me hablan. —Al instante, se levantó de su asiento y agitó los brazos en el aire, convencido de que acababa de tener una gran idea—. ¡Ya lo tengo! Busquen a Catulle Mendès. Es un necio, pero estoy seguro de que podrá testificar sobre lo que les cuento: él estaba conmigo, discutimos acaloradamente y nos expulsaron del teatro. ¡Si es que tengo una mente privilegiada! ¿Cómo no se me había ocurrido esto antes? ¡Claro que sí! Él será mi salvación.

Localizar al prometido de su hija no iba a ser complicado: Catulle se encontraba en su domicilio, en la dirección proporcionada por el escritor, y en menos de una hora lo habían traído a la Sûreté Nationale para prestar declaración.

Théophile se encontraba al otro lado de los barrotes, envuelto en el peor de los olores posibles, cuando llegó Catulle, supuestamente, para ayudarlo a ser puesto en libertad con su testimonio. El joven lo miró con delectación.

—No me lo puedo creer, es usted la viva imagen de la derrota, monsieur Gautier. ¿Así que ahora resulta que necesita de mi ayuda? ¿Y cree usted que voy a ser tan estúpido como para colaborar a cambio de nada?

Catulle se paseaba frente a él, deslizaba los dedos de una mano por los barrotes que los separaban y, con la otra, se acariciaba el mentón. Tenía ante sí una oportunidad inmejorable para ridiculizar al fantoche de su futuro suegro y quería obrar con meticulosidad, exprimir la ocasión y saborearla. Se detuvo a unos palmos de distancia de Théophile y le habló alto y claro:

—Retractarme hace un año del anuncio en prensa del enlace con su hija fue una de las experiencias más humillantes que recuerdo. —Miraba a los ojos al anciano que, entre rejas y con la ropa hecha unos zorros, daba un aspecto lastimoso. Pero, lejos de amedrentarse, recordar aquella historia avivó en su interior el fuego de la rabia, y Catulle comprobó cómo aumentaba su brillo a medida que le hablaba—: Le recuerdo que, por petición suya, tuve que escribir yo mismo una carta al periódico para que desmintieran la noticia y, como consecuencia, los chismorreos de todo París me comieron vivo durante los meses siguientes. ¡Judith estaba decidida! ¿Por qué tuvo usted que meterse en medio?

Théophile se agarró a la verja y alargó un brazo para tratar de alcanzar la cara de Catulle, pero el guardia se adelantó y le obligó a echarse hacia atrás.

—¿Cómo tienes tan poca vergüenza? Mi hija es una chiquilla a la que le has sorbido el seso con tus versos parnasianos. ¡No llevabais ni un mes viéndoos! ¿A quién se le ocurre anunciar la boda en el periódico?

—Su hija es mayor de edad y puede hacer lo que desee sin necesidad de contar con el beneplácito del psicópata de su padre.

—¡Desgraciado! ¡Ven aquí! Verás cuando te agarre, hijo de la gran… ¡Vuelve!

El guardia sostenía a Théophile por los hombros para inmovilizarlo y Catulle lo observaba desde la distancia. Había logrado alterarlo lo suficiente, llevarlo al extremo de su autocontrol, y a partir de ese momento podría pedirle lo que quisiera.

—Permítame que ahora me cobre mi particular venganza y sea usted el humillado: no es por nada, pero tiene muy mal aspecto y, si los periódicos lo descubren de esta guisa, me temo que el cotilleo esta vez llegará hasta más allá de Neuilly.

Hacía semanas que Ernesta, la madre de las niñas, había dejado de hablar a Théophile, amenazándole con echarlo de su casa en el barrio aledaño al Bois de Boulogne, elitista donde los hubiera. Su comportamiento al negarse a aceptar el matrimonio de Judith había desatado una auténtica batalla campal en la casa. Pensando en el ambiente hostil que le esperaba al regresar al hogar —significara lo que significase en esos momentos la palabra—, Théophile consideró la opción de quedarse a vivir en el calabozo para siempre, pero enseguida concluyó que no tenía otra alternativa: debía acceder a lo que Catulle le pidiese o someterse a más interrogatorios. Lo acusaban de asesinato y su mayor enemigo era su única coartada. Debía dejar el orgullo aparcado a un lado y suplicar, un trago amargo y doloroso.

Odiaba a Catulle Mendès, tal vez por la imagen que el propio Catulle Mendès le devolvía de sí mismo: en el fondo no eran tan diferentes y aquella realidad lo roía por dentro.

—Vamos —le dijo tras respirar hondo y calmarse un poco—, sabes que estoy desesperado. Diles que no soy yo quien mató a ese pobre desgraciado porque en el momento de su muerte nos estábamos dando unos cuantos sopapos a las puertas de Le Peletier, que acababa de verte flirteando con una jovencita delante de mis narices. Vamos, que no se diga que no estás dispuesto a echar una mano a tu futura familia.

Catulle se acarició la melena estropajosa antes de responder sin perder la compostura. Era cierto que le gustaban las mujeres. No podía negar que esa cuestión había puesto a Judith más irascible de lo normal en los últimos meses. Reconoció que las cartas ansiosas y los celos de ésta habían estado a punto de hacerle perder los estribos y mandar al cuerno la relación, pero que abandonar no era una posibilidad: había invertido mucho en hacerse un hueco en el círculo de escritores y los Gautier se codeaban con todos ellos. No podía perder esa batalla; tener a Théophile de su lado era un precio muy alto, pero se casaría con su hija y para ello iba a pagar lo que hiciera falta.

Fue en ese momento cuando vio con claridad lo que iba a pedirle.

5

París, 1877

Se descalzaron nada más cruzar el portón de la entrada trasera porque la suciedad de la calle y los restos de barro, hollín y hojas secas deterioraban las tablas del suelo, las pudrían, las hinchaban y las partían en astillas que, si se clavaban en los pies, podían ser especialmente dolorosas.

Las tres hermanas dejaron sus prendas en los vestuarios, amontonadas sobre uno de los bancos y cubiertas por una lona que servía para protegerlas de miradas curiosas. La ropa permanecería esperando a las bailarinas hasta que éstas terminaran la última clase en la pausa del mediodía. Por la tarde, si no había función, las retiraban y regresaban con ellas a casa.

Al final de la semana, las bailarinas de l'Académie de Musique et Danse de la Opéra de París recibían una paga modesta de unos diez francos que, en el caso de las hermanas Van Goethem, suponía la principal fuente de ingresos de la familia. Entregaban a su madre las monedas y ella las juntaba con lo poco que percibía por su trabajo de lavandera. Salían adelante, pero no podían permitirse el lujo de faltar a clase.

Las tres recogieron sus zapatillas en la sala en donde otras quince o veinte muchachas como ellas formaban un amasijo de chillidos, risas, quejas y comentarios; se ayudaban a vestirse y desvestirse unas a otras. Las más afortunadas se perfumaban y se colocaban alrededor de los recogidos largas cintas de raso de colores, a juego con el corpiño. Otras, como ellas, iban desprovistas de adornos, guardaban a diario las horquillas con las que se armaban un moño bien apretado en lo alto de la coronilla y trataban de recordar cada tarde la importancia de dejar secar las prendas al calor de la lumbre para que no se cuarteasen.

Desde el interior de la sala de ensayos ya se oían las primeras notas del piano. Marie corrió a su sitio, al fondo, pegada a la pared; en cuanto se detuvo de golpe, y antes de poder agarrarse a la barra, algo en el suelo la hizo resbalar. Cayó y se golpeó el trasero ante la atenta mirada del profesor, que enseguida alzó la voz para poner orden en el aula. Todas las chicas rieron sin parar.

—¡Ya está bien, señoritas! Basta. ¡He dicho que basta! Esto no es el mercado de Les Halles. Aquí venimos a trabajar con disciplina y seriedad. ¿Quién ha sido? —Se acercó a Marie y la ayudó a levantarse—. La próxima vez sea puntual y revise las tablas antes de colocarse.

—No había visto la regadera, monsieur. Me pareció que el suelo estaba seco.

Junto al rodapiés que unía el espejo con el suelo de tablas del aula descansaba una regadera que siempre estaba llena de agua. Las bailarinas la utilizaban para humedecer la zona sobre la que trabajaban y limpiar así los restos de resina con la que embadurnaban las zapatillas de puntas, pero a menudo alguna le gastaba una broma a otra y vertía agua en exceso para provocar un resbalón, como acababa de sucederle a Marie.

El maestro continuó con el siguiente ejercicio al ritmo de la melodía al piano que llenaba toda la sala.

—Y... ¡uno, dos, tres y cua...! Stephanie, meta la barriga. ¡Firmes esos muslos, chicas!

Los golpes del bastón repercutían en las sienes de Marie con el ritmo de la música. El maestro, monsieur Auber, un hombre mayor de edad indeterminada, pero con arrugas y canas de anciano, se paseaba por la clase aferrado a su herramienta como si fuera un improvisado diapasón; golpeaba el suelo, pero a él nadie le pedía que fuera tan cuidadoso con las tablas como debían serlo ellas con el calzado y la suciedad de los adoquines en el exterior. Marcaba el ritmo, batía los silencios y acompañaba con violencia la melodía de la pianista. A cada rato hacía una pausa para sentarse y acercar el rostro a una diminuta caja de malaquita llena de polvo de rapé, su fiel compañero de trabajo; luego proseguía con las correcciones de las chicas.

—¡Basta! Gracias, Mathilde, es suficiente. —Interrumpió la pieza para explicar algo y, tras alzar el brazo derecho, la pianista entendió el gesto e inmediatamente dejó de tocar—. Arrastren los dedos de los pies, el talón es lo último que toca el suelo. ¡No olviden eso o parecerán un atajo de ovejas en mitad del escenario! Gracilidad, puntas... —Se alzó el pantalón para mostrar una perfecta colocación de tobillos y una primera posición tal y como debía ser.

En ese momento alguien llamó a la puerta.

Marie aprovechó para aflojar las rodillas y apoyarse en la barra. Sus compañeras hicieron lo mismo; no habían transcurrido ni cuarenta minutos desde el comienzo de la clase, pero estaban extenuadas. Llegar al final del día era una auténtica lucha contra sus cuerpos maltrechos y mal alimentados. Formarse como bailarina en l'Académie era para Marie una manera terrible de ganarse la vida, pero ni ella ni sus hermanas tenían alternativa. Le convenía no pensarlo demasiado y seguir esforzándose como por inercia.

Durante la pausa, el maestro se dirigió a la puerta y abrió una pequeña rendija por la que se coló la música de violín, las zancadas y el rebote de los grandes saltos sobre el entarimado procedente del aula de los chicos, al otro lado del pasillo. Las bailarinas aprovecharon para asomarse y verlos: no les estaba permitido mezclarse salvo durante los ensayos para las representaciones, pero cualquier vistazo era un regalo que amenizaba la monotonía de sus jornadas.

—¿Otra vez él? —preguntó el maestro incómodo a alguien situado al otro lado de la puerta—. Deberá tener más cuidado y ser puntual. Este tipo de interrupciones son una molestia.

En el interior del aula, las alumnas no lograban entender las respuestas que llegaban del pasillo, pero debieron de ser convincentes. El maestro rebajó el tono de su voz:

—Está bien. Dígale que pase, pero que se siente en la esquina de la ventana, que desde ahí no interrumpe a las niñas.

Alguien había anunciado la llegada del artista, un hombre maduro, no un anciano como monsieur Auber, pero con edad suficiente como para ser el padre de cualquiera de las chiquillas que trabajaban en la sala. Llevaban viéndolo por allí desde hacía semanas y los rumores aseguraban que visitaba las instalaciones de l'Académie ya en los tiempos en que ésta se ubicaba en la rue Le Peletier. Marie se lo había encontrado alguna vez acompañado de un cartapacio con papeles y un estuche de lápices de colores; se había fijado en su desgarbada y poco agradecida figura al intentar acomodarse adoptando posturas imposibles entre el hueco de las escaleras y el rellano de la entreplanta mientras observaba y garabateaba. Hasta entonces ninguna de las bailarinas de su clase se había atrevido a hablar con él. Decían que era un hombre muy famoso y que sus cuadros se vendían en los Salons, pero a Marie eso le daba igual porque ella nunca había pisado ninguno. Imaginó que aquel hombre debía de poseer una fortuna.

—Mira, es el pervertido otra vez. No me puedo creer que le dejen entrar en el aula...

Monique, una de las compañeras de Marie, dijo aquello con disimulo al agacharse y tomar una gamuza con la que se secó el sudor del cuello. Tenía más o menos la edad de la hermana mayor de Marie, pero era más alta y estaba más desarrollada. Consciente del aspecto maduro que comenzaban a adoptar sus formas, la joven tenía siempre un comentario atrevido en la punta de la lengua y estaba obsesionada con los hombres mayores, con el sexo y con todo lo que las chicas como ella podían conseguir en ese terreno.

—¿Por qué lo llamas «pervertido»? —preguntó Marie—. Yo sólo lo he visto mirar.

6

París, 1840

Eran guapos y también eran jóvenes: la pareja formada por Carlotta Grisi y Jules Perrot acababa de llegar a París con ganas e ilusión. Pese a que él no quería reconocerlo, lo cierto era que el talento de ella rebasaba con creces la técnica trabajada durante años que él ostentaba. Se habían convertido en amantes no mucho después de haberse consolidado como alumna y profesor años atrás, cuando se conocieron en Nápoles, y, para cuando consiguieron que aquel invierno los programaran en el teatro de la Renaissance con una interpretación de *El zíngaro*, ambos estaban convencidos de que la ocasión cambiaría sus vidas para siempre.

Cada uno a su manera, eso sí.

Él quería un contrato con la Opéra y estaba dispuesto a arriesgar lo que hiciera falta. Apostaba por conseguirlo junto a ella, no sólo su alumna más aventajada, sino la mejor de sus *partenaires*, pero tampoco ponía la mano en el fuego por aquella relación si, llevado a la circunstancia de elegir, tuviera que sacrificarla por aquel puesto.

Carlotta, por su parte, aún no había cumplido los veinte años y su ambición no se proyectaba tan alto; agradecía la oportunidad y aceptaba el afecto de Jules, que había estado a su lado desde que era una niña, pero algo en aquella relación la convencía, cada vez con más claridad, de que no estaba enamorada.

—Si consigues el contrato, te instalarás aquí y yo vendré a verte. Puedo decirle a mi hermana que me acompañe, siempre ha querido conocer París. —Carlotta miraba a Jules con dulzura, confiaba en el talento del bailarín y lo apoyaba en sus objetivos sin prestar demasiada atención a los suyos propios—. ¿Crees que le darían clases de canto en la Opéra si decimos que somos familia tuya?

Jules sonreía halagado por la seguridad de la joven, pero no quería aferrarse a la idea del éxito antes de tiempo.

—Querida, no creo que impartan clases de canto a cualquiera que no esté debidamente matriculado para recibirlas, pero, si finalmente ingreso como bailarín, me aseguraré de que la tengan en cuenta, por supuesto.

Él se inclinó para besarle la frente y ella hundió la cara en su cuello para colmarlo de besos.

Pasaron la mayor parte de la tarde siguiente en el teatro, rodeados por otros bailarines y participantes en las diferentes piezas que se representaban esa noche. Debían ensayar sin descanso, repasar la coreografía aprendida hasta la saciedad, matizando y puliendo cada uno de los pasos para evitar errores y tropiezos. Aunque ya habían actuado en París en dos ocasiones, aquélla era diferente: el teatro de la Renaissance abría sus puertas por primera vez, auspiciado por los elogios de figuras como Alexandre Dumas, y la posibilidad de participar en el programa les brindaba a los artistas las mejores oportunidades para darse a conocer en el mundillo. Pese a que el proceso de apertura había sido una empresa ambiciosa que se sostenía con no poco esfuerzo gracias a las referencias de los amigos de su director, Anthénor, el Renaissance había logrado por fin abrir sus puertas con el apoyo de Victor Hugo y los artistas y escritores que formaban parte de su séquito.

Ninguno debía perderse la intervención de Jules Perrot y Carlotta Grisi de *El zíngaro*. Tampoco Théophile Gautier, que esa misma mañana había brindado junto a Anthénor con una copa de jerez en su apartamento de la rue Navarin.

—Sabes que, mientras esté en disposición de desplazarme hasta Saint-Martin, jamás te faltará una reseña en el periódico de cualquiera de tus programaciones —le dijo con seguridad a su amigo, que comenzaba con aquel proyecto su nueva andadura como empresario.

—¿Debo rogarle a Dios para que no te deje cojo y puedas venir hasta aquí en las próximas semanas, entonces? Se avecina una temporada interesante y cargada de nuevos talentos que espero que no te pierdas, Théo.

—Cuenta con ello, amigo, aunque en mayo tengo previsto iniciar un nuevo viaje y es muy probable que le pida a Gérard que me sustituya. Creo que ya es hora de cobrarme alguno de los favores que me debe. —Tomó la copa para ver al trasluz el aterciopelado contenido que estaban degustando—. A mi regreso de España prometo traer varias botellas de este vino delicioso. ¡Brindemos de momento por los éxitos que vendrán!

Las copas entrechocaron y los dos rieron confiados.

—Gérard Nerval es capaz de camuflarse a la perfección entre tus frases. No creo que sea un problema mientras mantenga al público informado de cada evento a un ritmo semanal.

—Pierde cuidado, Anthénor, no se me ocurre un mejor sustituto: Gérard me conoce como nadie y sabe perfectamente cómo pienso.

7

París, 1866

Judith fue la primera en identificar aquel lamento grave y quejumbroso que graznaba desde la acera, en la puerta de su casa, con la voz de su padre.

Desde hacía unos años, cumplida la veintena, la hija mayor de Théophile Gautier, al notar cómo se engrosaban sus caderas, había desarrollado la costumbre de levantarse mucho antes que los demás para tenderse en la alfombra de su dormitorio y ejercitarse con una serie de movimientos que, según las páginas de sociedad de *Le Petit Journal*, eran muy recomendables para las señoritas. Luego se pasaba un agua —no era una muchacha dada a la transpiración, por suerte, una peculiaridad que había heredado de su tía—, se vestía y bajaba a reunirse con el resto de su familia para desayunar un pomelo, dar un par de sorbos a su taza de té y emprender una nueva jornada. Esa mañana iba Judith por el cuarto salto coordinado con elevación de brazos cuando los lamentos de un hombre al otro lado de la verja que rodeaba la casa interrumpieron su rutina de ejercicio.

Miró de nuevo el reloj de la mesilla de noche. No eran ni las nueve. ¿A qué venía aquella escandalera? Neuilly era un área tranquila y alejada del bullicio tan habitual en el centro de París, allí nunca había altercados. Se incorporó para abrir la ventana con cuidado y oír mejor.

—¡... no debe hacerlo! ¡Se arrepentirá, *ma petite poupée*! ¿Por qué no me escuchas?

No podía ser cierto... ¿Era su padre? Judith agarró su abrigo y, sin pensar si había alguien más despierto en la casa, corrió escaleras abajo para abrirle la puerta.

Al cruzar el parterre que separaba la entrada principal de la verja exterior, comenzó a lanzarle una reprimenda:

—Pero ¿se puede saber qué haces aquí? ¿Estás bebido? Padre, no puedes aparecer así y montar un espectáculo como éste un domingo por la mañana. ¡Este es un barrio decente! —Fue al abrir la verja cuando reconoció a dos miembros de la policía que sostenían a Théophile Gautier, uno por cada brazo. Un coche esperaba unos metros más atrás.

—Mademoiselle, disculpe la interrupción. Lamentamos mucho si se ha asustado, pero monsieur Gautier nos ha dado esta dirección.

—Imagino que no han podido hacer nada para que se callara... —Judith tenía los brazos cruzados bajo el pecho y alzaba una ceja con aire escéptico ante aquellos dos oficiales que le pareció que tenían pocas ganas de trabajar a esas horas de la mañana—. ¿Alguien sería tan amable de explicarme lo que está pasando?

Al decir aquello, del coche que se encontraba aparcado detrás salió otro oficial acompañado de su prometido, Catulle Mendès. Judith no daba crédito.

—Pero ¿qué es todo esto? ¡Mi amor! ¿Estás bien? —Corrió a los brazos de su novio para besarlo y tratar de tranquilizarse.

Desde el interior de la casa llegaba el ruido de alguien que bajaba las escaleras con trote descontrolado. Se trataba de Estelle, la menor de las dos hermanas, que en cuanto había oído a su padre también había querido salir, asustada y gritando, en dirección a ellos, y con la madre, Ernesta, unos pasos por detrás.

—Mademoiselle, esta madrugada hemos encontrado a monsieur Gautier junto al cadáver de un hombre a orillas del río. Lleva prestando declaración desde entonces. Y, al parecer, gracias al testimonio de su prometido, aquí presente, el comisario ha decidido dejarlo en libertad sin pruebas.

Judith, ignorando las palabras del oficial, había corrido a abrazarse a Catulle, que los miraba a todos con ojos de cordero degollado. En un suave murmullo, éste se atrevió a confesar a su novia:

—Me encontré con él en la fiesta de Le Peletier, querida. Tuvimos un altercado y la discusión se nos fue de las manos... No me siento orgulloso, desde luego, pero puedo garantizar que, a la hora en que ese hombre fue asesinado, tu padre estaba conmigo en la Opéra.

—¡Tenemos cientos de testigos! —Théophile, tratando de zafarse de los oficiales, se inclinó hacia su hija—. Entre ellos, sin ir más lejos, la mujer que iba contigo. ¡Sinvergüenza! —Señaló a Catulle con todo el odio que tenía dentro para dirigirse luego a Judith, pero uno de los agentes le cortó el paso antes de llegar a rozarla—. Maldita sea, ¿es que tampoco me van a dejar darle un abrazo a mi hija?

El oficial lo sostuvo con firmeza mientras su compañero se colocaba entre él y Judith para evitar una reacción violenta hacia la mayor de sus hijas. Catulle aprovechó para lanzar él también sus quejas:

—¡Viejo estúpido! ¡No sé de qué mujer está hablando! —Se volvió hacia su prometida y le besó las muñecas—. Había mucha gente en la fiesta, tal vez alguien que se estuviera riendo de uno de mis comentarios. ¡Sabes que yo...!

—Tranquilo, querido, mi padre está aturdido y probablemente lo diga por despecho. —Judith, muy seria, trataba de tranquilizarlo sin dar importancia a los comentarios de su padre—. Pero ¿por qué siempre tenéis que acabar peleándoos?

—Porque es un testarudo: no hace ni veinte minutos que lo he sacado del calabozo y ya está otra vez intentando alejarte de mí. —Catulle se volvió hacia Théophile, que se esforzaba en vano por zafarse del policía para ir a abrazar a su hija—. Dígale ahora lo que me ha prometido. Vamos, actúe en consecuencia.

—¡Ya basta! Volved dentro, que estamos regalando un espectáculo a los vecinos por el que nadie ha pagado.

Ernesta acababa de asomarse a la entrada. Llevaba el cabello enroscado bajo la redecilla con la que había pasado la noche y no había tenido ocasión de arreglarse para recibir a nadie. Cubría su sencillo vestido de estar por casa con un chal de punto que Théophile reconoció que pertenecía a su hermana Carlotta, y verla de esa guisa lo enervó todavía más. Era como asistir de nuevo al baile de disfraces. Supo nada más tenerla delante que la relación se había roto del todo: Ernesta fruncía el ceño, esquivaba la mirada de Théophile y, como era costumbre en momentos de nerviosismo, se levantaba los padrastros de los dedos de la mano izquierda con los de la derecha. Aquella pantomima absurda había sido la gota que colmaba el vaso: no sólo no iba a consentir que Théophile volviera a poner un pie en aquella casa, sino que iba a asegurarse también de que jamás volvieran a ponerse en ridículo delante del vecindario con un espectáculo como aquel.

—Ernesta, estábamos teniendo una conversación importante antes de que llegaras. Al caballero —señaló con la mano lánguida hacia Catulle— le gustaría venirse a vivir aquí en cuanto se oficien los desposorios y me ha pedido que sea yo quien abandone la vivienda, ¡algo que en absoluto estoy dispuesto a hacer! ¿O qué pensabas, botarate?

—¿Cómo que no? Me prometió que lo haría. ¡Yo he cumplido con mi parte del trato!

—¡Estupendo! Pues creo que ya está todo aclarado. —Ernesta se abría paso entre los oficiales y, con aspavientos, trataba de apartar a Théophile de la pareja formada por su hija y por Catulle—. No sé de qué asesinato están ustedes hablando, pero es evidente que este mequetrefe no sería capaz de cortarle el cuello a una mosca. Por favor, llévenselo lejos de aquí.

Théophile no daba crédito ante la crueldad de la madre de sus hijas, que pasó un brazo por la espalda de Catulle y condujo a la pareja hacia la vivienda hasta asegurarse de que se alejaban lo suficiente, no sin antes dedicarle una mirada de odio mientras éste se dirigía a ella:

—¿Se puede saber adónde quieres que vaya, Ernesta? Ésta sigue siendo mi casa, a pesar de tu desprecio.

Ernesta, en cuanto vio que su hija y Catulle habían desaparecido en el interior del salón, se volvió hacia Théophile y dejó claras sus intenciones:

—Regresa a la pensión en donde llevas escondiéndote todo este tiempo. ¿O es que crees que no me he dado cuenta de que tienes un maldito picadero al lado de la Opéra? —Luego se dirigió a los policías—: Si él no les ha dado la dirección, ya se la doy yo: está en rue Jacob. Y ahora, si no les importa, ¿serían tan amables de despejarme la entrada, por favor? Gracias...

—Pero entonces ¿vas a permitir que este cretino se instale aquí con vosotras? —La humillación de Théophile no podía ser mayor. Dirigió una mirada acuosa hacia la madre de sus hijas y le dijo, solemne—: Te arrepentirás de apoyar toda esta farsa, Ernesta. Eres tan consciente como yo de que este matrimonio está abocado al fracaso.

—¡No, Théo! Te equivocas. No todos los matrimonios son un error. —El resentimiento personal salía a la luz. Théophile se había resistido siempre al matrimonio, primero con Eugénie Fort y luego con ella. Estaba convencido de que todas las relaciones eran iguales. Ernesta había aguantado mucho de Théophile y, en ese momento, aliada con la mayor de sus hijas, encontraba la vía perfecta para terminar de alejarse de él de una vez por todas—. Que haya tenido que ser Catulle quien te salvara el pescuezo da cuenta de lo equivocado que estás con tus prejuicios, Théo. Aléjate de esta casa y no vuelvas a molestarnos.

Tras decir aquello, desapareció ella también tras la cortina de la entrada.

Sólo la pequeña Estelle, una adolescente de buen corazón que quería a su padre por encima de todas las cosas, y pese a los esfuerzos de su madre por ponerla en su contra, esperó a que se quedaran solos para abrazarlo.

—Vamos, te acompañaré a la pensión, papá.

Ambos subieron al coche de la policía escoltados por Marcel Douter y se alejaron de la pacífica área residencial en dirección al centro bullicioso de París.

8

París, 1877

De la mano de su hermana pequeña, envuelta en un abrigo y abrazada a su falda, Marie regresaba a su casa cuando la noche empezaba a cerrarse. Apretaba el paso más por el frío que comenzaba a helar sus pantorrillas todavía sudadas por la clase que acababan de terminar que por seguir las indicaciones de su madre.

Que no se entretuvieran con nada.

Que no hicieran caso de lo que les pudiera decir nadie.

Que fueran directas a casa.

Le pareció oír alboroto proveniente del interior de uno de los cafés de la rue Vivienne, donde en ese momento se abría una puerta para dejar salir a varias personas.

—¿Cruzamos por el pasaje, Marie? —La pequeña Louise-Josephine tiraba del extremo de la falda de su hermana e insistía en que se desviaran para pasar por la galería. Sabía que sólo la llevaba por ese recorrido cuando llovía, para ahorrarse los charcos y no ir a saltos de un escaparate con toldo a otro, así que extendió la mano para demostrarle que caían las primeras gotas de lo que se adivinaba una tormenta de invierno—. ¡Mira! Parece que comienza a llover, ¡vamos!

A regañadientes, Marie aceptó cruzar por allí. Los pasajes de las inmediaciones de la Opéra, originalmente construidos para refugiar a los paseantes durante los días de lluvia, eran una de las zonas más majestuosas del distrito: una serie de calles cubiertas con hermosos techos de escayola y cristaleras, suelos de mármol meticulosamente tallados que formaban dibujos multicolor y columnas de madera enmarcaban la entrada a locales en donde se ubicaban librerías, casas de empeños y acogedores restaurantes. Al alcanzar el café del que salían las risas y las voces de antes, reconoció a su hermana Antoinette, por lo que tiró de la chiquilla para que no las viera y se agazaparon tras una de las columnas.

—No digas nada, ¿vale? —Cubrió la boca de la pequeña con la mano y observó detenidamente a su hermana mayor.

No le costó adivinar que si se encontraba allí a aquella hora era porque no había acudido a la clase de la tarde. Su carcajada era inconfundible y, pese al frío del final del día, con ella parecía revestir de calidez aquel ambiente. Lo mismo debía de pensar su acompañante, un caballero con relucientes botas de charol, capa y chistera a juego que, desde su posición, a Marie le pareció poco más que una mancha negra y alargada, sin rostro, pero con porte de hombre adinerado. Antoinette le contagió la risa al misterioso hombre y, cogidos del brazo, se encaminaron hacia uno de los carruajes que se habían detenido en la manzana contigua.

—¿Esa no es Antoinette? ¡Mira!

Por suerte, para cuando su hermana pequeña reconoció a la mayor, ésta ya se alejaba dentro del coche y no había riesgo de que la escuchara.

—Puede que sí, parecía ella, pero mejor que no nos haya reconocido. Iba con un señor muy arreglado y nosotras acabamos de salir de clase. Me hubiera dado vergüenza que nos viera así, ¿no te parece?

La niña pequeña miró a su hermana de arriba abajo: la falda de tul que colgaba de su brazo cubría parcialmente el vestido sucio, que a su vez tapaba con un abrigo de paño remendado en los codos y los bajos. Louise-Joséphine no entendía a lo que se refería. Para ella, la ropa no eran más que prendas, no había diferencia entre ir arreglada o no; sólo importaba si hacía frío o hacía calor, y en ese momento lo que le preocupaba era mojarse bajo la lluvia.

—No sé, a mí me parece que vamos bien... ¿Con quién iba Antoinette? ¿Quién era ese tipo?

Marie tomó de nuevo a Louise-Joséphine de la mano y continuó avanzando por el interior de la galería. Pensó en ese caballero que se reía junto con su hermana mayor: lo que fuera que los había divertido tanto bien merecía que se hubiera perdido la clase de la tarde. Concluyó que probablemente Antoinette estuviera viviendo un romance secreto y sonrió para sus adentros antes de responder a la pequeña:

—No lo conozco, pero seguro que son amigos. —Por un momento sintió que podría meter a Antoinette en un aprieto si la niña se iba de la lengua al llegar a casa, así que le pidió que no le dijera nada a su madre—. Mejor que nos guardemos el secreto, ¿vale? Ya se lo preguntaremos a ella cuando regrese.

Louise-Joséphine sonrió y se soltó para echar una carrera hasta la salida del pasaje, pero enseguida se esfumó detrás de un ficus. Marie corrió asustada tras ella. Acababa de ver cómo alguien tomaba a su hermana pequeña del brazo y la arrastraba hacia un portal.

9

París, 1840

Acomodado, como siempre, en uno de sus palcos preferidos, a la izquierda y a la altura del escenario —la llamada *loge infernale*—, Théophile había acudido con ánimo rutinario, dispuesto a dar cuenta de una representación más, una coreografía sin sorpresas, pensó, que debería comentar al día siguiente en el periódico como muestra de apoyo a su colega. Durante la noche del estreno, la prisa por zanjar cuanto antes el trámite de la representación apremiaba al crítico, que se encontraba cansado y más disperso de lo habitual.

Abrió el programa de mano. *El zíngaro* se anunciaba como un espectáculo en dos actos que entremezclaría danzas tradicionales de inspiración española al estilo de la cachucha, coreografía que la bailarina austríaca Fanny Elssler había puesto de moda unos meses antes: panderetas, movimientos de caderas y saltos con variaciones musicales sobre temas más que repetidos en creaciones contemporáneas. Théophile bostezó antes de que se apagaran las luces e hizo un gran esfuerzo por no dormirse. Por un momento creyó que aquel ballet que estaba a punto de comenzar iba a ser uno más en su ya larga lista de espectáculos reseñados, sin embargo, la más intensa y profunda de las obsesiones del escritor, aquélla que lo acompañaría hasta el final de sus días, lo abofeteó por sorpresa nada más alzarse el telón.

Para comenzar, le pareció que el muchacho que acababa de entrar en escena no tenía nada de esos aires débiles y estúpidos que por lo general hacía inaguantables a los bailarines masculinos, así que se dejó embelesar por el carácter de unos movimientos firmes pero elegantes. Jules Perrot era correcto, desde luego, pero pronto se esfumó, desapareció de la vista de Théophile, porque ella pasó a llenarlo todo.

Quizá fueron sus brazos, o tal vez la perfecta coordinación de sus movimientos con la música, su presencia, su porte. Fuera como fuere, el embrujo de la bailarina acababa de irrumpir inesperadamente, y Théophile había quedado hechizado nada más verla.

Era esbelta y bien proporcionada, no más alta que su compañero, junto a quien no desentonaba en absoluto. Cuántas veces había visto Théophile a bailarinas demasiado larguiruchas que, en cuanto extendían un *penché* hacia atrás, dejaban en ridículo a sus *partenaires,* haciéndolos parecer diminutos en comparación. No, Carlotta Grisi y Jules Perrot trenzaban sus cuerpos como el cabello de una niña, eran como una sola figura que danzaba libremente, nada sobraba en el conjunto.

Algo en ella había atrapado la atención del escritor. Carlotta, con independencia de aquel hombre que la acompañaba y que muchos aseguraban que era su esposo, no sólo le pareció la mejor bailarina que había visto nunca, sino que sus atributos como cantante tampoco la desmerecían en absoluto. En un par de escenas debía entonar unas canciones nada agradecidas y, sin embargo, las defendió con corrección y dignidad. Que una bailarina estuviera tan bien dotada para ambas disciplinas era algo excepcional.

Quiso acercarse a conocerla en cuanto concluyeron los aplausos finales. El público no había sido muy numeroso, pero la ovación se hizo notar. Théophile había corrido escaleras abajo para alcanzar la entrada trasera, más allá de las bambalinas, lugar al que, por lo general, le permitían acceder sin previo aviso. Debía conocer a aquella muchacha, saludarla, felicitarla por su actuación... Lo más importante en aquel momento era ponerle rostro a aquella silueta divina que acababa de dejarlo deslumbrado.

—Disculpe, pero no puede pasar por esta puerta. —Una joven menuda, con el cabello peinado en graciosos bucles y mirada firme como una guardiana del proscenio, lo sorprendió en su camino.

—¿Que no puedo? Eso lo dirá usted. Sería la primera vez que no se me permite acercarme a charlar con los artistas. Verá, tal vez no me conozca, pero...

La chica alargó los brazos y lo frenó. Mantuvo el ceño fruncido mientras insistía en la imposibilidad de continuar. Nadie podía pasar más allá de las bambalinas.

—Me temo que no. No sé quién es usted, pero mademoiselle Perrot acaba de debutar *questa notte* y lo último que desea es que la molesten. Si quiere felicitarla, envíele un ramo de flores con una tarjeta. Le garantizo que yo misma me aseguraré de que lo reciba, pero lo siento, no puede pasar. Por favor, no insista.

Théophile, sorprendido por el tesón de aquella adolescente de acento italiano, no quiso insistir y, haciendo alarde de la conducta caballeresca que se empeñaba en mostrar cada día, sobre todo ante las mujeres, se inclinó con una reverencia y volvió sobre sus pasos hacia la salida del teatro.

—No tenga dudas. Pronto tendrá noticias mías, madame. Le ruego que me disculpe si mi ímpetu la ha hecho sentirse incómoda. Sólo quería conocer a la artista... —Dudó por unos instantes antes de continuar hablando, pero al final lo dijo—: ¿Puedo preguntar cómo se llama usted?

Sonrojada y por fin sonriente, la muchacha respondió a la pregunta inclinándose ella también en una reverencia:

—Ernesta, monsieur. Ernesta Grisi. Soy la hermana de Carlotta.

Théophile viajó a España entre mayo y septiembre de aquel año. Tal y como había prometido a Anthénor, dejó al cuidado de sus reseñas a su colega Gérard Nerval, en quien sabía que podía confiar plenamente.

—Ya sabes: ensalza sin desmesura —le dijo—. Las críticas recargadas de elogios aburren a los lectores, y tengo la sospecha de que no vas a descubrir a ninguna estrella especialmente importante en el tiempo que yo esté ausente.

Aquello era cierto: salvo Pauline Leroux, bailarina de modesto talento, desde la partida de Fanny Elssler a Estados Unidos nadie había sido capaz de sustituirla, y en los escenarios parisinos se buscaba desesperadamente a una nueva diva con la que volcarse.

—Eso espero, Théo. Todo lo que se salga del consabido «brilló en una noche marcada por las bellas melodías para un público entregado al disfrute» me deja completamente desarmado, así que, por favor, regresa sano y salvo de tu periplo por la ruta del Quijote y que todo vuelva a la normalidad cuanto antes.

Con la excepción que supuso el grandioso estreno de *El diablo enamorado* en el mes de septiembre, apenas hubo complicación en la entrega de los artículos, todos bajo la misma premisa, con las mismas expresiones manidas y siguiendo un esquema de observaciones a la puesta en escena similar. Théophile, mientras tanto, había podido saborear todo tipo de placeres a lo largo y ancho de la consabida piel de toro. En Madrid tuvo ocasión de conocer la llamada «escuela bolera» en pleno recorrido por la carrera de San Jerónimo, en donde una simpática aguadora, que no dejaba de llamar la atención de los transeúntes con sus voces, lo sorprendió con una danza que inmediatamente le recordó a la figura etérea de Carlotta.

—¡Olé esas caderas, muchacha!— Théophile se había dirigido a la joven al verla contornearse delante de su carro detenido en plena calle. Bailaba con la melodía de un músico que tocaba la guitarra en la acera de enfrente, y más de un peatón se había parado a observarla—. Temo que la brisa que levanta usted con el azote de sus pestañas no sea suficiente para aliviar este sofoco del mediodía. Por favor, sírvame uno de esos vasos de agua bien fría que porta. Será usted compensada con el precio que estime más justo.

Un simple parpadeo de la joven le hubiera bastado al más botarate para caer rendido a sus encantos y escogerla para la compra de un vaso. La bella aguadora no tenía rival, aunque el calor, a ciertas horas, volvía la sed insoportable para los madrileños y al mismo Satanás en calzones lo hubieran buscado y solicitado de habérsele visto empujando una carretilla con tinajas frescas como la que acarreaba aquella muchacha. Théophile fue uno de ellos.

—A cuatro es el precio, *señó* —le contestó ella, pizpireta—. Más allá, la *voluntá*.

Théophile le lanzó las monedas y, mientras bebía, observó las pantorrillas de la joven que se tensaban y relajaban con cada toque de las puntas de sus pies en el suelo.

—¿Es usted bailarina además de vendedora de agua?

Pero la chiquilla sólo se rio por respuesta; no entendía el acento del francés ni sus expresiones cultivadas. Ese silencio dejó a Théophile sumido en un misterio que, más pronto que tarde, iba a servirle de inspiración.

10

París, 1866

No había transcurrido un mes desde que Marcel Douter había llegado a la capital francesa procedente de un remoto pueblo de Normandía. Acostumbrado a la disciplina de un grupo poco numeroso de policías en la comisaría de su distrito, había aceptado el traslado a París movido por una suerte de inercia que poco tenía que ver con la voluntad real de querer conocer la gran urbe.

«Allí es donde ocurre todo», le habían dicho sus padres, sin entender él muy bien a qué se referían. ¿Qué más podía ocurrir en aquella ciudad de señoritos que no sucediera también en su querida Saint-Aubin? Marcel Douter había aceptado su traslado sin remilgos: se había despedido de la familia entre abrazos y llantos emocionados. Sostenía una maleta con cuatro prendas, su uniforme y un generoso bollo de pan relleno de queso pestilente. Luego había subido al tren.

Un cosquilleo de incertidumbre, una sospecha de haberse dejado arrastrar por presiones e intereses que no eran precisamente suyos, había comenzado a asomar por su estómago nada más abandonar la estación, y, pese a los intentos de acallarlos comiéndose el bocadillo que le había preparado su madre y dando un par de tragos a la botella de sidra que se había empeñado en entregarle su padre, Marcel Douter había llegado a París hecho un lío, e igual de confuso había seguido hasta la mañana en que le habían dado aviso de la aparición de un cadáver a orillas del Sena.

—Atiéndeme, muchacho: ver y oír, ¿de acuerdo? Aquí no estás para elaborar conclusiones, para tener iniciativa ni para imponer tus conjeturas ante nadie. Tú limítate a ver y a oír, que ya tendrás tiempo de hacerte un sitio y ganarte el respeto.

Aunque variaba la persona que le daba aquellas indicaciones, el caso era que siempre llegaba a Marcel Douter el mismo mensaje: que era joven todavía, que tenía mucho que aprender y que la jerarquía férrea de la Sûreté Nationale no había quien se la saltara.

Él asentía y obedecía, asumía que los consejos eran buenos, aunque él no los hubiera solicitado, y no se esforzaba lo más mínimo por sacar de su error a quienes daban por hecho, sin haberle preguntado, que él quería ascender dentro de aquel grupo de oficiales y policías.

Marcel Douter se conformaba con dejar pasar los días y hacer lo correcto. Estaba acostumbrado a que tomasen decisiones por él, así que se limitó a ver y a oír.

Cuando regresó a la comisaría después de acompañar a Théophile a su pensión en la rue Jacob, conmovido por la dureza de las palabras de aquella mujer que lo había echado de su casa en Neuilly por la mañana y por aquella hija distante que había preferido abrazarse a su novio antes que a su desvalido padre recién salido del calabozo, lo primero que oyó fue la orden de su superior:

—Marcel, estás de suerte, muchacho. Tenemos un trabajo para ti.

Sorprendido por el entusiasmo de su jefe, para quien aquello en lo que acababa de invertir dos horas de la mañana no debía considerarse trabajo, no dudó en aceptar las indicaciones y sentarse en el despacho para recibir el encargo.

—Vaya mañanita, ¿eh, muchacho? No sé cómo transcurrirán las jornadas en ese pueblo del que vienes, pero aquí ya te habrás dado cuenta de que no nos aburrimos. —El comisario encendió su pipa y continuó hablando—: Verás, este monsieur Gautier... No parece una persona muy cabal, lo habrás notado. De no haber recibido el informe del forense con estos resultados, lo hubiera dejado pasar sin darle mayor importancia. Parecía claro que estaba en el muelle borracho y delirante, y no me daba la sensación de que fuera especialmente violento.

—¿Dice usted que no cree que haya sido él quien ha matado a Guido Philidor, monsieur?

El comisario se volvió bruscamente hacia Marcel Douter y apuntó con su pipa a la nariz del joven en tono amenazante.

—¿Qué te he dicho de sacar tus propias conclusiones, muchacho? Aquí hablo yo y tú escuchas. —Dio otra calada y prosiguió algo más relajado—: El caso es que en la parte posterior del cuello de la víctima, allí donde sin duda lo agredieron de muerte con algún tipo de arma punzante, el asesino también decidió dejar una marca personal. Por el momento no podemos concluir nada, y menos tú, muchacho, pero podría tratarse de una pista y su aparición nos obliga a seguir al principal sospechoso.

Marcel Douter no apartaba la mirada de su jefe. Asustado ante la posibilidad de ofenderlo de nuevo con una interrupción, continuó callado hasta que el otro reanudó su discurso:

—Tendrás que seguir a Théophile Gautier desde el momento en que salga de la pensión por la mañana hasta que regrese por la noche, con la mayor discreción, eso sí, que no se diga que en Normandía no os instruyen correctamente.

—De acuerdo, monsieur.

Un cortante silencio cruzó la sala desde la puerta hasta la ventana que había detrás del comisario.

—¿Es que no vas a preguntar nada más, muchacho? ¿No quieres saber qué es lo que hemos encontrado que nos lleve a continuar sospechando de ese poeta loco?

Marcel Douter carraspeó y frotó las palmas de las manos contra el reposabrazos de la silla. No se atrevía a responder, pero, ante la insistencia del otro, asintió.

—Así me gusta, que la curiosidad no se desvanezca o habrás terminado con el motor de tu trabajo, muchacho. —Soltó una carcajada seca que enseguida se convirtió en tos y, finalmente, le dijo—: Una letra «G» es lo que han grabado en la nuca del muerto. Una jodida letra «G»...

11

París, 1877

—Vaya, mira lo que tenemos aquí... Si es una pequeña ratichuela que se ha escapado del teatro. —Marie ahogó un grito de sorpresa al comprobar que quien acababa de agarrar a su hermana pequeña tras la planta del final de la galería no era otro que su amigo Alphonse—. ¿Es que esta noche no toca representación, Marie?

La pequeña Louise-Joséphine parecía feliz de volver a ver a su amigo.

—¡Alphonse! ¿Dónde te habías metido? Te hemos echado de menos. Mamá ha vuelto a cocinar tarta de manzana, pero no hemos podido guardarte un trozo.

Marie se bajó la caperuza y apartó de un resoplido un mechón de pelo de la cara. Entre susurros, respondió:

—¡Menudo susto me has dado! Acababa de ver a Antoinette saliendo del café e iba con cuidado para que no nos vieran ni ella ni un hombre muy elegante que la acompañaba. Menos mal que ya se han ido. A estas alturas, y gracias a vosotros, ya se habrían dado cuenta de que estábamos aquí... ¡Es que siempre tienes que meterte en medio de todo!

—¡Eh! Un poco de tranquilidad, que de momento la única que no está donde debe eres tú. —Observaba a la chiquilla de arriba abajo e inclinaba la cabeza. Marie tenía el aspecto de una pordiosera y Alphonse le tendió un trozo de pan—. Supongo que no habéis comido nada desde el mediodía ¿Quieres un poco, Joséphine? Me hubiera encantado probar esa tarta tan rica, pero estos días he tenido bastante trabajo en casa.

Marie acercó el trozo de pan a su hermana. Eran vecinos y, al igual que ellas, Alphonse era hijo de una de las lavanderas que echaban una mano a los religiosos en Notre-Dame de Lorette. Tenían la misma edad, y a menudo él solía rondar por las inmediaciones de la Opéra en busca de limosnas o de alguna colaboración en la *claque*, el grupo de aplaudidores del teatro. La madre de Alphonse, enferma desde hacía meses, no tenía apenas tiempo para ocuparse de las tareas de la casa y él se encargaba de lo imprescindible. Trabajaba con ella, volcaba sobre sus hombros adolescentes el peso del trabajo diario: la ropa, la limpieza, la humedad, el jabón que le secaba la piel y le escocía en los padrastros. Lo hacía y luego, pese a todo, al encontrar a Marie por la calle era capaz de ofrecerle un poco de su comida y ella se la cedía a su hermana pequeña.

Aunque apenas contaban cinco años durante los meses en que el Ejército prusiano asedió la ciudad, todavía sentían en su estómago la memoria del hambre permanente: el alimento siempre se aceptaba. La comida jamás se rechazaba.

—Hoy no actuamos: esta noche se estrena una obra en el teatro de la Comédie y a nosotras no nos toca hasta el próximo viernes. Deberías pasarte; quizá queden plazas para aplaudir.

Alphonse se lo pensó, pero, con tan poca antelación, a los niños como él que aún no habían cumplido catorce años no era fácil que les dieran una oportunidad en la *claque.* Además, esa noche prefería acompañar a Marie y a su hermana pequeña hasta su casa; le parecía que era lo mejor que podía hacer.

—Me temo que ya no llego a tiempo. Se habrán reunido para la selección de candidatos hace por lo menos una hora... De todos modos, volveré mañana. Hoy estoy cansado.

El joven acercó la mano al rostro de Marie para acariciarle la mejilla, pero ella se apartó con timidez y comenzó a rebuscar en el bolsillo de su abrigo, donde guardaba la bolsa con las monedas de la paga semanal que debía entregar a su madre. Por un impulso mecánico, las contó de una en una y se asustó al comprobar que le faltaban cincuenta *sous*.

—¡Esperad! Un momento; tenemos que volver. Creo que se me han caído unas monedas…

Alphonse y su hermana la miraron sorprendidos.

—¿Estás segura? Vuelve a contarlas. Me parece raro que no te hayas dado cuenta.

Marie le gritó, molesta por la falta de confianza:

—Por supuesto que estoy segura. ¡Sé contar y sé que se me han debido de caer por lo menos dos francos al suelo cuando Louise-Joséphine ha echado a correr!

La pequeña, a quien Marie acababa de señalar con un dedo acusatorio, rompió a llorar. Alphonse intentó sosegar la situación.

—Basta, calma… No te pongas así, y no seas injusta. Ella no tiene la culpa: vamos a mirar bien.

Los tres se agacharon y comenzaron a revisar baldosa por baldosa. El suelo de las galerías estaba formado por mosaicos de flores y figuras geométricas, losetas diminutas que dificultaban la identificación de cualquier pieza pequeña que cayera sobre ellas, como podría ser una moneda.

—Es inútil. Jamás aparecerán. Se está haciendo tarde y le prometí a mi madre que regresaríamos a casa sin entretenernos por el camino.

Decepcionada, Marie se resignaba ya a recibir los azotes de su madre en cuanto ésta descubriera que había perdido parte de su paga.

No era la primera vez que le sucedía.

Los tres continuaron subiendo la cuesta. La avenida estaba salpicada de grupos de hombres y mujeres que murmuraban entre ellos, alguien se peleaba con alguien y dejaba caer al suelo lo que parecía una botella de cristal que se rompía en mil pedazos al impactar contra el adoquinado; un perro ladraba y el jaleo se mezclaba con la música que salía del interior de un bar cuya puerta se abrió justo cuando Alphonse, Louise-Joséphine y Marie pasaron por delante. El ruido procedente de uno de los cafés se solapó con la voz de Marie en el momento en que le decía a su amigo:

—Hoy ha vuelto el artista. Lo han dejado entrar en el aula. —Mordisqueaba el panecillo y tomaba a su hermana de la mano. No quería volver a perderla de vista, ya que el ambiente de aquellas calles se oscurecía, igual que la tarde a medida que se aproximaban a su casa. Lanzó una mirada de reojo a su amigo, a quien sabía que no le gustaba la presencia del pintor en la escuela. Ella era la única que no se sentía intimidada por sus visitas.

—Era de esperar que lo acabaran dejando entrar en el aula. ¡Qué pesado! ¿También os hace preguntas?

—¿Preguntas? Nada de eso, no habla con nadie. Parece tímido. Creo que me da un poco de pena... ¿A ti no te parece triste que esté tan solo? Se pasa el día entero por allí, sentado en las escaleras, dibujándonos.

—No sé, que pinte flores o paisajes. ¿No es lo que hacen todos?

—A lo mejor éste tiene mucho dinero por eso, porque no pinta flores.

12

París, 1841

El batir de la puerta por una corriente de aire no interrumpió la concentración de Théophile, que en ese momento remataba la lectura de *Elementargeister* con el corazón encogido y entusiasmado a la vez. El poema en sí no lo había conmovido especialmente; de hecho, sentía desprecio por los requiebros imprecisos y las medias tintas a la hora de describir ciertos sentimientos por parte del autor, pero algo en la historia acababa de darle una idea.

Había llevado el ejemplar consigo todo el viaje, pero la actividad frenética durante aquellos meses lo había tenido demasiado ocupado como para centrarse en la lectura. Aquella obra, que profundizaba en leyendas tradicionales alemanas y daba nombre a espíritus y criaturas, habitantes de lo oculto, requería concentración, y en España había tenido demasiados estímulos. La tranquilidad recuperada a su regreso a París, en su apartamento y en mitad de la noche, constituían la atmósfera perfecta para trabajar y profundizar en aquel texto.

Théophile tomó uno de los lápices que descansaban sobre el escritorio y se levantó. No podía mantenerse allí impasible. Lo que acababa de leer tenía que cobrar forma, trasladarse a otro contexto, contarse, en definitiva, de otro modo. Comenzó a mordisquear el extremo del lápiz y a caminar en círculos por la habitación. Mientras, se dijo en voz alta:

—Así debe ser, así debe ser... A esto me refería. El deseo insatisfecho es el único que puede colmar con plenitud el alma humana, precisamente por ser inalcanzable y, a la vez, eterno. El amor a la belleza de esos espíritus volátiles, esas muchachitas que entran y salen de la vida de uno... Justo eso.

De pronto sintió la imperiosa necesidad de comentarle su idea al maestro Victor Hugo, algo a todas luces imposible en aquellas circunstancias, a medianoche y lejos de la place des Vosgues, donde vivía el novelista.

Théophile añoró la época en que ambos habían sido vecinos; dándose una situación similar, no hubiera tenido que hacer mayor esfuerzo que el de llamar a su puerta, a unas escaleras de distancia.

Resignado a las circunstancias, buscó en el estante el tomo donde recordaba haber leído algo relacionado con la imagen de aquella bailarina.

La aguadora que había visto danzando por las calles de Madrid regresó a su memoria: la figura recortada de la joven, con sus rápidos e improvisados movimientos de pies, le vino a la mente. ¿Dónde había leído él la historia de un conjunto de muchachas vírgenes que se daban cita en su primer baile en sociedad?

—Demonios, ¿dónde tengo un papel? —Ansioso, se lanzó hacia la mesa y comenzó a revolver entre sus anotaciones y cuadernos—. Siempre sucede lo mismo, la inspiración caprichosa. ¡Oh, demonios! ¿Es que no hay cuartillas limpias en esta casa?

Théophile rebuscaba entre sus cosas sin hallar la superficie en donde plasmar su idea. Agarró de nuevo el libro de Heine y regresó a la estantería donde por fin encontró el ejemplar de *Les orientales,* de su colega Victor Hugo. Todo aquello, efectivamente, le sonaba, y cuando dio con el poema «Fantômes» sólo tuvo que repasar algunas de sus líneas para releerlas en voz alta y darse cuenta del hallazgo:

—¡Ah! ¡Qué de niñas donosas / muertas en edad temprana! El giro fatal no cesa: / la aurora anuncia el ocaso.*

Entre el grupo de jovencitas debutantes referidas en el poema de Hugo, una de ellas era española y un resfriado al salir de la fiesta y regresar a su casa acababa con su vida.

—La aguadora iba descalza y las debutantes abandonaban la fiesta empapadas de sudor, ¡todas expuestas al frío! Si es que yo mismo no lo hubiera expresado mejor, pero resulta que sí, que debo hacerlo. Esto es nada más y nada menos lo que hay que contar.

Con pasos errantes, volvió a dejar el libro sobre el escritorio y se sentó al borde de la cama; luego regresó a la ventana y se atusó el bigote, miró al infinito a través del cristal... Fue consciente de que en ese momento acababa de caer sobre él, como Pentecostés, la llama de la iluminación y la sabiduría. Pensó que quizá un escuadrón de fantasmas podría ser la mejor manera de plasmar esas ideas que no dejaban de llegar a su imaginación: espíritus femeninos vestidos con vaporosas prendas de color blanco, tal vez un lago iluminado por la luna, un brillo azulado que se reflejase en las copas de los árboles, una música tenue, pegadiza, emotiva... Ya estaba, por fin lo tenía. Le dio la vuelta al pedazo de papel que tenía entre las manos y escribió:

IDEA PARA UN BALLET

---

* Traducción al español de Andrés Bello. Publicada en el artículo «Las fantasmas. Imitación de una de *Las orientales* de Víctor Hugo», que se incluyó en la revista *Museo de Ambas Américas*, vol. 1, n.º 11, pp. 416-423 (18 de junio de 1842).

13

París, 1866

El alquiler de la habitación en la pensión de la rue Jacob había sido, durante las últimas semanas, una salida de emergencia fácil ante la incómoda situación en la casa familiar de Neuilly. Aquel *pied-à-terre* le había permitido pasar en París las noches en que debía reseñar alguno de los espectáculos programados en Le Peletier, y Théophile había disfrutado engañándose y jugando a considerarlo un reducto de soltero. Sin embargo, esa mañana, tras su paso por el calabozo y, sobre todo, después de los hirientes comentarios de Ernesta, supo que no iba a tener más remedio que aceptarlo como vivienda. Consideró que tendría que desprenderse de la mayor parte de sus enseres personales e imaginó lo que iba a echar de menos sus libros y sus cuadernos para notas. De vez en cuando, Estelle le había hecho el favor de acercarle furtivamente algún paquete de camino a sus clases de piano en la ciudad, pero, en general, hasta entonces había preferido mantenerse aislado y sólo con el material estrictamente imprescindible. En aquel cuartucho, de aquella forma, era como mejor había conseguido concentrarse para escribir, pero aceptar como su hogar el modesto cuarto de una pensión donde estaba obligado a compartir el baño y la cocina con otros huéspedes le parecía un sacrificio para el que no sabía si estaría preparado. ¿Qué otra cosa podía hacer? ¿Refugiarse de nuevo en su cuñada?

A su regreso de Neuilly, Estelle le preparó un baño y se dispuso a arreglar el caos de aquella estancia mientras su padre descansaba en el agua caliente. Se dio cuenta de que colocar carpetas y papeles era una labor ridícula en medio de aquella montaña de recuerdos y notas inspiradas, por lo que, a los pocos minutos, se cansó de la tarea y prefirió sentarse a esperarlo.

Théophile gritó desde la puerta del baño:

—¡No toques nada! Hace días que busco un documento muy importante. Como revuelvas los montones ya no sabré dónde he dejado cada papel.

—No te preocupes, padre, iba a marcharme ya. Quiero saber qué dice la prensa del asesinato. ¿Guido Philidor no era amigo vuestro? —La joven dijo aquello sin medir las consecuencias de la pregunta. Cualquier trabajador de la Opéra era conocido de su padre y, por supuesto, también de su tía y de su madre.

—En la vida siempre hay que saber diferenciar entre amigos, conocidos y saludados, hija, que no se te olvide.

Théophile apareció cubierto con su batín de terciopelo y rodeado por una espesa bruma de vapor de agua que había inundado todo el pasillo al abrir la puerta del baño.

—Sí, supongo que es así. También supongo que fue una época en la que trabajabais con mucha gente y que el ballet os unió casi como si fuerais familia, ¿o no? La tía siempre hablaba de *Giselle* con especial cariño…

Al oír la alusión a Carlotta, un estremecimiento recorrió la columna del escritor, que al instante sintió la necesidad de quedarse solo. Le dio un beso a su hija en la frente y ella lo abrazó antes de despedirse.

—Si necesitas cualquier cosa, me avisas, ¿vale? Sabes que no me importa acercarme hasta aquí.

—Lo sé. Dale un beso a tu hermana cuando la veas.

Luchó para no dejarse llevar de nuevo por la melancolía de una situación familiar que lo atormentaba y, nada más cerrar la puerta, se sentó en el escritorio. Consideró la posibilidad de escribir a Ernesta y pedirle una vez más que entrara en razón, pero los mensajes de aquellos últimos días y el encuentro de esa mañana habían terminado de privarlo de toda esperanza. Catulle había seducido no sólo a la mayor de sus dos hijas, sino también a la madre. Nada de lo que pudiera él argumentar serviría para convencerlas de que ese matrimonio estaba condenado a fracasar. Reconocía la inteligencia y las tretas de Catulle, aceptaba sus éxitos literarios y respetaba el lugar en donde el mundillo de poetas de París —un grupo dentro del cual, inevitablemente, también él estaba incluido— lo había colocado, pero Théophile conocía de primera mano y demasiado bien ese ingenio para gustar y enamorar a toda la sociedad femenina de la ciudad en su más amplio espectro de edades y apariencias físicas: desde el primer momento cuestionó aquel compromiso. Un hombre así, consideraba, sólo contrae matrimonio para hacerse un hueco profesional allí donde un apellido vale más que el amor verdadero. A Catulle le gustaban todas las mujeres y, con independencia de la honradez de su conducta, resultaba que todas ellas lo veían como un auténtico apolo.

El sufrimiento de Judith, devorada por los celos a consecuencia de aquel vaivén de certezas y promesas falsas al que Catulle la llevaba sometiendo desde el comienzo de su relación, era algo que Théophile no podía soportar y que Ernesta se empeñaba en maquillar con excusas relativas a «la pasión de la juventud» y demás argumentos que a Théophile le hacían sangrar los oídos.

No. Catulle era un granuja capaz de hacer perder los estribos a su hija y parecía que sólo él tenía ojos para reconocerlo.

Buscó entonces la última de las cartas de Carlotta y le extrañó no encontrarla allí, donde acostumbraba a guardar los documentos recientes y sus artículos a medio terminar para el periódico *Le Moniteur*, que cada vez eran menos frecuentes. Entre ellos, mientras rebuscaba, se topó con una carpeta que contenía el manuscrito original de *Espirita.* Gautier lo tomó con sumo cuidado y besó la cartulina, luego se la llevó al pecho y lanzó un profundo suspiro. Aquella *nouvelle* que acababa de publicarse en prensa por fascículos le recordó los últimos días pasados en casa de Carlotta, en su villa de Saint-Jean, cerca de Ginebra. La había escrito durante las Navidades, hacía tan sólo unos meses, presa de una creatividad imparable e inspirado por el paisaje que rodeaba la casa, el ambiente cálido y hogareño que Carlotta y su familia le proporcionaban, y la completa ausencia de preocupaciones.

Luego soltó los papeles y los devolvió a una estantería, regresó al escritorio y continuó la búsqueda.

«¡Maldición! Estoy seguro de haberla dejado aquí encima». Inquieto e impaciente, comenzó a revolver entre la pila de libros amontonados junto a la cama. Tampoco estaba allí. Théophile caminaba a trompicones por el limitado espacio de su vivienda mirando a todas partes, convencido de que el preciado papel debía estar al alcance de la vista. Las cartas de Carlotta no eran simples documentos: para él eran verdaderos mensajes de esperanza que ella le enviaba desde Suiza. Sus palabras constituían el alivio para el alma que en ese momento tanto necesitaba.

Se dejó caer en el diván y, al apoyarse en el cojín, oyó el inconfundible crujido del papel: allí estaba. Había olvidado guardarla tras la última lectura con la que, seguramente, se había quedado dormido, cómo no.

La tomó con cuidado y estiró las puntas, que se habían arrugado abandonadas debajo de la tela. Théophile respiró aliviado y una vez más, la leyó.

El papel estaba fechado a comienzos de enero y se encontraban ya bien avanzado febrero. Dos meses eran demasiados sin tener noticias de Carlotta. Necesitaba sus respuestas, su comprensión y su apoyo. Esa mañana lo sentía especialmente, así que tomó su pluma y comenzó a escribirle.

14

París, 1877

Al abrir la puerta, un intenso olor a carne hervida abofeteó a las hermanas. No era un guiso delicioso y perfumado con los ingredientes de los estofados que cocinan en los buenos restaurantes, como los que acababan de cruzar por la rue Vivienne, ni tampoco el aroma de un plato preparado con tiempo o con ganas. Se trataba del olor reconocible de su casa cuando no había más que llevarse a la boca que un caldo de hueso de gallina o, si había habido suerte esa mañana, de cerdo. En la cocina, Eloise revolvía el puchero.

La pequeña se había abrazado a las pantorrillas de la madre nada más verla, y ésta, sorprendida por el empujón, había dejado caer la cuchara de madera al suelo.

—¡No, *ma petite mignon*! Ten más cuidado o echaremos a perder la cena... Ven aquí, dale un beso a tu madre. —La alzó en brazos para que la besara y luego se volvió hacia Marie, que esperaba asustada en la puerta sin atreverse a decirle que le faltaba dinero—. Llegáis tarde, pasan de las ocho, y te dije que vinieseis directas. ¿Se puede saber dónde está Antoinette?

Marie miró a su hermana para que no abriera la boca y dijera algo que no debiera, pero la niña ya había descendido de los brazos de su madre y se dirigía a la habitación para jugar con el perrito Lolo.

—Al salir no nos estaba esperando en la puerta y sus compañeras me dijeron que se quedaría a practicar un poco más con monsieur Auber, por eso hemos venido sin ella. Estará a punto de regresar. —Se mordía el labio, un gesto que no podía evitar cada vez que mentía, pero, por suerte, su madre no lo reconoció.

—Pero hoy es jueves... ¿También hace horas extraordinarias entre semana? Vaya, no me puedo creer la maldita disciplina de l'Académie... no tienen límites. —Eloise se limpió en el delantal y tendió la mano hacia su hija, a la espera del sobre con la paga—. ¿A qué esperas? He dicho que es jueves. ¿No tienes nada que darme?

Marie dio un paso atrás asustada y metió la mano en el abrigo, de donde sacó el sobre para entregárselo. Le temblaba todo el cuerpo. Vio cómo la madre lo abría y contaba la cantidad, y aceptó, antes siquiera de oír los gritos, que las mejillas iban a dolerle, que la piel le escocería tras el impacto de los golpes, que iba a enrojecer y que aún sería peor transcurridas unas horas, porque en la cama no sería capaz de encontrar la postura capaz de aliviarla y las sábanas le rozarían contra la piel inflamada.

—¿Por qué falta dinero? ¿Es que lo has gastado? ¡Maldita niña desagradecida!

Eloise, con el rostro impregnado de un odio al que Marie, por mucho que se anticipara, no llegaba a acostumbrarse, alzó el brazo sin soltar el trapo con el que acababa de limpiarse y le cruzó la cara a su hija, que esquivó ese golpe como pudo, pero no fue capaz de evitar el siguiente, ni el siguiente, ni el siguiente.

La odiaba. De las tres hermanas, era ella a quien culpaba de sus desgracias; era con ella con quien descargaba la ira y la frustración, como si el mayor error de la vida de Eloise hubiera sido traer al mundo a aquella chiquilla doce años atrás.

Louise-Joséphine había cerrado la puerta de la habitación y se abrazaba a Lolo, que trataba por todos los medios de abrirla arañando con las uñas el marco.

—No, ven... Ahora no podemos salir, debemos quedarnos aquí hasta que todo termine.

Unos minutos después, todo se había quedado en silencio y la niña salía de su escondite. Marie lloraba en el suelo y se cubría la cara con el abrigo sin decir palabra. Sentada en el jergón, su madre se balanceaba con el sobre de monedas en la mano y repetía frases inconexas, medio musitadas para sus adentros y medio pronunciadas en voz alta.

—Criatura miserable y desagradecida... Todo este esfuerzo, esta vida, para nada... Eres una egoísta, con todo lo que he hecho por ti..., ¡por todas vosotras!

Alguien acababa de entrar en la casa y las tres se volvieron para comprobar que se trataba de Antoinette. Lolo comenzó a ladrar.

—Pero ¿qué es todo esto? Marie, ¿estás bien? —Corrió a abrazarse a su hermana, que seguía sin moverse y no soltaba el abrigo. Tenía la cara roja por los golpes—. ¿Qué ha pasado?

La madre se puso en pie y avanzó hacia la hija mayor con el sobre en la mano. Lo vació delante de ella y contó las monedas sobre la mesa.

—Tu hermana ha gastado parte de la paga y por eso mañana no podremos comprar huevos, ¡eso ha pasado!

Louise-Joséphine corrió a esconderse de nuevo en su habitación y Antoinette se dispuso a sacar del maletín un saquito de tela cuyo contenido hizo tintinear delante de Eloise.

—Aquí tienes mi parte y la de ella. No permitiré que vuelvas a tratarla así. ¡No tienes ningún derecho!

La madre corrió a agarrar el contenido de la bolsa y se lo echó en el bolsillo del delantal. Luego se dirigió Antoinette y, por toda respuesta a sus acusaciones, le dijo:

—Tu hermana es una miserable y punto. Si se esforzara más y ahorrara, si trabajara más, como haces tú, aprendería el valor de las cosas, pero no lo hace.

Marie se apartó el abrigo de la cara, sorbió y se secó las lágrimas antes de intervenir:

—Se me cayeron dos francos del bolsillo y, por mucho que intenté buscarlos, no los encontré. Por eso hemos llegado tarde.

Antoinette fue a buscar a la pequeña para tomarla en brazos y tratar de consolarla porque lloraba asustada; al hacerlo, la niña le susurró al oído:

—Te vimos con tu novio. En las galerías.

La mayor de las tres hermanas no dijo nada; ayudó a la pequeña a desvestirse y a ponerse la camisa de dormir. Era tarde y, puesto que la madre ya estaba tranquila con el dinero, pensó que lo mejor sería dejar que se durmieran, tal vez esperar a que pasase el fin de semana, antes de contarle a su hermana Marie la verdad.

15

París, 1841

Aunque el tobillo le dolía a menudo, estaba acostumbrada. Era un dolor latente que se manifestaba sobre todo por la noche, cuando ya se había metido en la cama, pero también durante los primeros ejercicios de la barra. En el momento en que le dijeron que Léon Pillet quería hablar con ella y que debía subir a su despacho, sintió una punzada intensa que se le propagó hasta la garganta. Carlotta pensó que se trataba del músculo, siempre inoportuno y con ganas de molestarla en mitad de un ejercicio, pero no. Eran sólo nervios, y los arrastraba desde hacía meses.

Tras el estreno de *El zíngaro* en febrero del año anterior, y sin llegar a saber si había sido por mediación de Théophile Gautier —que había dedicado una elogiosa crítica en *La Presse* tanto a ella como a Jules—, Carlotta había conseguido firmar un contrato como bailarina en la Opéra de París.

—Madame Perrot, el director desearía verla antes de marcharse. ¿Es mucha molestia si le pedimos que interrumpa la clase para subir a hablar con él? Prometemos que no le tomará mucho tiempo...

No soportaba que le siguieran adosando el apellido de Jules. Ya no era su pareja profesional ni tampoco personal. Era madame Grisi, Carlotta Grisi..., pero no era el momento de corregirles. Disimuló la cojera como mejor pudo, se echó un chal sobre los hombros y, con una reverencia de disculpa al maestro, se dispuso a abandonar la sala.

—Carlotta... —El profesor le lanzó uno de sus ácidos comentarios preferidos antes de que se cerrara la puerta tras de sí—. Si en media hora no le han dicho todo lo que le quieren decir, se perderá los saltos, y bien sabe, madame, lo importante que es que practique sus *jetés* y *changements*.

Carlotta asintió, dócil y correcta, y se volvió para seguir a la secretaria.

El director Pillet estaba sentado al otro lado de una enorme mesa de caoba y apoyaba en la boca uno de esos largos cigarros cuyo humo lo empaña todo, oscurece el rostro de quien los fuma y lo esconde tras una espesa cortina.

—Si nos disculpa, mademoiselle Corot, preferiría que habláramos en privado. —La secretaria se retiró al oír aquello y dejó a Carlotta sola ante el máximo responsable de la Opéra de París—. Siéntese, querida. Sé que le estoy robando minutos sagrados de su clase de danza y le ruego que me disculpe por eso. Ustedes, los bailarines, tienen una disciplina admirable... Por favor, tome asiento. No quiero incomodarla. ¿Le apetece una taza de té? —Señaló una bandeja que descansaba en una mesita auxiliar, a la derecha de Carlotta.

—No, muchas gracias, señor. Estoy bien. Prefiero no beber durante las clases.

No quería preguntar para qué la habían llamado y tampoco quería resultar impertinente, hablar de más, poner de manifiesto el nerviosismo que aquella situación le provocaba, pero sentarse a tomar una taza de té con el director como si tal cosa tampoco era una actitud por la que le hubiera gustado que la recordaran. Permaneció en silencio y dejó que Léon Pillet se explicara.

—Italiana, veintiún años, familia de larga tradición musical, siempre en contacto con el *bel canto*... ¿Me equivoco?

Carlotta negó con un suave movimiento de cabeza y volvió a mirar al suelo mientras el director le decía aquello.

—El caso es que, señorita Grisi... ¿Así es como debemos dirigirnos a usted a partir de ahora, no? Espero haber sido debidamente informado. Lamento si se encuentra usted en una situación personal incómoda... Las separaciones son siempre delicadas. No olvide que aquí estamos para ayudar a nuestras bailarinas y que, si emocionalmente no se encuentran a la perfección, es difícil que sus cuerpos rindan como debieran en lo profesional. ¿Voy bien por aquí?

Carlotta empezó a asustarse. Se había separado de Jules porque el bailarín y coreógrafo, su maestro y pareja, no había aceptado de buen grado que el contrato con la Opéra se firmara sólo con ella, y las frecuentes discusiones fruto de la envidia habían puesto fin a su relación. Por una parte, le alegraba saber que aquel hombre estaba al tanto de lo sucedido y que respetaba su deseo de que dejasen de llamarla madame Perrot, pero ¿a qué venía todo aquello? ¿Para eso la habían convocado?, ¿para echarle en cara que su vínculo con l'Académie cambiaba en algo porque se había separado de Jules?

—Todo bien, señor, pero no creo que mi situación personal o mi apellido de soltera sea una cuestión por la que, con el debido respeto, valga la pena que abandone la clase... ¿Puedo saber por qué me ha llamado?

—¡Excelente! ¡Brava, *bravissima*! Madame Grisi, es usted el tipo de persona que merece el tipo de propuesta que voy a hacerle: decidida, con seguridad, aunque se empeñe en esconderse tras esa aura de inocencia y delicada discreción. Es usted un auténtico torbellino y puede con todo, no me cabe duda. Monsieur Gautier estaba en lo cierto.

Al oír el apellido de Gautier su corazón se disparó. Iban a darle una buena noticia, lo intuía. Aquel caballero no había hecho más que interceder por ella para que le asignasen el puesto que en ese momento ocupaba en la Opéra. Alzó la cabeza y dirigió sus ojos color violeta al director para prestarle la máxima atención cuando éste le dijo:

—Hace unos días que Théophile Gautier me ha comunicado una propuesta de proyecto. Imagino que sabe de quién le hablo, porque la ha mencionado a usted en alguna de sus reseñas en prensa.

—Oh, sí, monsieur Gautier, sin duda. Admiro muchísimo su obra.

—Lo suponía... bien. Théophile está trabajando en un nuevo ballet. Tal vez animado por lo que ha visto en su último viaje a España, o vaya usted a saber. El caso es que se trata de una historia peculiar, un argumento quizá influido por leyendas y mitos populares, pero con un toque especial, no sé si sabe a lo que me refiero, querida Carlotta. —La bailarina estaba tan desconcertada con la situación que no pudo hacer otra cosa que negar con la cabeza—. El caso es que ha puesto como condición *sine qua non* que sea usted, y no otra, quien interprete al personaje protagonista.

El humo del cigarro había invadido por completo la habitación y la figura de Carlotta, abriéndose paso a través de él, envuelta en su chal sudoroso y con el rostro pálido de quien acaba de recibir una noticia que no es capaz de asimilar, se tornó en la imagen misma de un espectro.

—Carlotta, ¿se encuentra usted bien?

—Sí, es sólo que... Sí... Yo... ¿Un ballet para mí? ¿Sería yo la bailarina principal? ¿De un ballet completo?

—Querida, uno nunca se espera las buenas noticias, por eso nos alegran tanto, aunque en su caso debo decir que me preocupa cómo le está sentando ésta... La veo a usted muy pálida. —La tomó de la mano y Carlotta accedió a sentarse en la butaca que tenía detrás—. Sí, eso es lo que acabo de decirle, que Théophile Gautier ha escrito un personaje protagonista para usted y que queremos que sea nuestra bailarina principal. ¿Cree que está preparada?

Todos y cada uno de los buenos y los malos consejos que Carlotta había recibido desde los siete años, cuando comenzó a bailar, pasaron por su cabeza tras aquella última frase de Léon Pillet. ¿Estaba preparada? Supuso que nunca lo estaría, pero que había que intentarlo y aprovechar la oportunidad; que a veces una se estrellaba y otras salía triunfante. Fuera como fuere, tenía que arriesgarse. Al fin y al cabo, había al menos una persona que confiaba en ella hasta el punto de proponerla como protagonista para su ballet.

Abrumada y sobrecogida, Carlotta comenzó poco a poco a recuperar el color de sus mejillas, se levantó y, con una amplia sonrisa, le preguntó al director:

—¿Cuál será el título del ballet?

—¿Cree usted que esa información la ayudará a decidir si aceptar o no nuestra propuesta, Carlotta?

Léon Pillet miraba de reojo el reloj de la pared, impaciente por conocer la respuesta de la joven. Siempre se había fiado de la intuición de sus colegas, pero en aquel caso resultaba que no había tenido alternativa. En los últimos tiempos había estado un poco disperso respecto a las nuevas incorporaciones a su teatro y desconocía el talento que Gautier tanto alababa de Carlotta Grisi. Necesitaba poner en marcha una nueva producción y para eso era fundamental que la chica aceptara: sin ella no podía contar con el trabajo del poeta, quien, por otra parte, le constaba que era rápido y eficaz. Apagó el cigarro y se cruzó de brazos para escuchar a la joven.

—Por supuesto que no; mi decisión ya está tomada. Quedo a su disposición para lo que necesiten en los plazos que hayan decidido. Sí, bailaré ese ballet, pero dígame: ¿cuál será el título?

Léon dio una palmada de satisfacción tras las palabras de Carlotta.

—¡*Bravissima*, Carlotta! Tendremos que trabajar duro porque no queda mucho para la fecha programada del estreno, aunque, si me permite la confianza, no me cabe duda de que usted será una protagonista incomparable. Estamos todos realmente ilusionados. —Hubo unos segundos de silencio. El director quiso disfrutar de la excitación de tener el poder de la información que a ella le faltaba y que perdería su valor para siempre una vez que la conociera. Léon Pillet miró a Carlotta a los ojos y, suavemente, le dijo—: *Giselle*, querida. El ballet se titulará *Giselle*, el nombre de su heroína.

Durante unos instantes, Carlotta se convenció de que el tobillo había dejado de dolerle.

16

París, 1866

Desde la tienda de antigüedades del otro lado de la rue Jacob, lugar que consideró adecuado para observar con discreción, Marcel Douter se alzaba el cuello del abrigo sin perder de vista el portal de la pensión. Reconoció a la joven Estelle, que abandonaba la casa en ese momento y le daba unas monedas al muchacho que le había salido al paso para ofrecerle un ejemplar del número extra del periódico de esa mañana. Douter hizo lo mismo y se acercó al chico en cuanto vio que ella se alejaba para hacerse con un pliego: la prensa, una vez más, había logrado filtrar las investigaciones policiales y anunciaba que el cuerpo de Guido Philidor mostraba signos de violencia, con una herida causada por arma blanca en la nuca.

«Maldita prensa indiscreta», pensó.

En vista de que Théophile tardaba en aparecer por allí, y dejándose envolver por el murmullo de sus propias tripas, consideró que tal vez fuese aquél un buen momento para ir a comer algo. Sin alejarse demasiado, caminó en busca de un *bouillon*.

Mientras tanto, en la estancia de la pensión, Théophile se incorporó para coger una pluma y un papel del escritorio, y se dispuso a redactar otra carta para Carlotta.

Querida Carlotta:

Siento tener que comenzar estas líneas con reproches, pero llevo casi dos meses sin noticias tuyas y ya sabes lo mucho que me ayuda sentir tus palabras cerca de las mías con cada respuesta a mis cartas.

¿Estás bien, querida? ¿Cómo te tratan en tu vida de princesa?

Imagino que las exquisiteces de tu palacio hacen mella en tu memoria y puede que poco a poco vayas olvidando a este amigo tuyo que tanto te aprecia y tanto te necesita.

Temo que las próximas vayan a ser notas asustadas, pero parece que últimamente todo se derrumba a mi alrededor. Querida, ¿dónde están tus frases de consuelo? Tu hermana está más unida que nunca a Judith, que no ceja en su empeño de casarse con Catulle pese a mi vehemente oposición. ¡Ese hombre no es trigo limpio! Lo conozco desde hace demasiado tiempo como para ignorar el tipo de vida que le puede ofrecer a mi pequeña. Sin embargo, ellas desoyen mis consejos. La hostilidad de Ernesta crece a pasos agigantados y me siento extraño en el cuarto de la pensión, que definitivamente (porque me ha echado de Neuilly) he tenido que convertir en mi propia casa. Incluso para sentarme a escribir estoy perdido y vacío, sin inspiración. Me faltas con tu alegría, amiga, me faltas más que nunca.

Quizá cuando esta nota llegue a su destino ya hayas sabido por la prensa internacional de los peligros en los que me he visto envuelto de la noche a la mañana...

Volvió a comenzar su mensaje: reescribía, tachaba y empezaba de nuevo. Nada lo convencía. Si era directo e insistía en la ansiedad que le provocaba no tener noticias suyas, temía agobiarla y que dejara de hablarle para siempre, pero se trataba de Carlotta, su alma gemela. ¿En quién, si no, podía confiar?

También debía contarle el asunto de la muerte de Guido Philidor. Ella debía saberlo, y mejor que fuera a través de él que por la prensa, que hasta Suiza podía tardar varios días en llegar.

Tras el almuerzo, para cuando Marcel Douter regresó a su puesto de observación improvisado en el anticuario, lo hizo a tiempo de distinguir la figura de Théophile, envuelto en un voluminoso abrigo de pelo y una bufanda roja, que salía de la pensión y caminaba hacia la plaza de la Bourse. Tal y como le habían ordenado, lo siguió.

Allí se detuvo. Marcel Douter lo vio entrar, dirigirse a uno de los mostradores dispuestos ante los tubos de aire comprimido y entregar un sobre. Dedujo que se trataba de una carta y no le dio más importancia, ya que sus gestos no daban a entender nada fuera de lo normal. En las últimas semanas había oído decir a sus compañeros que corría por París cierta obsesión con aquel nuevo sistema de comunicación futurista y eficaz llamado «correo neumático» que ensombrecía las estafetas tradicionales, y le pareció que Théophile, por ser un hombre de su tiempo, debía sucumbir también él, pese a la bohemia de la cual hacía gala, a los encantos de aquellas maquinitas.

Fue su paso errático a lo largo de lasTuileries, junto con las numerosas paradas hasta alcanzar el palacio de L'Industrie, lo que, sin duda, desconcertó al oficial. Théophile caminaba y se detenía para saludar a alguien y, cuando la persona se alejaba, él continuaba hablando, como dirigiéndose al aire. Marcel Douter pudo distinguir algunas expresiones sin entender nada:

—... Sí, un día espléndido, aunque fresco. Me dirijo al Salon, allí me encuentro más a gusto que en casa... Bien, Judith, bien. ¿Que qué tal la langosta? Estupendamente, gracias.

No comprendía a qué langosta se refería, aunque las felicitaciones por su hija, después del altercado de la mañana anterior, supuso que tendrían algo que ver con la boda a la que él ponía tantas pegas. Continuó caminando tras él. Cada cierto tiempo debía retroceder y buscar escondite tras un árbol o una de las estatuas del parque, ya que Théophile no avanzaba en línea recta, sino más bien haciendo eses, en un zigzag extraño que lo llevaba a saludar a lo que al policía le parecieron cientos de personas. Así hasta alcanzar por fin el edificio.

Théophile entró por la puerta principal y continuó saludando a diestro y siniestro. Marcel Douter se impacientaba por aquel deambular a paso de tortuga; le parecía una verdadera pérdida de tiempo. Se adelantó para ver lo que se celebraba dentro de la imponente construcción y descubrió que se trataba de una exposición.

Tras el escándalo causado por los *refusés* tres años antes, para el que Félix Nadar había cedido las instalaciones de su estudio, el Salon oficial continuaba abriendo sus puertas año tras año durante aquellos días y la multitud se congregaba curiosa por las inmediaciones de los Champs-Élysées, la zona más exclusiva y pudiente de la ciudad. Marcel Douter, que sólo había visto expuestos en las paredes de la casa de sus padres dos aguafuertes y un bodegón amarillentos debido al paso del tiempo, ignoraba la importancia y repercusión que aquel evento tenía para la evolución del arte, no sólo en la ciudad de París, sino también, por supuesto, en el extranjero.

Una vez dentro, lo primero que observó fue que había demasiados cuadros; recubrían las paredes hasta casi alcanzar el techo y todos los asistentes se maravillaban ante ellos. Sin perder de vista a Théophile, que continuaba abrazándose a toda persona que se cruzaba en su camino errático, Marcel Douter se aproximó a una de las obras.

—Disculpe, monsieur. —Un empleado de seguridad del recinto acababa de llamarle la atención—. No puede acercarse tanto a la pintura. Monsieur, ¿me ha oído?

El oficial se retiró, avergonzado. Lo cierto era que no entendía nada de lo que tenía delante y se había acercado a la pared para ver si lograba, con la cercanía, darle un poco de sentido a ese manchurrón que veía.

Un amasijo de colores borrosos parecía representar un «paisaje campestre». Eso, al menos, era lo que decían los letreros, aunque para él no eran más que manchas, pinceladas de colores vistosos, eso sí, pero ¿cuadros? En su pueblo los cuadros llevaban un título y se identificaba lo que querían mostrar: una cesta de flores, unos niños jugando, un bodegón... Pero ¿qué era aquello?

En la pared de enfrente, y rodeada por un grupo de visitantes, estaba la hermosa figura de un joven soldado tocando la flauta: aquello sí que le gustó. Dio unos pasos hacia el cuadro para observarlo con calma; algo en él acababa de ponerle repentinamente de buen humor.

ÉDOUARD MANET: «EL PÍFANO», RECHAZADO, anunciaba la placa informativa bajo el cuadro. Alguien había colocado una cinta roja que cruzaba la obra de extremo a extremo, como prohibiéndola. ¿Acaso alguien había considerado que un cuadro así podía prohibirse? A Marcel Douter le pareció una preciosidad.

Embriagado por la belleza de aquella pintura, a punto estuvo de olvidarse de los motivos que lo habían llevado hasta allí. Se volvió con brusquedad para buscar a Théophile. Pero no estaba, había desaparecido. Por lo visto, ya había besado a todas las damas asistentes, había abrazado a todos los caballeros que habían cruzado la mirada con él y, hastiado, había abandonado el edificio.

Marcel se precipitó hacia la salida y fue allí, a lo lejos, donde le pareció ver que asomaba el abrigo de piel de Théophile.

17

París, 1877

El viernes por la mañana Marie notó un revuelo excepcional en la sala de ensayos de l'Académie.

—Pasen de una en una y colóquense en sus sitios habituales, pero no toquen las barras del centro. Nos ha pedido que permanezcan ahí como referencia. —El maestro indicaba con su bastón para que las bailarinas entrasen poco a poco en el aula.

Marie se asomó a la puerta mientras terminaba de atusarse el moño: la clase estaba diferente. Las cortinas se habían abierto del todo y entraba una luz penetrante ya a esa hora de la mañana que la obligaba a forzar los ojos y fruncir la frente. Las barras, normalmente dispuestas en los laterales, habían sido colocadas en el centro y, como consecuencia, daba la sensación de que hubiera mucho menos espacio o de que la clase estuviera más llena.

—¿Y dónde nos colocamos las que tenemos nuestro puesto en las barras móviles, monsieur? ¿En mitad de la clase?

El maestro se volvió hacia Marie, que aguardaba al final de la fila con los brazos cruzados tras la espalda, impaciente por saber a qué se debían aquellos cambios.

—Sí, cierto. Ustedes van a trabajar ahí. La falta de referencias la ayudará para mejorar el equilibrio, Marie, algo que no le viene nada mal. —El maestro respondió indiferente y continuó en su repaso a las chicas: debía asegurarse de que el tul de las faldas estuviera correctamente ahuecado, los lazos del cabello bien anudados y que a nadie se le resbalase el raso de las cintas del tobillo.

Hubo quejas. Les dijeron que el artista necesitaría acudir todos los viernes para completar uno de sus cuadros y que la escena tendría que recrearse siempre igual, con la incomodidad que suponía retrasar los ensayos, mover las barras y, en general, adecuarse a las necesidades de aquel pintor. Marie estaba de acuerdo con sus compañeras en que lo más justo hubiera sido proceder a la inversa, adaptándose él al trabajo de ellas, pero no estaban por la labor de discutir. Monsieur Auber daba palmadas para espabilar a las chicas y se paseaba entre los corrillos para dispersarlas. Prefería que todo aquel latoso proceso pasara cuanto antes para continuar con sus clases.

Marie lo vio en cuanto entró en el aula y se dirigió al maestro para comentarle algo. Ambos caminaron hacia la ventana y corrieron de uno en uno los cortinajes hasta dejar la clase en penumbra. Nadie dijo nada y ella se colocó en su nuevo sitio. El artista estaba sentado delante de la columna, junto al piano. Marie lo observó hasta que él se dio cuenta y le guiñó un ojo, con lo que ella tuvo que reprimir una risita tapándose la boca. Tal vez pudieran llegar a ser amigos; quizá pudieran hablar al terminar la clase y él le explicara a qué se debía ese interés en trabajar con ellas cuando sólo eran bailarinas y aquello ni siquiera era una representación formal. Si sus suposiciones eran ciertas, aquel hombre no era ningún pervertido: sólo necesitaba que lo dejasen tranquilo para trabajar en sus dibujos. A lo mejor Marie había sido más discreta que sus compañeras y aquel gesto al guiñarle el ojo fuera su particular forma de demostrarle que estaba agradecido.

Después de varios ejercicios de calentamiento, la espalda le quemaba, notaba el tejido adherido a la piel: los azotes le habían dejado algunas marcas en carne viva. No quiso quitarse la chaquetilla por miedo a que él se diera cuenta de las heridas, así que se la dejó puesta hasta que terminaron.

Pese a los esfuerzos del pintor por hablar entre susurros, Marie pudo afinar el oído en un par de ocasiones en que éste se había acercado al maestro para comentar:

—Son todas muy bonitas, sin duda, pero creo que prefiero que no se preparen tanto y que, salvo las barras y las cortinas, porque necesito que la fuente de luz no sea intensa, todo esté lo más natural posible y que a las chicas les diga que se vistan como de ordinario.

Al acabar los ejercicios de centro, y antes de cambiarse las zapatillas para comenzar el ensayo con las puntas, Marie se acercó a la silla en donde el artista había dejado sus bártulos antes de salir para tomarse un descanso. Se sentó en el suelo para calzarse justo al lado; el asiento estaba lleno de papeles y sobre ellos descansaba el cuaderno en el que pudo distinguir las figuras de lo que le parecieron brazos, piernas, cabezas y espaldas de sus compañeras. No había ningún orden en las hojas; estaba todo enmarañado en grupos de garabatos, algunos tachados y otros con el papel tan arrugado que se hacía difícil identificar lo representado.

Entre aquel caos, sin embargo, Marie se reconoció a sí misma: aquello no era un amasijo de siluetas indiferentes, sino que entre ellas podía identificarse repetitivamente la suya. El artista le había dedicado varias posturas de reposo: apoyada sobre el piano o con los brazos en las caderas, e incluso una con la cabeza agachada mientras buscaba la gamuza con la que secaba el sudor y que ella acostumbraba a dejar en el suelo, a los pies de la barra. Marie se sonrojó al comprender que había sido objeto de las atenciones de aquel misterioso artista y enseguida se apartó de aquellos esbozos por miedo a ser descubierta.

Antes de alejarse, notó que de una de las bolsas que el pintor había dejado junto al cartapacio asomaban varias monedas. Nadie la observaba, era un momento ideal para hacerlo y, sin medir las consecuencias de aquel acto, Marie se dejó llevar por sus impulsos y metió unas cuantas en su bolsa de las zapatillas.

Al darse la vuelta con agilidad para regresar a su puesto, chocó de golpe con el artista, que al parecer había estado detrás de ella desde el principio.

—Monsieur, ¡lo siento mucho! Por favor, no diga nada. Tenga, se las devuelvo.

Marie temblaba como un junco y no sabía cómo explicarle que no había podido resistir la tentación de llevarse un dinero que quizá para él no significara demasiado y que a ella tantos problemas le solucionaría en su casa. Le tendió la mano con las monedas y se tapó la cara sin poder contener un sollozo.

—Mademoiselle, por favor, no llore... —El hombre parecía incómodo al ver a aquella niña en una situación tan vulnerable. Miró a su alrededor y trató de disimular. Tomó a Marie de las manos y las apartó para verle el rostro mientras le hablaba—: Por favor, basta, no soporto que las mujeres se echen a llorar... Verá, no me importa que me haya intentado robar, sé que no volverá a hacerlo.

—¡No, monsieur! No lo haré. ¡Se lo prometo!

—Está bien, está bien. Calma. No convierta esta escena en un escándalo. —La sostuvo de las muñecas y la ayudó a levantarse—. Nadie va a enterarse de esto, ¿de acuerdo? Pero haga el favor de callarse. Nos están mirando sus compañeras.

Marie se limpió la nariz, que no paraba de gotearle, y comprobó, al escrutar a ambos lados de la clase, que había miradas curiosas atentas a lo que sucedía entre ellos. El maestro no había regresado, así que respiró tranquila.

—Si quiere que la ayude, tendrá que hacerme usted un favor a mí. —El artista acababa de hablarle con firmeza; le estaba lanzando una amenaza que se confundía con un peculiar ofrecimiento de ayuda.

Marie recompuso el rostro empapado de lágrimas. Aquello consiguió calmarla. Pensó en las advertencias de Alphonse.

—¿Qué es lo que quiere que haga? ¿Va a pedirme que lo acompañe?

—No, no quiero que me acompañe, no necesito compañía. Quiero que pose para mí. Venga a mi estudio y se podrá quedar con el dinero. Le daré más. Le pagaré por cada día que venga a ayudarme.

18

París, 1841

En los espejos de una de las aulas de Le Peletier se condensaba el calor que emanaban los cuerpos de los bailarines. Uno de los jóvenes que interpretaba a un cazador en el primer acto se aproximó para frotar la superficie con el codo: el reflejo devolvió la estampa en el centro de la sala donde Carlotta Grisi era aleccionada por Jules Perrot y su colega Jean Coralli: los dos coreógrafos trabajaban hombro con hombro en una de las primeras escenas de la nueva producción, en la cual la mímica era fundamental.

La primera parte de *Giselle* contaba la historia de una humilde joven en un pueblo de Silesia que muere al saber que su novio Loys es, en realidad, Albrecht, un noble prometido a una princesa que se hace pasar por campesino.

—Taaaaaararí... «Me quiere». Tiiiiirorá... «No me quiere». No es tan complicado: tome la flor y vaya deshojándola pétalo a pétalo. Debe decirle a Loys, pero también al público, que cada pétalo es significativo. ¡Abra los ojos, Carlotta! —Jean estaba a punto de perder la paciencia. Aflojó el nudo de su pañuelo y se levantó para representar él los gestos tal y como quería que los hiciera la bailarina—. Es una escena romántica, querida, no una diagonal de *deboulés.* Olvide la técnica, sólo exprese esa inocencia de creer que una flor puede determinar su futura relación amorosa con el hombre que está sentado a su lado en este banco.

Todos los asistentes guardaron silencio para ver cómo debía ejecutarse la escena. Nadie dijo nada y el coreógrafo decidió que, para explicarlo, lo mejor sería convertirse él mismo en Giselle, la campesina de débil salud cuyas dos únicas pasiones en la vida eran bailar y su prometido, Loys. Caminó hasta el centro de la sala y repitió los pasos que debía hacer Carlotta con la pretendida gracilidad de una joven de apenas veinte años.

En mitad de aquella aclaración se abrió la puerta y entró Théophile. Llevaba el cabello enredado en abundantes bucles a la altura de las orejas, un peinado que le daba un aire engolado a medio camino entre aristócrata y bohemio. Caminaba decidido y ágil, algo sorprendente si se tenía en cuenta su voluminosa envergadura. Era la primera vez que acudía a un ensayo, pocos lo habían visto desde su regreso del viaje a España y los compromisos con el periódico lo habían tenido ocupado hasta ese día, pero no había querido perderse la ocasión de asistir a aquel espectáculo exclusivo y, de paso, volver a ver a su bailarina protagonista. Hizo una reverencia al coreógrafo en cuanto se acercó a la silla que éste había dejado libre y Jules lo invitó a sentarse en otra que hasta entonces había permanecido desocupada.

—Es suya, monsieur Gautier. Llevábamos una semana preguntándonos si el autor del libreto encontraría un hueco para venir a los ensayos y no habíamos querido que nadie se sentase en su lugar. Cuéntenos, ¿cómo ha sido la experiencia española?

—Oh, magnífica, sin duda, hemos disfrutado mucho a pesar del calor: buena bebida, buena comida... No tan buenos espectáculos, he de decir. Esa gente tiene todavía mucho que aprender de nosotros. ¡No se imagina qué falta de decoro en los teatros! Se levantan de sus asientos, interrumpen la representación, gritan y son capaces de ausentarse en las partes más interesantes. Más allá de eso, ha sido un disfrute, claro que sí.

Jules Perrot se levantó y, tras cruzar una mirada con Jean —que seguía sosteniendo la flor, cruzado de piernas con gracilidad femenina en el banco del centro del aula—, comenzó a aplaudir en agradecimiento al escritor por su visita. Pronto lo siguió toda la clase, que se llenó con las palmadas y ovaciones de alumnos y maestros.

—Muchísimas gracias por recibirme así —dijo Théophile—. Son todos muy amables, pero, por favor, continúen con el ensayo. Sólo he venido a admirar el trabajo de los artistas. Finjan que no han visto a un corpulento cachalote entrar por aquella puerta y yo prometo no dormirme si me aburro al comprobar que mi historia en realidad es una estupidez.

Todos rieron y Jean le devolvió la flor a Carlotta antes de regresar a su asiento, ahora sí, junto a Théophile. En un susurro, se acercó para comentarle:

—Llegas en el momento perfecto, Théo. No tengo muy claro si estás satisfecho con la cantidad de bailarines en escena. ¿Te parece que deberíamos añadir a alguna de las niñas de los cursos inferiores?

Théophile se recostó ligeramente antes de responder. Aquella observación lo traía sin cuidado; había ido a ver a Carlotta y le daba lo mismo si colocaban a diez o treinta chiquillos dando saltos tras ella. Le parecían un simple decorado, por lo que no quiso opinar demasiado en un terreno que no era el suyo.

—Me parecen suficientes, Jean, no creo que supongan una gran diferencia de cara al argumento...

Aquel, sin duda, era el único aspecto, además de la participación de Carlotta, que podía preocuparle.

A la señal del coreógrafo, el pianista retomó la melodía interrumpida y comenzó de nuevo la escena. Lejos de caer dormido o siquiera bostezar, tal y como había advertido a los presentes, recibió la punzada de la fascinación al verla a ella de nuevo.

En mitad de aquella clase, Carlotta ya no le parecía una presencia separada de él por varias filas de butacas, lámparas y vastos telones, como la había contemplado la primera vez en la representación de *El zíngaro*, prácticamente un año antes. No, la joven se había transformado en una mujer de carne y hueso que en esos momentos compartía la misma habitación que él. Théophile olvidó al resto de los asistentes en aquella sala empañada por el vaho y sólo tuvo ojos para Giselle: era ella, no podía ser nadie más. Reconoció sus largos brazos, su sonrisa que, ahora apreciada de cerca, resplandecía, sin maquillaje, sin disfraz. Aquella mujer era perfecta.

—¿Está usted contento con el resultado, monsieur? —Junto a su brazo, una voz suave y adolescente con acusado acento italiano le preguntó con cortesía y lo sacó de su ensoñación. Al volverse hacia ella reconoció a Ernesta, la hermana de Carlotta, a quien había visto la noche del debut en el teatro de la Renaissance. La recordó inmediatamente.

—Muchísimo, es estupendo el trabajo de su hermana.

Ernesta le devolvió una sonrisa y regresó a su asiento con las mejillas sonrosadas. Notó que Théophile no apartaba su atención de los movimientos de Carlotta y aquello colmó de orgullo a la joven. Sabía que era la gran oportunidad de su hermana y que, como había sucedido con sus tías y sus primas durante generaciones de éxito en la dinastía de las Grisi, una más de la familia estaba a punto de triunfar en escena y hacer historia. Era normal que aquel atractivo caballero se interesase por ella para crear su personaje. ¿No era acaso Carlotta la idealización misma de cualquier poeta? Le pareció que él subía y bajaba la cabeza siguiendo la cadencia de las piruetas de Carlotta, sonreía ante los gestos que la bailarina regalaba a sus espectadores y ella lo seguía, más interesada en la fascinación de éste que en el trabajo de su propia hermana. Ernesta suspiró. Al darse cuenta de que todos la habían escuchado, se cubrió el rostro avergonzada: Théophile le hacía perder la compostura.

Sin embargo, poco podía figurar la inocente imaginación de aquella muchacha respecto a lo que en realidad pasaba por la mente de Théophile, que no apartaba los ojos de Carlotta, desnudándola con la mirada, ardiente de deseo por arrancarle aquellas telas sudorosas que cubrían una carne blanca como el mármol, la carne más blanca que jamás había visto en una mujer.

—¡Qué barbaridad! Estoy admirado con tu trabajo, Jean. Admirado de verdad ante la magnífica creación que estás llevando a cabo con esta artista. Es... sencillamente, brillante. —Théophile se derretía en comentarios elogiosos susurrados en voz muy baja al coreógrafo para que no llegasen a oídos de la bailarina, a quien era recomendable no colmar de piropos antes del estreno por no mermar con ello sus capacidades. La vanidad hinchada era muy dañina para los artistas.

—Es un alivio saber que estás satisfecho, Théo. Lo creas o no, Carlotta es una magnífica artista, pero tiene dificultades a la hora de expresarse. —Jean carraspeó para disimular y tomó a Théophile por el brazo para hablar en un aparte—: La chiquilla no transmite mucho con el rostro, ¿sabes a lo que me refiero? En esta escena, por ejemplo, o en la de la locura, un poco más adelante...

—Sé a lo que te refieres, Jean. No tienes que explicármelo. Carlotta Grisi es una criatura demasiado etérea para rebajarse a la mímica, ¿no es eso? Imagino que Fanny Elssler te hubiera sacado adelante estas escenas sin ningún problema, ¡y cómo la he recordado en España! El fandango es muy similar a su cachucha, ¿lo sabías? Pura sensualidad... —Acompañó la frase con un golpe de cadera que casi lo hace perder el equilibrio y caerse de la silla—. Pero créeme, Jean, estamos ante la bailarina idónea para este papel. Es ella, Carlotta es *Giselle*, no tengo dudas.

Durante el resto de la clase, la tensión mantuvo entrelazadas las miradas y los pensamientos de cada uno de los asistentes: los de Ernesta sobre Théophile, los de Théophile sobre Carlotta y los de Carlotta sobre ese punto del horizonte que los bailarines fijan para mantener la concentración y no perderse en el trabajo.

19

París, 1866

Se dijo que aquélla iba a ser la última vez que aceptaba la cobertura del *vernissage*, la jornada que inauguraba el Salon y, supuestamente, también aquélla en donde el olor a barniz de los cuadros todavía contaminaba el ambiente, por eso recibía ese nombre. Lo consideraba un trabajo para periodistas jóvenes, fácilmente impresionables y con entusiasmo desbordado por su trabajo; aquél ya no era su caso: Théophile prefería centrarse en las artes escénicas, pero necesitaba el dinero. Aquella tarde, en el palacio de L'Industrie, se había sentido más contaminado de egos que nunca. Había llegado allí tras un agradable paseo por los jardines y las fuentes que se extendían a ambos lados de las Tuileries y durante el que se había detenido con todo el que lo había reconocido para saludarlo y responder a sus preguntas; Théophile sabía que era un personaje público y cedía sin reparos a esa faceta suya.

Le gustó percibir que todavía había quienes lo recordaban por sus apariciones en aquel majestuoso parque, cruzando la rue de Rivoli, junto con Gérard Nerval y su querida langosta, la mejor mascota que nadie hubiera deseado en su vida. Años atrás, los dos amigos acostumbraban a pasearse a lo ancho y largo de los Champs-Élysées acompañados de aquel encantador animalillo atado a un arnés, convirtiéndolos en el centro de miradas y comentarios. Théophile extrañaba demasiado a su amigo.

Se había detenido unos instantes nada más cruzar la puerta del palacio y, abrumado por la cantidad de personas ansiosas de darse a conocer, le había sobrevenido el impulso de tomarse una bebida caliente, así que había salido de allí en busca de un café.

Había caminado hacia la place de la Concorde hasta dar por fin con una botillería agradable en donde poder relajarse un rato en soledad, lejos de los artistas; sin embargo, al tomar asiento había tenido la extraña sospecha de que alguien lo seguía. Aunque al mirar hacia ambos lados no reconoció a nadie que hubiera visto antes, una corazonada incómoda había comenzado a inquietarlo. Con el fin de evitar sus ya recurrentes taquicardias, la idea del café tuvo que ser sustituida por algo menos estimulante para los sentidos.

—Tomaré licor de pera, por favor.

El camarero se alejó tras anotar su consumición y Théophile volvió a mirar a su alrededor para confirmar sus sospechas. El café estaba tranquilo, con alguna mesa ocupada por parejas o caballeros leyendo el periódico. Nada de lo que alarmarse.

Iba por su segunda ronda de licor cuando alguien apareció a su lado para interrumpir sus reflexiones.

—Monsieur Gautier... Es usted, ¿verdad? Me pareció reconocerlo hace un rato cuando caminaba hacia el Salon. He querido saludarlo allí dentro, pero llevaba un rato dando vueltas y, al no verlo, decidí salir. He quedado aquí con una modelo. ¡Qué casualidad encontrarle!

Théophile se volvió bruscamente ante el entusiasmo de aquel joven, que ya había tomado una silla de la mesa contigua para sentarse a su lado. Supuso que debía de ser él quien lo estaba siguiendo y le sorprendió su confianza. Por lo general lo saludaban con reparos, la gente solía respetar ciertos límites antes de acceder a un artista como él, pero a aquel hombre de rostro lampiño y mirada acuosa no parecía intimidarle la presencia del famoso Théophile Gautier.

—Pues sí, me ha reconocido usted. Me temo que no tengo el gusto de haberle visto antes. —Théophile hizo el amago de tenderle la mano para presentarse—. Si no ha podido saludarme en el Salon es porque he huido. Cada vez me cuesta más aguantar a esa panda de pintores... raritos.

El caballero estrechó la mano de Théophile y sonrió ante el comentario.

—Sí, bueno, me temo que yo soy uno de ellos, monsieur, pero no se apure, ¡entiendo perfectamente a lo que se refiere! Mi nombre es Edgar Degas. Participo con el retrato de un jinete que ha caído en plena carrera. No sé si a los miembros del Jockey Club les agradará el tema, pero... a mí me pareció interesante... ¡Así que al cuerno con las opiniones de los demás!

Edgar Degas tomó su copa de absenta y la entrechocó con la de Théophile.

—Parece usted demasiado joven como para mostrar esa seguridad ante la crítica, monsieur. A veces he de reconocer que los periodistas podemos parecer aves carroñeras que se alimentan de los fracasos y los escándalos de aquéllos que producen el arte mismo. Tal vez sea mi doble faceta como periodista y escritor la que me permite distanciarme y ponerme en la piel de pintores como usted. Os comprendo. Probar nuevos estilos siempre es motivador, amigo. ¿Por qué no capturar ese momento de la caída que usted dice? Ahora no pienso en otra cosa que en revisar su cuadro...

—¡Muchas gracias, monsieur! Es todo un halago, aunque no estoy muy convencido del resultado. Participar en el Salon es un ejercicio más, aunque no mi objetivo... Últimamente me llaman la atención otros asuntos con los cuales usted está más familiarizado.

Théophile se aproximó a su interlocutor con gran curiosidad.

—Cuénteme, monsieur Degas, ¿qué asuntos son esos?

—El ballet clásico, por encima de todas las artes, sin duda, la más inspiradora para mis dibujos.

Los dos caballeros continuaron hablando; dos almas gemelas que acababan de conectar y se resistían a separarse. Hablaron de la danza, de la escritura, del retrato y de las bailarinas.

Desde el otro lado del café, y agazapado tras un periódico, Marcel Douter intentaba no levantar sospechas ante el crítico y observaba con cuidado a los dos conversadores. Para cuando se decidió a pedir que le sirvieran una tercera taza de té, vio a una joven que entraba en el local desanudándose la bufanda y corría hacia la mesa que ocupaban el pintor y Théophile.

—Lo siento mucho, monsieur Degas. Será la última vez que suceda. No he tenido tiempo de venir antes; ya sabe, mis hijas... No podía dejarlas con nadie más, y todo se ha complicado hasta que en el último momento se ha ofrecido una vecina a echarme una mano.

El pintor se levantó para ayudar a la joven a quitarse el abrigo y Marcel Douter se sorprendió de la bonita figura que ocultaban aquellas capas de franela. La invitaron a sentarse y ella rechazó la propuesta: «Supongo que deberíamos regresar al trabajo, monsieur. Por mi culpa ya se ha hecho bastante tarde...».

Théophile besó la mano de la joven antes de llamar al camarero para pagar la cuenta.

—Permítame que le invite, monsieur Degas. Que sea éste el comienzo de una interesante amistad. Manténgame informado de sus nuevos proyectos, ¡no lo olvide!

Los tres abandonaron el café y, antes de continuar siguiéndolos, Marcel Douter pidió que le indicasen dónde se encontraban los aseos. Toda aquella investigación sólo le había valido para acumular unas ganas terribles de orinar.

20

París, 1877

Los fines de semana las bailarinas de l'Académie tenían tiempo libre. Las que venían de los alrededores de París preferían irse a ver a sus familias al campo; otras menos afortunadas debían quedarse para trabajar en algún puesto de media jornada. Ese era el caso de Monique, dependienta en una pequeña boutique de tocados en las galerías comerciales del Bon Marché.

Inaugurados hacía poco más de veinte años, aquellos grandes almacenes habían facilitado a la sociedad parisina la comunicación y el disfrute en los nuevos bulevares: amplios escaparates en donde se disponía una selección de lo más llamativo del comercio permitían a los viandantes conocer lo que se vendía en cada departamento comercial sin necesidad de entrar y preguntar, toda una ventaja a la hora de estimular no sólo la vista, sino también el bolsillo de la creciente burguesía.

Marie había decidido visitarla y contarle la extraña propuesta que le había hecho el artista. Estaba asustada, pero la madurez de su amiga le inspiraba seguridad. Estaba convencida de que le aconsejaría correctamente.

—¡Marie! Menos mal que has venido. Salgo dentro de un cuarto de hora, pero esta tarde se me está haciendo eterna.

Intimidada por un delicado olor a talco que llegaba desde el otro lado del mostrador, Marie caminó por la *boutique* despacio y con cuidado de no tocar nada. El suelo estaba cubierto por una esponjosa moqueta estampada con dibujos de frutas y flores en tonos violeta, verde y azul capaces de hipnotizar a la muchacha, que tenía los pies hechos al suelo frío y la baldosa húmeda. Monique llevaba mucho más maquillaje del que acostumbraban a ponerse cada vez que tenían representación, y los tufos a ambos lados del cabello le colgaban como pequeñas serpientes enroscadas. A Marie le costó reconocerla. No iba a verla muy a menudo: aquél era un barrio reservado para la alta sociedad y no estaba bien visto que una muchacha como ella, con su ropa y su aspecto de pobre, se moviera en aquel ambiente sofisticado.

—Estás preciosa, pareces mayor, ¡y qué elegante! ¿El vestido es tuyo? —Marie acarició el polisón de su amiga con cuidado, una tela gris con rayas de color negro que entonaban a la perfección con su piel morena.

—No, de momento me lo prestan y debo devolverlo a final de mes, pero en cuanto ahorre lo suficiente me compraré uno. ¿Me imaginas llegando a clase de esta guisa? La cara del maestro puede ser todo un espectáculo.

Las dos rieron y, desde el otro lado del mostrador, una mujer alta y seria les hizo un gesto para que bajaran el tono.

—Es mi jefa, madame Sebillotte. No chilles tanto o me echarán antes de que tenga tiempo de ahorrar para mi propio vestido de crinolina.

Marie pidió perdón con una reverencia de las que siempre le funcionaban para salir del paso y aprovechó el momento para comentarle a su amiga el asunto que la había llevado hasta allí.

—Oye, aunque a final de mes juntes los francos suficientes para comprarte un vestido, te pagan cada semana, ¿no?

Le fascinaba la idea de ganar dinero. A veces se imaginaba a sí misma arreglada como su amiga tras un mostrador, ofreciendo sombreros, guantes y pañuelos a las damas más refinadas del centro de París, pero luego recordaba que ella era de otra pasta... Allí nunca encajaría.

—Sí, ¿por qué lo dices?

Marie bajó la mirada antes de responder:

—Por nada. ¿Estás contenta haciendo esto?

Madame Sebillotte salió del mostrador con una larga vara metálica rematada en un gancho. Marie dio un traspiés, convencida de que iba a por ella, y Monique la tranquilizó entre risas:

—Tranquila, es el instrumento que utiliza para echar la verja de la puerta. —Ambas se rieron y Monique continuó—: Dime, ¿por qué me preguntas esto? ¿Quieres que le diga a mi jefa que hable contigo para ver si puedes quedarte?

—¡No! Nada de eso. Es que el pintor..., ya sabes, el pervertido, como lo llamas tú, me ha propuesto que trabaje para él.

Monique se cubrió la boca asustada.

—Pero ¿qué me estás diciendo? ¿Cuándo? No pensarás ir... Marie, es peligroso. Ya sabes que el teatro está lleno de hombres con intenciones oscuras. ¡No lo hagas!

La chica se cruzó de brazos e hizo un gesto a su amiga para que bajara la voz. No quería que de nuevo les llamase la atención aquella mujer provista de ganchos.

—Pero tú no tienes problema. Mírate: ganas dinero suficiente como para ahorrar. A mí me faltaron un par de francos el otro día y mi madre me dio una paliza... Menos mal que mi hermana me salvó el pellejo.

Monique se llevó la mano a la barbilla con sospecha.

—Y tu hermana... ¿de dónde saca el dinero, si puede saberse?

Antes de poder contarle que la había visto con su novio y que, sin duda, tenía aspecto de ser un hombre de dinero, Monique tuvo que atender a las indicaciones de su jefa y alejarse de Marie para recoger el muestrario de telas que había sobre la mesa.

En la tienda quedaban dos clientes merodeando por el mueble del fondo. Madame Sebillotte se acercó para decirles algo y luego regresar al interior del almacén, pero, antes de entrar, hizo un gesto a Monique para que fuera a avisarlos de que ya estaban cerrando.

—¿Qué trabajo le costaba darles la información incómoda? —le dijo a Marie antes de caminar hacia ellos—. Tú espérame aquí, que me toca recordarles a estos dos señores que las empleadas de los grandes almacenes también tenemos un horario y nos gusta regresar a nuestra casa al terminar la jornada.

Marie se rio con el descaro de su amiga y corrió a sentarse en una silla, como ésta le había indicado. Aquellos dos hombres rondaban los veinte años; sin duda eran estudiantes de buena familia llegados a París con ganas de comerse el mundo y curiosidad por degustar las tentaciones de un centro comercial como aquél. Caminaron hacia la salida y uno de ellos miró a Marie con detenimiento al pasar delante de ella. Se detuvo y, tras hacer un gesto al otro para que lo esperara fuera, le habló:

—¿Tú no nos vas a echar, como tu amiga? —Se acercó un poco más y le acarició la mejilla con el bastón—. A lo mejor podemos sentarnos los tres en algún café por aquí cerca. Esa silla no parece la más cómoda.

Marie buscó a su compañera con la mirada, pero ésta ya se había retirado a cambiarse en el cuarto al final del pasillo. Estaba sola. Madame Sebillotte entró de nuevo provista de su gancho y, acercándose al caballero, le aclaró:

—Monsieur, deje en paz a esta joven. No trabaja para mí.

Marie permaneció inmóvil en su asiento y no abrió la boca para contestar a la propuesta de aquel misterioso caballero. Su amiga acababa de salir del cuarto vestida de nuevo con sus prendas habituales y una sonrisa de satisfacción: por fin volvía a ser libre.

—Ya estoy, podemos irnos. ¡Gracias, madame! Nos vemos mañana. —Agarró a Marie por el brazo y ésta se levantó para salir con ella por la puerta.

Ya en la calle, Marie le dijo a su amiga lo que acaba de escuchar, pero Monique no parecía sorprendida.

—Sí, bueno, pasa a menudo: muchos de esos estudiantes se creen que pueden llegar a París y tomar de las galerías comerciales lo que más les apetezca. No hagas caso y, por favor, no vayas a ver al pintor.

21

París, 1841

Llevaban dos semanas trabajando en los preparativos para el estreno del nuevo ballet. En ese tiempo, entre las clases y frugales meriendas en casa de las hermanas Grisi, y gracias a la dedicación que el escritor estaba volcando en su obra, los tres habían tenido tiempo de forjar una bonita y fraternal amistad. Se veían dentro y fuera del teatro, hablaban de la historia de *Giselle*, de la vida de las hermanas antes de llegar a París, de los comienzos de Ernesta como cantante —que no fueron todo lo exitosos que ella hubiera deseado— y de la ilusión de Carlotta por la oportunidad que le brindaba aquel ballet que estaba a punto de estrenarse.

Théophile se arrepentía de haber tardado tanto en acercarse a la bailarina, pero, desde aquel primer encuentro en el aula de Le Peletier, se había prometido no volver a desatenderla: era una delicada criatura, frágil y exquisita, y consideró que él era el más indicado para protegerla. Cualquier excusa bastaba para hacerse notar entre bambalinas, para acudir a l'Académie y posponer, aunque fuera por unas horas, sus otras responsabilidades como cronista y escritor.

—¡Aquí me tienes, querida! Has estado fantástica, simplemente maravillosa, absolutamente indescriptible. Por favor, no tengas en cuenta lo que ese perverso de Jules vaya a decirte. —Théophile esperaba a Carlotta en el espacio reservado a los artistas que quedaba entre el *foyer* y el escenario. Caminó hacia ella en cuanto ésta terminó su variación y la envolvió en su chal de cachemira, besándole la frente para consolar el angustiado rostro de la bailarina.

Théophile observaba a la artista mientras ésta se desvivía por interpretar uno de los momentos más difíciles de la obra, aquél en el cual la joven Giselle descubre que su enamorado, Loys, no es quien dice ser, un campesino que la ama sólo a ella, sino el noble Albrecht, prometido con Bathilde, una princesa que en esos momentos visita la aldea en una partida de caza con varios miembros de la corte. Al saberlo, su inocencia se resquebraja y, con ella, la protagonista cae presa de un episodio de locura que la obliga a soltarse el cabello y sacudirse de un lado a otro del escenario aferrada a la espada de su amado hasta morir.

—Gracias, Théo, pero ¿cómo voy a ignorarlo si dependo de él y de sus correcciones para que el estreno no sea un completo desastre? —Agotada por el esfuerzo, la bailarina se apoyaba sobre las rodillas y trataba de recuperar el aliento—. Es que no lo soporto cuando me habla en ese tono...

Théophile, como todos los asistentes habituales a los ensayos, se había dado cuenta de la compleja comunicación existente entre bailarina y coreógrafo: Carlotta consideraba que debía a Jules cuanto había aprendido y aceptaba sus exigencias, se entregaba al esfuerzo y se dejaba conducir hasta el extremo de sus posibilidades físicas, y él, que no había tenido más remedio que aceptar que fuera ella la bailarina contratada en vez de él, reconocía que la joven había alcanzado una nueva etapa durante la cual puliría sus movimientos antes de verla subirse al escenario, pero todavía reservaba para ella cierto rencor, cierta envidia. Que hubieran sido pareja añadía una confianza perversa a aquella comunicación que no dejaba indiferente a nadie. A veces Jules le gritaba, pero eso también lo hacía con el resto de los bailarines. Lo que estallaba entre ambos era una suerte de comunicación cómplice, un sometimiento perverso por parte de ella, un afán destructivo que, sin embargo, lograba sacar lo mejor de Carlotta como intérprete.

—¡Imposible que sea un desastre, Carlotta! —insistió Théophile—. No digas tonterías. Asegúrate de meter en agua fría ese tobillo en cuanto llegues a casa y verás cómo todo sale bien. Deja que yo me encargue de Jules. ¿Es que Jean no ha venido hoy?

Aquella tarde, la excusa que Théophile encontró para presentarse de nuevo a esperar a Carlotta había sido comentarle a Jean Coralli un par de sugerencias respecto a la puesta en escena del último acto, pero a quien encontró dirigiendo a los bailarines fue a Jules Perrot.

—Vaya, me hubiera gustado hablar con Jean. En fin, veré qué puedo decirle a Jules y aprovecharé para pedirle que, por favor, no te atosigue más con los saltos o conseguirá que te reviente un tobillo.

Envuelta en la suave tela de su chal, Carlotta se retiró para cambiarse con la ayuda de dos compañeras. Antes de salir, le gritó a su amigo:

—¡Ven luego a casa, Théo! Ernesta ha preparado *fetuccini* y le hará ilusión que los pruebes. ¡Te esperamos!

Las dos hermanas lo habían acogido como a un miembro más de la familia y él disfrutaba de aquellos momentos como si nunca hasta entonces hubiese conocido el significado de la felicidad.

Pero no todo era armónico en aquella relación.

Théophile deseaba a Carlotta con vehemencia, con un furor que, según pasaban los días y las semanas, se le hacía más difícil de disimular. La presencia de la bailarina lo excitaba y lo ponía nervioso; tartamudeaba, se ruborizaba, dejaba caer objetos al suelo cuando ella estaba presente y se sentía ridículo.

Las dificultades a la hora de verse a solas con ella sólo lograban acrecentar su obsesión. Ernesta siempre estaba allí en medio, cocinando para él, pendiente de las arrugas en el tul de la falda de ella y sentándose sonriente en el sofá entre ambos. No podían culpar a la pobre criatura por sus buenas intenciones, pero, con ella de testigo, Théophile se sentía ahogado e incapaz de establecer la comunicación que deseaba con Carlotta. Una tensión sutilmente incómoda había comenzado a desatarse en casa de las Grisi.

22

París, 1866

Una vez que llegaron al pont de La Concorde, decidieron que era el momento de separarse para continuar en direcciones opuestas: Théophile regresaría a su pensión y Edgar Degas y la joven que posaba para él tomarían una calesa para subir hasta Montmartre; la rue Victor Massé, donde se encontraba el estudio del pintor, todavía les quedaba lejos.

—Ha sido un placer conocerla, mademoiselle. La próxima vez que se cite con monsieur Degas, no dude en retrasarse el tiempo que haga falta. ¡Podremos continuar charlando sin ser conscientes del paso del tiempo! ¿Me equivoco, amigo?

—No lo diga usted en broma: es la primera vez que se retrasa, y una hora es tiempo más que suficiente para estar enojado, pero, con tan grata compañía, es imposible que me enfade.

—Volver a hablar con alguien en el entorno del *vernissage* sin tener que reprimir las ganas de salir huyendo por tanta vanidad ha refrescado mis ánimos, monsieur. Debo decir que he disfrutado muchísimo con su conversación. ¡Es usted un auténtico *boulevardier*! Suerte en su trabajo, y no dude en avisarme cuando pueda ver esa obra en la que la mademoiselle esté retratada.

La joven agachó la cabeza con modestia y Marcel Douter vio a lo lejos cómo, tras un amigable apretón de manos, los tres se separaban para tomar rutas distintas. Pensó que ya había cumplido de sobra con el encargo para su jornada y regresó a la Sûreté Nationale para dar parte de lo que había sucedido (en realidad, nada destacable ni sospechoso, en su opinión, pero ¿quién era él para sacar conclusiones?).

Théophile caminaba satisfecho por el *quai* al borde del río, contento de haber conocido a aquel prometedor artista tan falto de orgullo y con tan interesante conversación, curioso por la danza y provisto de un olfato excelente para la lectura. ¡Toda una excepción entre sus contemporáneos! Una sensación de *déjà vu* le recorrió el espinazo de repente: ¿cuántos días habían pasado desde la aparición del cuerpo de Philidor allí mismo? Quienquiera que hubiese asesinado al director de escena de la Opéra aquella noche continuaba campando a sus anchas por la ciudad. Recordó el miedo al descubrir el cadáver, empapado, en mitad de aquella noche hostil que lo había empujado a abandonar el baile de máscaras de Le Peletier. El rostro malhumorado de Catulle Mèndes se cruzó también entre aquel hilo de recuerdos inconexos y tuvo que dar un par de sacudidas y golpearse el pecho con los puños cerrados para no dejarse arrastrar por la ansiedad en una tarde tan agradable como había sido aquella.

Se consoló pensando en la carta a Carlotta, que pronto llegaría a Ginebra.

Esperaría una respuesta.

Mientras tanto, Marcel Douter alcanzaba la oficina agotado por la jornada. Al avanzar por el pasillo de camino al despacho del comisario, nada le hizo sospechar que el grupo de policías pudiera haberse reunido sin avisarle ni que algo extremadamente importante acabara de suceder, hasta que uno de ellos lo interceptó delante de la puerta.

—Muchacho, ¿no te has enterado? Hemos sido convocados en la planta baja. Vamos, aquí nunca se sabe cuándo van a ascender a alguien. Hay que estar atentos.

Marcel Douter no lograba acostumbrarse a aquellos ritmos frenéticos de sus compañeros, siempre con un rumor a punto de desestabilizarlo todo, cuando él lo único que deseaba era que lo dejaran en paz para regresar a su casa y meterse en la cama. Estaba harto, pero accedió a acompañar al policía. ¿Qué otra cosa podía hacer?

La sala estaba llena. El grupo de oficiales, al que se habían sumado los de la comisaría del distrito anexo, se habían juntado y allí no cabía un alfiler. En cuanto el comisario apareció sobre la tarima, todos callaron y dejaron que se explicara. Parecían noticias importantes. Marcel Douter dio un sonoro bostezo y alguien lo golpeó con el codo para que guardase la compostura.

—No tenemos mucho tiempo y debemos actuar con eficacia. Caballeros, acaban de confirmarme un nuevo caso de asesinato.

El murmullo se hizo notar y la sala se cargó con la tensión de la incertidumbre y el miedo colectivo. Alguien alzó la mano para preguntar, pero, antes de que cedieran la voz a los curiosos, y por no alentar una iniciativa casi prohibida en aquella institución, el comisario retomó la palabra para continuar explicándose.

—Cálmense, por favor. De momento no tenemos más información, pero, dadas las circunstancias y puesto que el caso del cuerpo hallado en el Sena todavía no se ha resuelto, debemos actuar con la máxima cautela y discreción.

Marcel Douter se arrimó a dos compañeros sentados en la fila delantera y escuchó sus comentarios.

—¿Quieres que apostemos a ver cuánto tiempo tarda el periódico en hacerse eco de la noticia?

—¡Seguramente menos que tú y que yo!

Ambos se reían sin disimulo y, aunque a Marcel Douter aquello le parecía que no era un asunto que debiera tomarse a la ligera, se unió con una risa nerviosa al regocijo imperante en el ambiente.

El comisario trató en vano de restablecer el orden.

—¡Silencio, caballeros! Antes de que saquen sus propias conclusiones, sabemos que el oficial Douter ha estado siguiendo al primer sospechoso a lo largo de la jornada de hoy. Esperamos el parte correspondiente. Imagino que se encuentra entre nosotros, ¿no es así? —Todos se volvieron y alzaron el cuello en busca del policía, que acababa de sonrojarse ante lo inesperado de su mención y, tímidamente alzó la mano—. Así es, aquí lo tenemos. Acérquese, muchacho, cuéntenos...

De camino a la tarima, y tratando de disimular un incómodo temblor de rodillas, el oficial pensó en cómo explicarle a aquella horda de remilgados compañeros que no había encontrado nada sospechoso, que Théophile Gautier le había parecido un pobre borrachín excéntrico, con insaciable conversación y aficionado a los largos paseos, que lo había tenido recorriendo las Tuileries de arriba abajo durante horas y que era imposible que hubiera matado a nadie aquella tarde.

Pensó en lo que iba a decirles y tuvo cuidado de no excederse en sus propias conclusiones.

23

París, 1877

El portero, que había abierto de mala gana, como si Marie lo hubiera interrumpido en la hora de la siesta, le dio un buen repaso a través de sus lentes.

—¿Vienes a visitar a alguien, jovencita? No me suena tu cara...

Marie volvió a sonrojarse. Odiaba ese impulso incontrolable de bombear sangre en sus mejillas cada vez que alguien la incomodaba con sus comentarios.

—No, no vivo aquí. Vengo a visitar a un artista... Discúlpeme, pero no sé cómo se llama. ¿Conoce usted al pintor que vive en la buhardilla del edificio? Ha sido él quien me ha citado para un trabajo.

—En esta finca viven muchos artistas, jovencita. Me temo que, como no seas un poco más precisa, no voy a poder orientarte.

Sin apartar la vista de ella, el portero se restregó la boca con la mano, un gesto que a Marie le puso los pelos de punta. ¿Cómo había sido tan tonta de decidirse finalmente por llegar hasta allí sin haber preguntado por el nombre del pintor?

—Tendrá unos cuarenta años y no es muy hablador. Viene todos los días a la Opéra para vernos durante las clases. —Comenzaba a impacientarse, Marie no se podía creer que en esa casa viviera más de un pintor de aquellas características—. ¿Es que no puede usted dejarme entrar para que pueda esperar aquí? En la calle hace frío, monsieur.

—Entonces ¿eres una *petit rat*? Por supuesto que sí, debí haberlo imaginado en cuanto te he visto aparecer por la puerta. Sois todas iguales, y Edgar Degas parece que tenga una obsesión con vosotras y con vuestros cuerpos huesudos. Pasa, chiquilla; te estará esperando en su estudio. Es la última puerta del fondo, en la última planta.

Marie se despidió y agradeció la información. Edgar Degas. El nombre le sonaba bien, como a aristócrata, como a caballero importante. Subió las escaleras a la carrera y, cuando alcanzó la puerta de la buhardilla, se detuvo. Tenía miedo de llamar y que él estuviera trabajando en alguna obra importante que Marie no tenía muy claro en qué podía consistir, pero no quería interrumpirlo. Nunca había estado en el estudio de un pintor y la curiosidad por ver de cerca cómo se trabajaba en aquel ambiente crecía por momentos, pero también se sentía intimidada por lo que Monique le había dicho. Marie había optado por ignorar sus recomendaciones y acudir al estudio. Sabía que cualquier cosa podía suceder al cruzar aquella puerta, pero quiso arriesgarse.

Se sentó en uno de los escalones hasta que oyó las campanas de la iglesia de Notre-Dame de Lorette anunciando la hora acordada. Allí sentada la encontró Edgar cuando abrió la puerta.

—Pero ¿qué hace usted aquí? Es pronto, pero podía haber llamado al timbre, así le explicaba con calma... Venga, pase.

Edgar Degas llevaba puesto un blusón como aquél con el que lo había visto en l'Académie, pero éste estaba especialmente sucio, con lamparones rojos y azules y alguna que otra marca de una masilla reseca que Marie no lograba adivinar qué podía ser. Le sorprendió que, si efectivamente se trataba de un pintor famoso y de prestigio, se atreviera a salir a la calle con aquel aspecto. ¿No era un hombre adinerado? ¿Es que no tenía otra ropa con la que vestirse? Marie dudó. Tal vez no tuviera dinero; el asunto de su fama podría no ser más que un rumor y quizá él mismo le hubiera mentido. Puede que estuviera a punto de sucederle lo peor, ahora que por fin había accedido a subir a su apartamento y no había nadie para protegerla. Marie sintió miedo y cruzó los brazos bajo el pecho en cuanto él le tendió la mano para invitarla a pasar.

—Tranquilícese, muchacha. Está usted temblando ¿Viene desde muy lejos? Venga, pase, que seguro que viene poco abrigada y tiene frío. Aquí dentro estará mejor.

—Discúlpeme, no quería interrumpirle. En realidad he llegado pronto porque vivo muy cerca de aquí, en la rue Douai, ¿sabe usted?

—Por supuesto, entonces somos vecinos. Pero no diga tonterías: usted no interrumpe. Iba a comprar un poco de leche. Si no le importa esperarme, comenzaremos enseguida.

Marie se desabrochó el abrigo lentamente en cuanto vio que el artista se marchaba. Ese voto de confianza la tranquilizó. No se atrevió a revolver entre sus pertenencias por miedo a que la descubriera y pensara que, de nuevo, trataba de robarle. Permaneció quieta unos instantes, sin moverse de la entrada. Alargó el cuello en todas direcciones e identificó varias habitaciones amuebladas con maderas y tapizados que quiso imaginar que le recordaban a los locales de la rue Vivienne, en los que en realidad jamás había entrado, pero de los que tanto había oído hablar y donde, desde hacía unos días, imaginaba a su hermana con su novio. Amplios espacios confortables en los que jamás se colaba el frío ni la humedad del invierno de París. Lugares cuidadosamente amueblados con asientos de terciopelo rojo y verde, cortinas crujientes que caían pesadas y se doblaban al tocar el suelo como los faldones de las damas elegantes que iban a las representaciones de la Opéra.

Tímidamente se abrió paso hacia el estudio sin perder de vista la entrada, por si su anfitrión regresaba. Ubicado tras una pequeña puerta a la izquierda del pasillo, el espacio de trabajo del pintor estaba aislado del resto de las estancias de la casa.

En él había plantas, espejos, una pileta llena de cubos con agua turbia, vasos con pinceles empapados en trementina pestilente, trapos sucios y un gramófono enorme en una de las esquinas. La cuadrícula del ventanal, que ocupaba prácticamente todo el lateral izquierdo de la sala, tenía marcas de dedos y manos, como si alguien acostumbrara a apoyarse en él sin importarle que luego hubiera que limpiarlo. El vitral dejaba paso a una luz intensa a aquella hora de la tarde. Podían percibirse miles de partículas de polvo en suspensión que se movían en el aire como bailarinas. El reflejo del cristal había calentado el ambiente en la estancia. Marie se sintió como si fuera verano, aunque cinco pisos más abajo la tarde continuara estando helada y ni siquiera pudiera intuirse el tímido comienzo de la primavera.

El artista regresó minutos más tarde cargado con un cartucho de papel y la invitó a sentarse. No había sonreído en ningún momento desde que ella había llegado. Marie siguió sin entender las formas y el comportamiento de aquel hombre, y empezó a arrepentirse de haber aceptado el trato. Sin embargo, sus dudas se disiparon en cuanto él la invitó a un vaso de leche con pasteles de almendra. Nunca, jamás había probado un bocado tan delicioso y, después de llevarse a la boca unos cuatro o cinco casi de golpe, confirmó que estaba dispuesta a lo que él le pidiese por perverso que fuera.

Edgar Degas caminó hacia la galería y echó las cortinas hasta dejar la habitación en una semioscuridad extraña. Luego tomó asiento en una mesa cubierta de papeles y utensilios de dibujo, y le pidió a Marie que se acercara. Dijo que quería tomar unos apuntes de su talla y facciones antes de comenzar a retratarla. Con la boca llena, Marie se atrevió a preguntarle:

—¿Por qué está todo tan oscuro? ¿Tiene usted miedo de que le vean?

—No, Marie. ¿Puedo llamarle Marie, verdad? —Edgar Degas miró a la niña y le guiñó un ojo con complicidad cuando ella asintió moviendo la cabeza—. La luz me molesta y me hace daño a la vista.

Marie recordó la sesión del viernes anterior en el aula del Palais Garnier: comprendió que en aquella ocasión también habían echado las cortinas por un motivo, así que no volvió a decir nada más. Esperó las instrucciones del artista e imaginó que, entre tinieblas, sus peticiones podrían tornarse también oscuras.

Sin embargo, lo primero que le pidió fue que bailara, con lo que Marie no podía sentirse más cómoda. La música del gramófono comenzó a sonar con una melodía al piano que a ella le recordó a las clases diarias.

—¿Puedo descalzarme?

—Puedes ponerte como te sientas más cómoda, claro.

Sus dedos diminutos asomaban por los rotos de la punta de sus calzas y le dio vergüenza que el artista lo notara. El contacto con el suelo, caliente por las horas de exposición a la luz del sol, era muy agradable, así que Marie se las quitó.

Marie comenzó a bailar. El estudio era grande y, aunque estaba repleto de obras y cachivaches del artista, tenía bastante espacio libre en la zona central. Al moverse con la música, Marie se fijó en que, junto a algunos lienzos en blanco apoyados sobre un estante en donde se almacenaban decenas de libros, había una falda de bailarina, una caja con varios pares de zapatillas de puntas usadas y una madeja con cintas de raso de diferentes colores. Aquel hombre, desde luego, disfrutaba rodeándose de objetos similares a los que utilizaba ella en su día a día.

Edgar Degas le preguntó por sus movimientos. Quería saber si eran improvisados o si se trataba de ejercicios repetidos y aprendidos en l'Académie.

—Es la variación de la primera aparición de Myrthe, monsieur. —Se desplazaba por el estudio sobre las puntas con rapidez y sin que el resto de su cuerpo se moviera, como si se deslizara en el aire, mientras le explicaba—: Es la reina de las wilis. Cuando comienza el segundo acto de *Giselle*, ella aparece y atraviesa el escenario haciendo esto. —Marie se levantaba la falda para mostrar bien sus pies ágiles, dando pasos diminutos sobre aquel suelo manchado de pintura—. *Bourrée en couru.*

Él la observó y guardó silencio. Dejó que la niña bailase libremente durante un rato y se limitó a contemplarla sin siquiera tomar notas. Necesitaba que se familiarizara cuanto antes con aquel entorno porque serían muchas horas las que iba a pedirle que le ayudara como modelo, así que no se dio prisa y los dos disfrutaron de aquel primer encuentro. Para Degas, hasta cierto punto, aquello era lo más parecido a asistir a un pedacito privilegiado de representación.

24

París, 1841

Théophile acudió al teatro decidido a aportar con sus comentarios ciertas correcciones interesantes para la preparación del ballet. Buscó a Guido Philidor que, según le habían informado, estaba en el patio interior del edificio. Al cruzar una de las puertas que comunicaban con la terraza, alzó la vista y observó con detenimiento el relieve del tímpano; le parecía que Le Peletier tenía una fuerza especial para sobrecogerlo. Sobre las columnas de salida al patio por el jardín, la piedra representaba a una jauría de leones, un relieve esculpido con violencia y extremado realismo. Eran aquellas bestias las que recibían a los visitantes y las que coronaban cada entrada en la Opéra. Bajo ellas pasó Théophile y pudo distinguir a lo lejos la figura del *régisseur* que reía despreocupadamente. No estaba solo. Su animada actitud se debía a algo que su interlocutora, una de las jóvenes alistadas en el cuerpo de baile, acababa de decirle. La sombra del árbol que se proyectaba sobre sus cabezas le impedía adivinar sus rostros, pero Théophile diferenció la blancura de las capas de gasa en el atuendo de la muchacha en contraste con el traje oscuro de Philidor, que se inclinaba hacia ella pasándole un brazo por el hombro, como si confiara un secreto al oído de la chica. El crítico consideró que sus asuntos eran prioritarios, así que se abrió paso por el camino de gravilla hacia el banco en donde estaban ellos, sin miedo a interrumpirlos.

—Magnífico, monsieur Philidor —Pronunció estas palabras en cuanto vio que éste notaba su presencia—. Sin duda, las ideas de esta joven deben de haber sido fundamentales para el desarrollo del primer acto. Déjeme que adivine... ¿Entre la llegada de la princesa Bathilde y el momento en que se descubre que Albrecht es un farsante?

Los dos hombres comenzaron a reír y se dieron la mano. La bailarina, ruborizada y avergonzada, se inclinó ante Théophile en una brevísima reverencia y corrió hacia el interior del edificio por la misma puerta por la que él había salido. Guido invitó al poeta a que tomara asiento.

—Estas pequeñas endemoniadas... Me tienen loco. Siempre en medio. Las veo subir y bajar las escaleras, colarse por los pasillos más estrechos con sus gráciles cuerpecitos, y no hay forma de que me dejen tranquilo. ¿Puede creerlo?

Por supuesto que podía. Las jóvenes bailarinas de la Opéra también le habían parecido siempre una distracción tentadora y atractiva, pero la llegada de Carlotta poco a poco había ido desplazando el foco de su interés.

—Tienen algo, me hago cargo... En cualquier caso, no he venido a cuestionar el indudable atractivo de estas muchachas, sino a compartir una idea para verlas en escena como espectros todavía más realistas que con la simple luz de gas.

Théophile expuso su ocurrencia sobre los espejos; imaginaba que el reflejo de las lámparas sobre varios fragmentos pegados en la cara interna del telón durante la escena del lago a la luz de la luna, en el segundo acto, podía funcionar de forma ingeniosa, pero al *régisseur* no le gustaba que le dijeran cómo debía hacer su trabajo. La conversación se tornaba cada vez más encendida a medida que los dos caballeros chocaban en sus puntos de vista.

—Usted no puede, simplemente, presentarse aquí cuando quiera y pedirme que modifique estos asuntos cuando estamos a menos de un mes de estrenar la pieza. No pienso pedirle ahora a Contant que haga cambios y maree todavía más a los tramoyistas, que no dan abasto con su trabajo. Hasta monsieur Cicéri se ha quejado de la dificultad que plantean sus descripciones en el libreto a la hora de adaptarlas a un paisaje en el escenario. ¿Cementerios? ¿Escenas de caza? ¡Bastante complicación nos trae ya el mecanismo del balancín para la escena en que Giselle le lanza flores a Albrecht flotando sobre la tumba! ¿Es que no tenía usted una forma más mundana de representar a la protagonista? ¿Tenía que pasearse por el aire?

—Por supuesto que no, monsieur Philidor. Estamos hablando de un fantasma, un espíritu liviano y etéreo. Giselle existe después de muerta debido a su amor por Albrecht, y, si debe demostrarlo dejando caer unos lirios sobre su enamorado, pues lo hará desde el aire y no sentada a los pies de su propia tumba. De ningún modo cambiará usted esa parte.

Théophile se había levantado del banco y acompañaba sus agitadas expresiones golpeando el suelo con el bastón. Aquel asunto de los decorados lo había sacado de sus casillas. Se sintió menospreciado por el *régisseur*.

—Está bien, está bien. Retiro lo de la visión mundana de Giselle. Es cierto que se trata de un fantasma... —Philidor se levantó también de su asiento de piedra para tomar a Théophile por el antebrazo y animarlo a que se sentara de nuevo. Aquel patio comunicaba con todas las estancias del edificio y no quería exponerse, en plena discusión, a llamar la atención de los curiosos, especialmente del director, Léon Pillet—. Escuche, monsieur Gautier —le dijo serenando el tono—, no me gustaría que esta cuestión nos llevase a un desagradable y absurdo malentendido. Le pido disculpas, es usted un genio de las letras y no seré yo quien cuestione sus modos de plasmar visualmente lo que tan bien describe sobre el papel, pero dese cuenta de que es mi trabajo. Confíe en que todos queremos que este ballet sea un éxito.

Théophile se recompuso, volvió a sentarse y dejó que el *régisseur* continuara explicándose. Nada lo satisfacía más que una buena disculpa a tiempo.

—Se me ocurre una idea, monsieur Gautier. ¿Qué hace usted mañana por la noche?

Sorprendido por el repentino cambio de rumbo en la conversación, Théophile trató de recordar por unos instantes si tenía compromisos pendientes para ese día. Estaba libre, pero no quiso decir nada hasta tener claro de qué se trataba todo aquello.

—Se lo pregunto porque habrá una de las siempre divertidas fiestas en casa de madame Leriche y tal vez a usted le apetezca venir. Probablemente asista también el propio Contant, que nunca falta a estas celebraciones. Es un lugar inmejorable para conocer a gente, así que, si no tiene acompañante, no se apure por venir solo.

En alguna ocasión había acudido a casa de la modista Leriche, sí. Conocía aquellas fiestas. Allí se juntaba la flor y nata de París: poderosos caballeros y bellas señoritas, muchas de ellas bailarinas de la Opéra, se daban cita en sus salones. La idea no podía sonar mejor, era una buena manera de empezar de cero tras el encontronazo que acababa de tener con Guido Philidor. Y, si además podía persuadir al jefe de tramoyistas de la necesidad de aquel cambio en el escenario, mataría dos pájaros de un tiro al acudir.

Le pareció oportuno invitar a Carlotta a que lo acompañase. Sería la ocasión perfecta para que ambos se vieran sin que estuviera Ernesta de testigo.

—Es una propuesta interesante, monsieur. Me gusta la idea y conozco esas fiestas. Una suerte que le hayan invitado. No es fácil, así que le agradezco el ofrecimiento.

Se estrecharon la mano y se citaron para el día siguiente. El asunto de los espejos y los mecanismos quedó zanjado para que lo gestionara el jefe de máquinas.

25

París, 1866

Las mañanas no acostumbraban a ser los mejores momentos del día para Théophile. A veces despertaba en mitad de la noche con el corazón encogido como si le hubieran introducido en el cerebro una madeja en donde cada preocupación estuviera enrollada hebra a hebra y tuviera que deshacerla en ese momento, justo cuando abría los ojos y se daba cuenta de que todavía no había amanecido, pero que tampoco podía continuar durmiendo. Su miedo a perder el afecto de sus hijas se sumaba al desprecio de Ernesta, que lo había echado de su propia casa, y a sus miles de inseguridades respecto a su carrera. Théophile consideraba que ésta iba a la deriva, en declive, si la comparaba con los éxitos de años anteriores. Echaba de menos a Gérard Nerval; su complicidad y sus bromas eran lo mejor para los momentos de tristeza. Extrañaba la juventud, la energía del desconocimiento del otro amenazante, tan presente en la madurez del artista que compite, se compara con aquéllos a quienes admira y se cuestiona cada paso que da.

También le faltaba Carlotta.

¿Habría recibido ya su carta?

Théophile volvió a dormirse y tuvo una pesadilla en la cual Catulle Mendès llegaba para acusarlo del asesinato de Guido Philidor. Despertó, sobresaltado, pasadas las once. Agotado por una noche más en que apenas había logrado conciliar el sueño, decidió salir a dar un paseo hasta el mercado, airearse, dejarse acariciar por la luz del sol y tratar de apartar esos pensamientos.

Les Halles, el mercado principal, invadía con su ardor el centro de la ciudad como una urbe independiente, como el engranaje esencial de la máquina de París, como su estómago. Desde primera hora de la mañana se aproximaban por su calles cientos de carromatos cargados con la fruta y la verdura que crecía en los campos del norte, pero también con carne: las reses más exquisitas se sacrificaban en las naves centrales, en varios pabellones cubiertos por cristaleras que conformaban un entramado metálico con auténticas calles y un ingenioso sistema de carriles que mecanizaba la entrada de los animales y la salida de las piezas ya desmembradas. Al caminar por allí se escuchaban todo tipo de insultos y órdenes por parte de los trabajadores, que intentaban coordinarse de la mejor manera posible en un espacio limitado y caótico. Los vendedores colocaban sus productos y se peleaban por ocupar las mejores plazas, las más accesibles para el cliente, mientras que, al otro lado, cientos de jaulas con animales vivos se disponían como reclamo: conejos, perdices, pavos... El olor se concentraba bajo los pabellones. Cruzó por la mente de Théophile la idea de escribir sobre esa imagen, algo así como «Las tripas de París», pero la dejó marchar.

Muy probablemente ese motivo se posara en la cabeza de otro autor en ese mismo momento.

Théophile continuó su camino por entre los puestos de pescado y olisqueó el género, tratando de esquivar toda suerte de contacto visual con los vendedores, siempre persuasivos, insistentes, embaucadores con clientes de aspecto despistado como el suyo. El ruido y los gritos eran un todo con el entorno. El escritor disfrutaba cada vez que se zambullía en aquel baño de multitudes y sensaciones tan humanas y cercanas al instinto y la pasión: lo hacían sentirse vivo y alerta.

Se paró frente a un vendedor de pollos. Tenía una mesa plegable colocada delante y estaba rodeado por unas cuatro o cinco jaulas de las que asomaban gallinas, pavos y demás aves para el consumo en futuros guisos. El hombre vestía con un delantal que lo cubría desde el cuello hasta los tobillos y que se anudaba por encima de su voluminoso estómago con una lazada. Théophile se fijó en que estaba manchado de sangre y observó con cuidado cada uno de sus movimientos cuando un cliente seleccionó una de las aves. El hombre agarró al animal por las dos patas y las alas para sacarlo de la jaula —montones de plumas se desperdigaron ante él cuando el bicho quiso liberarse aleteando—; entonces, sosteniendo la cabeza con una mano y el cuerpo con la ayuda del cliente, alzó el hacha y cortó de cuajo el cuello del pavo, que cesó su agitación de inmediato. Un reguero de sangre se vertió sobre la tinaja que guardaba bajo la mesa y que tuvo tiempo de colocar al borde de un puntapié, con la rapidez y la agilidad de un profesional.

No era la primera vez que asistía al sacrificio de un animal, pero la sangre, de pronto, le trajo a la memoria el rostro hinchado de Guido Philidor y tuvo que cerrar los ojos y apartarse de la mesa plegable para no desvanecerse.

La muerte estaba también allí, en medio del lugar más lleno de vida en donde podía zambullirse.

—Buen precio, monsieur. ¿Le ha gustado alguno de estos pequeños en particular?

El tendero lo sacó de su ensimismamiento. Théophile negó y se apartó de la gente que se había agolpado ante el puesto del vendedor de pollos matarife. Agradeció por primera vez el hecho de vivir en una pensión y no tener que ocuparse él mismo de cocinar y manipular los alimentos. Continuó con su paseo y se detuvo para comprar el periódico.

Se había formado una larga fila de personas delante del kiosko y le llamó la atención que la pila de ejemplares hubiera menguado tanto; apenas diez pliegos quedaban a la venta.

—¡Es terrible! Estamos en peligro y nadie hace nada por protegernos. ¡Lo único que le preocupa al prefecto es su maldita reforma de las calles y de los estúpidos bulevares!

Una de las mujeres de la fila gritaba contrariada ante el titular que ocupaba con letras gigantes toda la portada del periódico. Théophile se abrió paso para leer la noticia:

EL ASESINO DE LA OPÉRA ATACA DE NUEVO

Pese a los comentarios y las quejas de los que se encontraban delante de él entre la multitud, Théophile pagó por uno de los ejemplares y se alejó. No tenía ganas de discutir y necesitaba comprobar a qué se refería aquél titular. ¿Un nuevo asesinato?

Para cuando alcanzó la pensión, ya había leído todo el contenido de la noticia. De nuevo un muerto, y resultó que también era conocido suyo. Se trataba de Contant, el responsable de la tramoya de los espectáculos en Le Peletier. ¡Pobre diablo! Théophile lo conocía a la perfección y no era capaz de imaginar quién había podido querer acabar con su vida.

Comprendió la inquietud que estaba creciendo entre los ciudadanos: la muerte de Philidor todavía no se había esclarecido y ahora debían lidiar con un segundo asesinato. Sí, era terrible, frustrante incluso, pero para él, además, comenzaba a ser terrorífico. Dos hombres ligados al mundo de Le Peletier, dos hombres a quienes él había conocido personalmente. Era demasiada casualidad. ¿O es que estaba empezando a perder la razón?

Théophile se sentó en su diván, dejó el periódico doblado sobre la mesa, encima de la montaña de papeles y carpetas desordenados, y se llevó las manos a la cabeza.

No podía ser cierto.

Su rostro adquirió de pronto el tono azulado que él imaginaba que debían de tener los fantasmas y una ola de frío lo obligó a tomar la manta tirada a los pies de la silla.

Abrió los ojos y comenzó a hablarle a él, a su amigo muerto hacía años.

—¿Tú también crees que yo puedo ser el siguiente, Gérard? ¿Tú me creerías si te dijera que son ellas las responsables?

Nadie en la soledad de aquella habitación pudo darle una respuesta.

26

París, 1877

Volvió a contarlo porque no se lo podía creer. Eran cinco francos… ¡por la primera sesión de trabajo! Y no había tenido que hacer nada más que bailar, moverse por aquella habitación como ella había querido al ritmo de la música que él había escogido. Marie no había ganado tanto dinero por tan poco esfuerzo jamás. En l'Académie les pagaban diez francos a la semana por dejarse la piel sudando como animales. ¿Acaso merecía que le pagasen esa fortuna? ¿Monsieur Degas no se habría equivocado con la cantidad?

—Espero que con esto se le quiten las ganas de llevarse las monedas de los demás sin permiso. ¿De acuerdo, mademoiselle?

Sus mejillas se sonrojaron de nuevo por la mención a su frustrado intento de robo.

—Por supuesto, monsieur. No volverá a ocurrir, se lo prometo.

Edgar Degas hizo una mueca que a punto estuvo de convertirse en sonrisa, pero que no llegó a adoptar la forma necesaria para parecerse a una. Acompañó a Marie a la puerta y la citó para la próxima sesión.

—Seguirá usted viéndome cada viernes en l'Académie, pero ¿puedo citarla para el resto de los días aquí a esta misma hora?

Marie asintió entusiasmada y aceptó el trato. Ahora, con el bolsillo lleno, le costaba imaginar cómo había podido atreverse a quitarle el dinero a Edgar Degas. Era un hombre bueno y no lo merecía.

Otros quizá sí, pero él no.

Le dio las gracias con su clásica reverencia, bajó las escaleras a la carrera y se despidió del portero con un gesto fugaz, agitando la mano antes de salir del portal en la rue Lepic, feliz como si acabaran de darle la mejor noticia del mundo. Pensó que guardaría el dinero, que intentaría ahorrar y no contarle nada a nadie. Su madre la obligaría a entregárselo si llegara a enterarse.

Quiso mantener aquel trabajo en secreto, pero luego recordó que ya se lo había dicho a Monique y también a Alphonse. Le preguntarían, estarían preocupados por ella. ¡Hubiera podido suceder cualquier cosa en aquel estudio! Pero en realidad no había pasado nada: él quería medir sus proporciones y observar el movimiento de cerca, o al menos eso le había explicado. Durante las clases se centraba en la perspectiva del espacio y las bailarinas no eran más que manchas a las que apenas prestaba atención. Por eso la necesitaba luego a ella en privado, para fijarse en su postura y en sus maneras y luego trasladarla al cuadro en donde estaban las demás.

Aquella explicación a Marie le había parecido un tanto extraña. ¿Es que siempre iba a ser ella la bailarina retratada, aunque hubiera cuatro o cinco figuras distintas en el cuadro?

En cualquier caso, el artista era él y sabía lo que hacía. Por cinco francos a la sesión, Marie no iba a cuestionarse sus métodos.

Como todavía era temprano y no quería irse a casa, pensó en ir a buscar a Alphonse para contarle lo que había pasado. Se dirigió hasta Notre-Dame de Lorette y preguntó a una de las chicas que rondaban la rue Laffitte, por si sabían dónde podía encontrarlo.

—¡Hola, Marie! Hacía mucho tiempo que no te veíamos. ¿No deberías estar en tus clases?

La mujer parecía contenta de volver a verla. Desde el último examen de l'Académie, Marie había dejado de frecuentar el barrio de las *lorettes*, como llamaban popularmente a las prostitutas que rondaban la zona de la iglesia del mismo nombre durante sus jornadas laborales. Marie ya no tenía ninguna mañana libre para ir a jugar con Alphonse y los demás hijos de las trabajadoras de la zona, como sí había hecho años atrás, por lo que se había distanciado. A los doce se sentía muy mayor para pasar horas en la calle detrás de una pelota o saltando con una soga.

—Sí, bueno, he tenido que irme antes... —respondió a la prostituta con impaciencia—. ¿No habrás visto a Alphonse? Es que necesitaba hablar con él.

—Creo que está ayudando a su madre. Espera un momento. —La mujer se arremangó el faldón y dio un par de saltos entre dos enormes charcos de barro hasta el portal contiguo. Tras golpear un par de veces con la aldaba, una señora de ojos tristes y con la cabeza cubierta por una pañoleta negra se asomó para hablar con ella—. Que si está el pequeño, dice que quiere hablar con él o qué sé yo. Dice que es importante... Anda, déjalo que salga y así descansa un poco, el pobrecito.

La madre de Alphonse meneó la cabeza y saludó a Marie desde lejos. La *lorette* guiñó un ojo a la niña. La otra volvió a meterse en la casa y al cabo de un rato apareció Alphonse, que le dio un beso a su madre antes de salir corriendo en dirección a Marie.

—¡No te retrases, que tengo que entregar el pedido mañana antes de las tres! —le dijo resignada—. ¿Me has oído?

El muchacho le lanzó un beso y prometió regresar cuanto antes.

—¡Estaba preocupado! Menos mal que has venido a verme; no me atrevía a ir a tu casa por si no te encontraba allí. —Alphonse se abrazó a Marie y ella permaneció inmóvil, sin saber si devolverle el abrazo. No esperaba aquel entusiasmo: su amigo parecía verdaderamente contento de verla sana y salva—. ¿Te encuentras bien? ¿Te ha hecho algo? Tienes buen aspecto.

Sin poder contener su alegría, Marie abrió el bolsillo de su delantal y le mostró a su amigo la bolsa con las monedas que movió para que tintineasen.

—¡Me ha pagado cinco francos por bailar y quedarme quieta, volver a bailar y volver a quedarme muy quieta en la misma posición! No sé qué mosca le ha picado a ese artista, pero no lo imagino pintando flores, ¡te lo aseguro!

Alphonse miró el contenido de la bolsa para asegurarse de que su amiga no se burlaba de él y luego volvió a advertirle:

—¿Estás segura de que eso es todo lo que quiere que hagas? ¿No te dijo nada más? Es mucho dinero por verte hacer algo que os ve hacer a todas cada día en l'Académie.

—Me fio de él, Alphonse. Entiendo que estés preocupado, pero no es peligroso. Le gusta el ballet de verdad. ¡Tenía varias faldas y zapatillas desperdigadas por el estudio!

Pese a que Alphonse no estaba convencido de la inocencia de aquel hombre, dejó que su amiga se explicara. Verla feliz lo tranquilizaba.

Continuaron caminando calle abajo y, movida por el entusiasmo, Marie tuvo una idea.

—¡Vayamos a los pasajes! Hay un café precioso. ¡Podría pagar por una taza de chocolate caliente! ¿Quieres que la compartamos?

—¿Lo dices en serio? Venga ya, Marie, no podemos hacer eso. No nos dejarían ni cruzar la puerta con esta ropa.

Los dos se miraron de arriba abajo; como siempre, iban hechos un desastre, con los abrigos raídos, las telas mal remendadas… Aun así, ella lo tomó del brazo y tiró de él para que la siguiera. Esa vez no iba a dejarse empequeñecer por su aspecto.

Y él la siguió: estaba dispuesto a hacerlo siempre que ella se lo agradeciera con una sonrisa.

Al llegar al pasaje, una sorpresa los hizo detenerse. Marie acababa de reconocer a su hermana Antoinette, que, de nuevo, iba acompañada de su novio. Comenzó a dar pequeños saltos nerviosos de emoción y, convencida de que no había nada que pudiera frenarla, le dijo a Alphonse:

—¡Mira! Mi hermana y su novio. Por fin voy a conocerlo. Vamos con ellos, ¡date prisa! Le pediré que nos presente.

27

París, 1841

El mensajero agradeció la propina que Carlotta acababa de darle. Aquel pobre muchacho se había desplazado hasta su casa en plena tormenta para entregarle un sobre, un simple sobre con membrete de la Opéra. ¿Es que podían ponerla al tanto de lo que tuvieran que decirle unas horas más tarde, durante las clases? Carlotta no entendía a qué venía aquella urgencia, aquel trato de favor, como si fuera alguien especial... Sostuvo la carta con ambas manos antes de abrirla. Y así la encontró Ernesta cuando cruzó el pasillo.

—¿Quién era? —preguntó su hermana pequeña con curiosidad.

Carlotta negó con la cabeza sin decir nada, molesta por lo que acababa de recibir. Se volvió y entró de nuevo en casa.

—No es importante. Un sobre de la Opéra. ¿Te parece sensato que hagan venir hasta aquí a un chiquillo, con la que está cayendo, para que me dé esto? —Lo agitó delante de su hermana y ésta se lanzó a quitárselo para abrirlo—. ¡Espera un momento! Es para mí. Sea lo que sea, tú no puedes abrirlo. Es personal...

—No pareces muy interesada en el contenido... ¡Vamos! Ábrelo, ¡me estás poniendo nerviosa!

Ernesta se mordisqueaba la uña del pulgar. A veces no entendía la frialdad de su hermana para algunos asuntos; ella hubiera dado cualquier cosa por atender a un mensajero en su propia casa con una carta urgente para ella. Se fijó en la tipografía dorada del remitente y envidió el lujo que rodeaba la vida de una bailarina a punto de convertirse en diva.

Carlotta rasgó el sobre y extrajo el tarjetón. Leyó en silencio y luego lanzó la carta a la mesa sin darle mayor importancia.

—Me invitan a una fiesta, pero no voy a ir. Estaría agotada al día siguiente y no puedo permitírmelo.

—Pero ¿cómo que no vas a ir? ¿Estás segura de lo que dices? —Ernesta corrió a por la tarjeta y la leyó con detenimiento. Se trataba de una de las populares fiestas en casa de la modista madame Leriche. Había oído que a ellas acudía lo más selecto del entorno de Le Peletier—. No puedes perderte esta fiesta, Carlotta. ¡Es importante que vayas! Imagina los contactos que harás. Es la primera vez...

Carlotta ignoró los comentarios de su hermana, que se dejaba llevar por la excitación propia de una adolescente. No iría, estaba decidida. Aprovechó que de nuevo sonaba el timbre de la puerta para alejarse de los gritos de Ernesta y la alegró descubrir que se trataba de Théophile.

—Menos mal que estás aquí, Théo. Ven, anda, acércate y habla con ella —le dijo señalando a Ernesta, que estaba clavada en el salón con la carta en las manos—. A ver si eres capaz tú de explicarle a esta jovencita que una bailarina no puede ir de fiesta en fiesta trasnochando cada vez que tiene ocasión.

Théophile se quitó la chaqueta que traía empapada por la lluvia y caminó hacia Ernesta. Nada más ver el tamaño del tarjetón comprendió que se trataba de la invitación a la fiesta de madame Leriche.

—¡Precisamente acaban de convidarme a mí también! La verdad es que no me parece una idea tan descabellada... Podríamos ir juntos, querida. Un poco de diversión y vida social no te vendría mal para relajarte.

Aquel comentario cargado de condescendencia terminó de enojar a Carlotta, que sintió cómo su propia hermana y su mejor amigo hacían frente común en su contra. Como si su visión de las circunstancias estuviera equivocada. Como si lo más natural hubiera sido aceptar aquella invitación al desenfreno y no ceñirse a sus hábitos de sacrificio. Como si ella fuera una persona normal y no se debiera a la danza.

—Pero bueno, ¿es que os habéis vuelto locos los dos? No quiero ir y no iré. No me apetece, no estoy cómoda en esos ambientes y tampoco considero que me pueda permitir esos excesos. Mi descanso es fundamental, así que no volváis a insistir.

—¡Pues entonces iré yo! —El de Ernesta fue un grito desesperado que se impuso sobre el discurso de su hermana.

—¡Por supuesto que no! —Carlotta corrió a quitarle el tarjetón de las manos—. Ya está bien de tanto alboroto. No entiendo esta obsesión por una ridícula fiesta. Se celebran a lo largo de todo el año en todas partes y, a pocas semanas de un estreno tan importante, no me parece que sea el mejor momento para acudir a una. No iremos ninguna de las dos y punto.

Ernesta rompió a llorar y se retiró a su habitación dando un portazo.

—Pero ¿será posible? Esta niña malcriada y sus ganas de llamar la atención de todo el mundo. ¡Espero que no salgas de ahí hasta mañana si no es para disculparte! —Carlotta se llevó las manos a la frente, desesperada. A veces no sabía cómo lidiar con su hermana adolescente.

Théophile, aunque abrumado por la discusión que parecía haberse desatado coincidiendo con su llegada a la casa, se dio cuenta de que por fin se había quedado a solas con su amada y no iba a desaprovechar la ocasión. La tomó de la mano y la condujo hasta el sofá.

—Déjala. No te preocupes por ella. Ya se le pasará el disgusto. Los jóvenes son así.

A regañadientes, Carlotta asintió dándole la razón y se sentó a su lado. Apoyó la cabeza sobre el hombro de Théophile y él se acercó para oler su cabello sin que ella lo notase. El perfume que desprendía su nuca lo puso nervioso.

—Es sólo una niña, lo sé, pero se toma el mundo del teatro con demasiada emoción. Lo idealiza... No le basta con acudir a sus clases de canto. Cree que me voy a convertir en una estrella o algo así.

Al oírla, Théophile se apartó para levantarle el rostro y mirarla fijamente. Los ojos de la bailarina estaban humedecidos.

—Querida, por supuesto que vas a convertirte en una estrella. Eres una bailarina excepcional y el estreno de *Giselle* es tu gran oportunidad de darte a conocer. ¿Por qué dudas? —Ella se incorporó en el asiento y prestó a atención a lo que él le decía—. Carlotta, si no quieres ir a esa fiesta lo entiendo; no es importante. ¡Quedémonos aquí o vayamos a cenar a algún sitio! Los dos solos. Me gustaría que celebráramos la suerte que tengo de haberte conocido.

La intensidad del comentario no pasó desapercibida a la bailarina, que al momento intentó reconducir la conversación por un terreno menos comprometido.

—Gracias, Théo, pero date cuenta de la situación... Creo que debería hablar con Ernesta y hacerle entender lo que sucede.

—¿Y qué es lo que sucede exactamente? Carlotta, estás a punto de convertirte en la próxima *étoile* de la Opéra de París y es lógico que te inviten a fiestas como esta. ¡Debes celebrarlo! —Théophile se acercó un poco más a ella—. No tengo dudas; eres la mejor bailarina de la compañía, pero también la persona más importante de mi vida. —Su voz comenzó a entrecortarse, pero se esforzó por continuar pese a la emoción del momento—. Yo... Carlotta, yo te quiero.

Entonces ella se levantó del sofá y se apartó de Théophile. Toda aquella escena se les había ido de las manos y ella no podía permitirlo. Se sacó un pañuelo de la manga y rompió a llorar sin dejar de caminar por la habitación.

—No me hagas esto, Théo, por favor. Tú no. Sabes lo mucho que sufrí en mi anterior relación con Jules.

Carlotta todavía recordaba las presiones de Jules Perrot a la hora de acudir juntos a cualquier evento en sociedad. Había llegado a un punto en que no sabía distinguir quién de los dos necesitaba apoyarse en el otro para aumentar su popularidad, si ella como prometedora bailarina recién llegada o él como su mentor y coreógrafo. El control de aquellas apariciones había acabado con la paciencia de la joven, y desde la separación se había prometido a sí misma que no volvería a compartir su vida con un hombre del mundo de la danza.

—¡Pero yo no soy él! Carlotta, soy Théophile, tu alma gemela... ¡Tú misma me lo dijiste!

Carlotta recordó las confesiones, las charlas distendidas todas aquellas tardes de las semanas anteriores, la complicidad evidente entre ambos. Había algo especial, no podía negarlo, pero se resistía a reconocerlo delante de él. Temía las consecuencias.

Permanecieron en silencio durante unos instantes, cada uno en un extremo de la habitación, mientras por la rendija de la puerta entreabierta en la habitación contigua Ernesta los observaba impaciente: los celos trepaban por el cuello de la camisa de la joven, que asistía atónita a la declaración de amor de Théophile a su hermana.

Al cabo de lo que pareció una eternidad sin que ninguno de los dos pronunciase una palabra, Théophile se levantó, se puso su chaqueta y caminó hacia la salida. Antes de abandonar la casa, se giró para decirle algo más a Carlotta.

—Te lo he dado todo, Carlotta. Cuando el éxito de este ballet te estalle en la cara, te darás cuenta de lo que realmente he significado para ti y de lo absurdo de tu rechazo. Podríamos ser felices si no te empeñaras en negar la realidad. Eres injusta y te equivocas...

Con el abrigo todavía húmedo, Théophile abandonó la casa. No podía soportar aquella frialdad por parte de Carlotta. Sin tener muy claro hacia dónde dirigirse, se lanzó a las calles lluviosas y dejó que la noche lo engullera.

Desde la ventana de su habitación, Ernesta, que había escuchado con sumo interés toda la conversación, lo vio alejarse calle arriba. Sintió rabia por su hermana, por su ceguera al despreciar aquellos aspectos de la vida que ella encontraba sumamente interesantes y valiosos: las fiestas, la fama, el amor de alguien tan inteligente y atractivo como Théophile... Lo observó hasta que su figura desapareció entre la bruma y dedujo que una fiesta privada sería, con toda probabilidad, el mejor sitio al que un hombre como él, en esas condiciones y despechado por el rechazo de una mujer, iría a ahogar sus frustraciones.

Y, si bien Ernesta podía ser una adolescente fantasiosa, en esa ocasión acertó de pleno.

28

París, 1866

El cuerpo flotaba en la bañera encogido en una postura extraña, sentado y con el cuello doblado hacia delante. De acuerdo con el relato policial, Contant se encontraba en el baño en el momento de la fatal agresión. La policía había recibido el aviso de su hermana, que, asustada porque no se había presentado a la hora acordada a una cita pese a ser un hombre de rigurosa puntualidad, había ido a buscarlo a la mañana siguiente. Fue allí donde lo descubrió, envuelto en el agua helada de la noche anterior y encorvado sobre sí mismo. El resto de las conclusiones llegarían más tarde, como que la marca de la letra «G» se dejaba ver con mayor claridad y precisión que en el caso del cuerpo de Guido Philidor. Un gesto de vanidad por parte del asesino, como se atrevieron a deducir algunos; una forma de gritar bien alto el mensaje encubierto tras aquella ola de asesinatos, prefirieron sostener otros.

En cualquier caso, la agitación en la comisaría del distrito, en donde Marcel Douter acababa de descartar a Théophile como sospechoso, se había contagiado al resto de la ciudad: la Sûreté Nationale no daba abasto con los falsos avisos de personas convencidas de que habían visto al asesino en los rincones más insospechados de París. Varios transeúntes se agolpaban en los pasillos imponiendo su testimonio.

—Tranquilícese, madame; no puede ser la misma persona. Ya le hemos dicho que hace un rato nos comunicaron que había un hombre con pinta de asesino en las inmediaciones de las canteras de yeso de Buttes-Chaumont. ¡No es posible que en menos de media hora esa misma persona esté junto al estanque del parque Monceau, madame, haga el favor de mantener la calma!

Marcel Douter trataba de abrirse paso hacia el despacho de su superior y escuchaba sus consejos. No dejaba de aprender de lo que él pudiera decirle.

—La gente está asustada y quiere respuestas, muchacho. Tendrás que acostumbrarte a dar la cara, aunque no tengas soluciones... Así funcionan las cosas por aquí. ¡Esto no es el pueblo del que te han traído! Aquí pasan cosas.

Marcel Douter miró a su superior y asintió reconociendo las diferencias. Animado por su aportación en la sala de reuniones hacía unos minutos, quiso opinar al respecto:

—Desde luego que aquí muere gente y aquí los periódicos no tardan en contar los detalles más sórdidos. Normal que haya dudas y que quieran soluciones. Es una situación terrorífica. El asesino anda suelto y aún no sabemos qué aspecto tiene.

—¡Exacto, muchacho! Aunque sí que estamos seguros, gracias a ti, del aspecto que no tiene: el del escritor al que seguiste durante todo el día de ayer. Bravo, muchacho, esto nos ayuda a despejar algunas dudas.

Dándole una palmada en la espalda, el comisario abandonó la sala y dejó al policía allí solo, pensando en lo que acababa de lograr, en lo orgullosa que estaría su familia por su trabajo.

Mientras tanto, en su habitación de la pensión de la rue Jacob, Théophile se servía un vaso de jerez tras otro. Insistía en recordar las conversaciones que había mantenido con Gérard Nerval años atrás, cuando el argumento de *Giselle* todavía no era más que una idea que flotaba a la deriva en su cabeza.

La noticia de la segunda muerte lo estaba llevando a concluir que el asesino estaba muy relacionado con su ballet.

«A algunos les va a costar familiarizarse con la existencia de las wilis, Théo», le había dicho su amigo, pero a Théophile la fantasía de un ejército de fantasmas femeninos con ansias de venganza que atacan a los hombres en plena noche le parecía emocionante, y se había tomado aquella creación más como capricho personal que como material para el gran público.

«De ahí la metáfora de la amenaza al vigor sexual, querido amigo. ¿No te das cuenta? El hombre teme el encuentro con esa jauría de espíritus no porque considere a las wilis capaces de acabar con su vida, sino por la posibilidad de no llegar a satisfacer las ansias de todas ellas. ¡Son fantasmas de mujeres lujuriosas que mantienen su vigor sexual por toda la eternidad! —había aclarado a Nerval—. Imagina a una mujer que no sacia sus apetitos carnales nunca, ¡una virgen eterna! Yo lo encuentro terrorífico».

«Hombre, la verdad es que, visto así, la cosa cambia bastante». Gérard Nerval era el interlocutor perfecto para Théophile en aquellos momentos en que necesitaba poner a prueba sus ideas: comprendía el estilo de su amigo, pero también ofrecía un punto de vista más cercano al del público general, al cual siempre era conveniente tener en cuenta.

Aquella tarde, incitado por el titular del periódico, había comenzado a especular en soledad sobre las dos muertes, y la certeza de que él pudiera ser la siguiente víctima, lejos de amedrentarlo, había activado sus recuerdos. Théophile recreó una a una las conversaciones mantenidas con Gérard Nerval y estableció conexiones entre ellas y los sucesos más recientes.

Decidió que debía tomar cartas en el asunto y se preparó para dar solución a aquel conflicto.

Abandonó la pensión y se dirigió a la comisaría.

29

París, 1877

Alphonse seguía a Marie en una ligera carrera por el pasaje.

—¡Espérame! No vayas tan rápido.

Pero ella no estaba por la labor de detenerse hasta llegar al café y pedir una consumición ante la mirada de su hermana Antoinette y ese novio con pinta de ricachón que la acompañaba.

—Pediremos una taza bien caliente con nata por encima. ¿Querrás también cacao? Podemos decirles que nos sirvan un poco espolvoreado con canela y dos cucharillas. Sí, por el mismo precio nos lo servirán todo para compartir.

La emoción de la niña, tanto por la idea de saborear aquella bebida dulce y deliciosa como por tener a su hermana mayor de testigo del acontecimiento, atropellaba sus pasos y a punto estuvo de resbalar y caerse, pero Alphonse la alcanzó justo a tiempo y la agarró por el brazo antes de verla estamparse contra el suelo.

—Tranquilízate o no nos dejarán pasar.

Ya en la entrada, los dos se sintieron cohibidos por lo que se veía al otro lado del cristal: acercaron la cara y se cubrieron la frente con las manos para no perder detalle.

El café se separaba del largo pasillo de la galería por tres ventanales enmarcados en madera oscura y barnizada. El suelo se revestía de una alfombra roja, aterciopelada y mullida que a

Marie le recordó al interior del teatro, a los palcos y las butacas. Varios hombres y mujeres se disponían en el interior, bien ocupando rincones donde había grandes sillones forrados con tapicería estampada o de piel cuarteada, o bien paseando de un lado a otro del local para saludarse. Aquello era un ritual muy parecido al de los asistentes a las representaciones del Palais Garnier: si aquéllos simulaban estar interesados en el espectáculo para dejarse ver antes y después de este, éstos tomaban la excusa de una consumición resguardada del frío de la calle para pasar un rato compartiendo charlas y chismorreos en aquel café.

Marie buscó entre aquellas caras para ver si reconocía de nuevo a su hermana, pero parecía haberse esfumado entre la multitud. Tomó a Alphonse de la mano y avanzaron al interior del café.

—Disculpe, mademoiselle, ¿tenía usted reserva?

Uno de los camareros había salido al paso para bloquearles el acceso. Tenía una servilleta blanca y almidonada colgando del brazo izquierdo y la acariciaba con la mano derecha mientras les hablaba. Pese a la sonrisa de Marie, él no parecía muy dispuesto a relajar la tensión bajo su uniforme acartonado, tampoco a dejar que aquellos dos chiquillos con aspecto de mendigos se sentaran a beber una taza de chocolate con nata y cacao espolvoreado.

Antes de que Marie dijese nada, su amigo tomó la palabra:

—Hemos quedado aquí con una pareja de amigos. —Trató de apartar al camarero, que no se movía de su puesto, y alargó el cuello por encima de él—. Si permite que me acerque... Desde aquí no veo dónde pueden estar sentados, pero ya hace un rato que nos esperan.

—¡Allí está! —El grito de Marie retumbó en los cristales de las ventanas y parte de la concurrencia se volvió para ver qué había pasado. La niña acababa de ver a su hermana y la señalaba con el brazo—: ¡Antoinette, mira con quién he venido! ¿Podemos sentarnos con vosotros?

Sin esperar respuesta por parte del camarero, se escurrió por uno de sus costados y corrió hasta la esquina en donde su hermana se cubría el rostro avergonzada. A su lado, el elegante caballero se estaba levantando de su asiento. Marie iba decidida a darle la mano para que aquel hombre se la besara en un saludo elegante, como los que había visto tantas veces hacer a las damas del Bon Marché donde trabajaba Monique, pero, en cuanto ella llegó a su lado, el hombre le estampó un bofetón y ella cayó al suelo.

Alphonse, a quien el camarero ya había obligado a salir del local con la ayuda de un compañero, vio la escena desde la entrada y no pudo contener un grito de indignación.

—Pero ¡¿cómo se atreve a pegarle?! ¡¿Se ha vuelto loco?!

Marie se cubría la mejilla dolorida con la mano y le hablaba a su hermana sin comprender la ira de su acompañante. Antoinette la ayudó a levantarse y, en un susurro al oído, le pidió que se marchara de inmediato.

—Acabas de hacerme perder el dinero de una semana. ¿Cómo se te ocurre venir aquí? ¿Es que no ves que estoy trabajando?

—No... ¿Entonces, no es tu novio? Entonces...

El hombre se había puesto el abrigo y la chistera, y daba órdenes a uno de los camareros para abonar la cuenta e irse de allí lo antes posible. Miró con desprecio a la niña, que no se había apartado de su hermana. Agarró a Antoinette por la cintura con brusquedad y le dijo:

—Este es un café distinguido. Esta pordiosera nos acaba de poner en ridículo delante de todos.

—Yo no sabía... Es mi hermana pequeña. ¡No tenía ni idea de que pudiera venir hasta aquí! Te prometo que no volverá a molestarnos.

—¡Claro que no! Porque no volveremos a vernos.

Se alejó de las dos con un gesto de desprecio y Marie vio que a Antoinette se le humedecían los ojos.

Estaba confusa y asustada. Nada de aquello había sucedido como ella esperaba. Buscó a Alphonse y lo vio fuera del café, con las manos en los bolsillos y aguardando por ella, que ya no era capaz de imaginar el sabor del chocolate con la nata espolvoreada de cacao.

—Siempre tienes que estropearlo todo. ¡No te atrevas a seguirme! ¡Déjame en paz y vuelve a casa!

Antoinette salió corriendo del local y dos camareros acompañaron a Marie hasta la puerta con gritos y órdenes.

No había hecho más que molestarlos a todos.

30

París, 1841

No hay mejor alimento para un alma joven con voluntad de acometer una tarea difícil que saber que ésta le ha sido prohibida. Después de haber visto a su hermana y a Théophile discutiendo acaloradamente, Ernesta no iba a ser capaz de pensar en otra cosa que en acudir a aquella fiesta.

Había tomado nota de la dirección de la vivienda de madame Leriche y organizó con cuidado los pasos que seguiría para que no la descubrieran. Ernesta esperó hasta que su hermana se durmiera. Sintió que era lo más emocionante que había planificado nunca y se preparó para averiguar a qué se refería Carlotta cuando hablaba de «permitirse excesos». Aprovechó el último portazo del criado que sacaba el cubo de la basura por la salida del servicio, en el patio de la cocina, poco después de las nueve. Luego saltó por la ventana que estaba encima de la salida y por fin se vio fuera y dispuesta a participar de aquel acontecimiento prohibido.

De entrada, y para su sorpresa, nadie puso reparos a la hora de comprobar si la identificación era realmente suya o de su hermana. Ernesta accedió con el tarjetón de Carlotta en la mano y por la puerta principal, unida a un grupo grande que se abría paso en ese momento, sonriente y decidida como si fuera una de ellos. Luego, a pesar de la excitación por ver que todo sucedía tal y como había imaginado, continuó caminando muy erguida hasta que se vio dentro del recibidor de la modista. Aquella casa olía a sudor, a tabaco y a un perfume intenso que no supo reconocer; supuso que toda aquella gente debía de llevar horas allí reunida, bailando, charlando y cometiendo todos los excesos que ella deseaba ver con sus propios ojos.

Se fijó en que algunas habitaciones se comunicaban entre sí por puertas dobles revestidas de cortinajes que habían sido recogidos para la ocasión con enormes cordones de tejido trenzado, e imaginó que, de diario, tal vez madame Leriche mantenía esas puertas cerradas para dividir los espacios: probador, sala de almacenaje, taller y, por supuesto, también cuartos para uso personal. En el recibidor, un mayordomo que sostenía una bandeja con un montón de retales de colores le ofreció uno. Ernesta no comprendió para qué podía necesitarlo hasta que vio cómo otra mujer se colocaba la tela sobre la cara y la anudaba por la nuca. Eran antifaces, y ella debía cubrirse con uno si quería integrarse en el ambiente de aquella ceremonia privada.

Escogió una suave gasa transparente de color azul oscuro que le recordaba a una de las faldas que su hermana utilizaba para los ensayos. Aquel aspecto le daba un aire misterioso con el que se sentía segura y emocionada, tanto que pensó que el corazón iba a salírsele disparado desde la garganta y temió que se estampara contra alguna de las cortinas formadas por varios metros de terciopelo que cubrían los ventanales y que, a esas horas de la noche, a Ernesta le pareció que ya no debían servir para filtrar la luz del sol, sino para evitar las miradas indiscretas de los vecinos.

No opuso resistencia a la primera copa que le ofrecieron: se la bebió de un trago. El champán burbujeante le picó en la garganta, pero poco a poco fue ayudándola a soltarse y a hablar con desconocidos. Allí nadie parecía preocupado por una jovencita como ella. Todos eran muy simpáticos y amables, por lo que Ernesta estaba en su salsa, mezclada entre artistas del mundo del teatro, músicos, personas a quienes no había visto jamás, pero que, por el mero hecho de pertenecer a la farándula, consideró atractivas de inmediato.

Una copa tras otra, las rodillas comenzaron a flojearle, pero continuó caminando por aquella mansión sin perder detalle de lo que sucedía. Varios caballeros le tendieron la mano y la sacaron a bailar, a lo cual ella no fue capaz de resistirse.

—Gira usted con ligereza de bailarina, mademoiselle. ¿Pertenece al cuerpo de baile?

Ernesta recibió los requiebros con ilusión y se mantuvo en silencio con disimulo. Al tiempo que se pegaba más y más al hombro de aquel desconocido, comenzó también a sentir un mareo que no sólo la hacía girar a ella, sino también al resto de la habitación, las lámparas y el conjunto de los invitados, todos en diferentes direcciones.

—Le ruego que me disculpe, monsieur, pero preferiría parar y sentarme un poco, si a usted no le importa.

El caballero la acompañó hasta uno de los butacones que habían arrimado junto a las ventanas y Ernesta se sentó. Había bebido demasiado para ser la primera vez que probaba el alcohol. Agradeció la amabilidad de su acompañante, pero expuso que prefería quedarse sola, que no le apetecía hablar.

Pese a la insistencia de él, Ernesta consiguió que la dejara respirar tranquila. Se arrepentía de haber tomado… ¿cuántas? ¿Cuatro copas de aquel exquisito champán? Había perdido la cuenta.

Una carcajada familiar llegó a sus oídos un rato después, cuando estaba a punto de quedarse dormida en su rincón.

Era Théophile.

Ernesta se arrepentía de haber bebido tanto. Por fin se daba la ocasión perfecta para encontrarse con Théophile en una fiesta sin su hermana, como lo haría una mujer adulta e independiente y mucho más divertida que Carlotta, pero era incapaz de sostenerse en pie. Nerviosa, avergonzada ante la posibilidad de que él la encontrara allí con aquel aspecto desmadejado y fuera de control, se incorporó y se alisó el vestido, pero un mareo la asaltó nada más separarse del butacón y tuvo que desistir en su idea de ir tras él.

Allí sentada, se apartó la gasa de los ojos para afinar la vista y reconoció a su amigo acompañado de una mujer. Las risas provenían de una conversación entre ambos y, aunque le costó reconocerlo, Ernesta comprendió que su amigo no hacía otra cosa que flirtear con aquella desconocida.

Indignada y molesta, se levantó y caminó hasta la habitación en donde los dos se encontraban cada vez más cerca el uno del otro. El juego de susurros y caricias dio a entender a Ernesta que no era la primera vez que se veían, que aquella mujer había sido amante de Théophile y que, muy probablemente, aquella noche la acabasen juntos.

Cuando vio cómo Théophile la besaba en los labios y la empujaba hacia una de las salas del fondo, no pudo aguantar más y decidió abandonar aquella estúpida fiesta en la que todo el mundo parecía haberse vuelto loco.

Ernesta pidió que le devolvieran su abrigo en el ropero de la entrada y salió de la casa de madame Leriche. Quería llorar; estaba decepcionada por todo: por no haber hecho caso a su hermana y escaparse hasta allí, y también por lo que acababa de descubrir de Théophile, entregado a la lujuria con una mujer cualquiera después de haberse declarado a su hermana. ¿Es que en aquello consistían las fiestas? ¿Esos eran los excesos a los que se refería Carlotta?

Estaba a punto de subirse a una de las calesas que aguardaban en la calle cuando notó que una niña le tiraba de la capa del abrigo para hablarle:

—Disculpe, mademoiselle, lo siento. No es mi intención molestarla, pero ¿se marcha usted ya? ¿Podría acompañarla? ¿Sería usted tan amable de llevarme? —Era una niña, no alcanzaría ni los doce años, y tiritaba de frío bajo el abrigo. Iba maquillada, con los labios muy rojos, y eso desconcertó a Ernesta—. Necesito que alguien me ayude, por favor, mademoiselle...

—¡Claro! Sube. Voy hacia la rue Richer, ¿te viene bien?

Pero la niña no se tomó la molestia de responderle. En cuanto Ernesta abrió la puerta del coche, saltó dentro con la ligereza de una bailarina.

—¡Dese prisa, mademoiselle! Cualquier sitio me viene bien con tal de alejarme de aquí. Se lo ruego. Sáqueme de aquí, por favor, ¡rápido! ¡Vámonos!

31

París, 1866

—Les ruego que tomen nota de todo lo que pueda suceder en cualquier punto del distrito, ¡y que no pierdan de vista los barrios del norte! —El comisario se secaba las gotas de sudor que le resbalaban por la frente con un pañuelo amarillento. Llevaba dos días sin cambiárselo; no había tenido ocasión con todo aquel jaleo de los asesinatos. Trataba de sonar autoritario, pero algo en el timbre de su voz se resbalaba hacia la inseguridad como lo hacía la humedad de su frente—. Cualquier punto de la ciudad es considerado ahora mismo un foco de peligro. Sobre todo que nos vean. Los quiero en la calle, los quiero con sus uniformes impolutos y haciéndose notar. ¿Ha quedado claro?

El murmullo se elevaba a medida que el comisario daba sus instrucciones. Entre ellos, los policías se cuestionaban aquellas medidas, más encaminadas a dar una imagen determinada del cuerpo de seguridad que el fruto de una estrategia real y bien planificada.

En realidad no sabían quién era el asesino ni había indicios de poder encontrarlo en un barrio determinado. Había actuado en el noveno distrito en las dos ocasiones, pero, como siempre sucedía, las miradas estaban más orientadas a las zonas desfavorecidas de la ciudad, donde la delincuencia se nutría generación tras generación de malhechores y ciudadanos desesperados por sobrevivir.

El comisario continuó con su sermón:

—Como ya les digo, es importante que los parisinos se sientan seguros con nuestra presencia, pero debemos cubrir las áreas más peligrosas. Quiero un grupo asentado en Belleville y otro en La Villette, y lo quiero ya. ¡Si la prensa ha de meter baza en todo esto, que por lo menos las noticias sirvan para promocionar este despliegue!

La presión de los medios se cargaba en las espaldas de aquellos hombres sin respuestas para nadie.

Marcel Douter, convencido de que había hecho una aportación fundamental para aquel caso, se recostaba sobre una de las sillas del despacho y revolvía su taza de café humeante con satisfacción. Había descartado a un sospechoso, podía decir mucho más que cualquiera de sus compañeros, incluso mucho más que su jefe, y sin haberse pasado de la raya en sus conclusiones.

Entonces se abrió la puerta del despacho y entraron tres policías procedentes de la reunión.

—Quizá se crea que con discursos así puede tranquilizar a la gente de la calle, pero me temo que el periódico va a seguir publicando mensajes alarmantes y que este plan de repartirnos por las calles «para que nos vean» no va a servir de nada. —Uno de ellos apartó de un puntapié la banqueta en la que Marcel Douter apoyaba las piernas, lo que casi provocó que se tirara la bebida caliente por encima—. ¡Muchacho! Tráenos un café como ése a cada uno, anda, que se te ve desocupado. ¿No has oído al comisario? Tenemos que dejarnos ver «de forma activa», así que haz algo.

Los tres comenzaron a reír ante el comentario provocador y Marcel Douter, por no meterse en líos, se levantó y salió en busca de lo que le pedían. Estaba convencido de que aquella actitud no era más que envidia: anhelaban un logro como el suyo.

Marcel Douter fue repitiéndose aquel pensamiento de camino a la cantina.

Al pasar por la entrada reconoció a varios compañeros que acataban las instrucciones de su superior, dispuestos a abandonar las instalaciones y a dispersarse por aquel París amenazante donde un asesino desconocido merodeaba por algún rincón. Había tumulto en la puerta, algo más estaba sucediendo, y el joven policía se asomó para cerciorarse.

—¡He dicho que me deje pasar! No sólo puedo ayudarles, es que tengo la solución a todo este desaguisado. ¡No pueden ignorar lo que vengo a decirles!

—Monsieur, ya le hemos dicho que estamos haciendo todo lo posible por desplegar el mayor número de oficiales por cada distrito. Regrese a casa. Le garantizo que es el lugar más seguro en el que puede estar ahora mismo.

Marcel Douter reconoció el abrigo peludo de Théophile Gautier, que alzaba los brazos para abrirse paso hacia la recepción. Un par de oficiales lo sujetaban por las axilas y él se resistía dando bandazos al aire.

—Exijo que se me permita hablar con un oficial. Mi testimonio es importante: ¡sé quién ha matado a esos hombres!

Tras decir aquello se hizo el silencio en la recepción. Como si una ráfaga de aire helado hubiera llenado de pronto cada uno de los despachos de la Sûreté Nationale, las palabras de Théophile congelaron, durante unos instantes, la actividad frenética del centro.

El comisario, con la frente empapada de sudor, abrió la puerta de su despacho.

—Déjenlo pasar. Que entre y, por favor, continúen con lo que estaban haciendo, que el tiempo se nos echa encima.

Atónito, al igual que el resto de los allí presentes, Marcel Douter vio cómo su jefe se encerraba con aquel excéntrico borrachín. Fue a por los cafés que le habían pedido y, en cuanto se vio libre de nuevo, regresó a la puerta del despacho y esperó a que Théophile saliera. Varios oficiales, como él, se habían quedado allí, ansiosos por conocer el testimonio y las soluciones de aquel hombre con quien parecía que sólo Marcel Douter estaba familiarizado.

—Es un escritor, ¿no? ¿Qué tiene él que aportar en todo esto? No creo que debamos hacerle caso... —Aseguraba uno de ellos, escéptico.

—A éste lo vieron con el primer muerto, el del Sena. A mí me huele a gato encerrado.

«Qué fácil es hacer conjeturas sin tener ni idea de los hechos», pensaba Marcel Douter.

Al cabo de unos minutos oyeron un grito de amenaza y todos vieron a Théophile Gautier salir despedido por la misma puerta por la que había sido invitado a entrar, ahora empujado casi a patadas por el comisario.

—Llévense a este majadero de aquí. ¡Y que no vuelva a acercarse por la comisaría o me veré obligado a encerrarlo por desacato a la autoridad! ¡Cómo se atreve a venir con esas fantasías! Aquí estamos prestando un servicio a la ciudad, monsieur, ¡trabajamos de verdad!

Sacaron a Théophile a la calle por la fuerza, aunque él se resistió hasta el final dando patadas y sacudidas que no le sirvieron de nada.

Marcel Douter no imaginaba qué habría dicho aquel pobre loco para alterar tanto a su jefe. Lo dejaron en la calle abandonado a su suerte, pero él lo observó con compasión.

Théophile, cabizbajo y silencioso, notó el interés del muchacho y, tras recolocarse el sombrero y abotonar de nuevo su abrigo peludo, se volvió para llamarlo:

—¡Hey, chico! ¿No fuiste tú quien me acompañó hasta Neuilly el otro día?

Marcel Douter miró a ambos lados para asegurarse de que no había nadie más con quien pudiera confundirlo y asintió. Se acercó a Théophile y le tendió la mano.

—Lamento que lo hayan tratado así, monsieur, pero estamos todos muy nerviosos con este asunto. —Se aclaró la garganta antes de lanzarse a preguntar aquello que tanto lo intrigaba—: ¿Puedo saber qué le ha dicho usted al comisario para que se enfadara tanto?

Théophile se arrimó al policía y caminó a su lado con aire confidente.

—Muchacho, acompáñame hasta mi casa y te contaré todo lo que esa panda de mentecatos se niega a reconocer como cierto. Tienes buen ojo, chico, te veo despierto y con ganas de ayudar. Así es como se forjan las grandes personalidades, con curiosidad, no lo olvides nunca...

Marcel Douter pensó que quizá no era tan mala idea seguirle la corriente a aquel personaje, esa vez sin esconderse. Aprovechando que nadie lo había visto salir de Sûreté Nationale, y convencido de que tampoco lo iban a echar de menos, caminó junto a Théophile y decidió regalarle su atención mientras éste se explicaba:

—Las wilis han matado a esos dos hombres y ahora van a por mí. Son ellas. Tengo miedo, muchacho.

32

París, 1877

La calle nunca le había parecido tan gris e humillante a Marie como aquella noche. Salió del pasaje a la carrera. Trataba de alcanzar a su hermana Antoinette sin atender a los gritos de Alphonse, que intentaba retenerla en vano.

—¡Vuelve, Marie! Deja de perseguirla, no es quien tú imaginas... Vamos, te acompañaré a casa. ¡Marie!

Pero la niña no se detuvo hasta que llegó junto a su hermana, menos ágil que ella, que se había detenido en una plaza y recuperaba el aliento. Marie no comprendía qué había sucedido, cómo su frágil ilusión por participar del entorno cálido y lujoso de aquel café se había roto en cuestión de segundos. Un bofetón del hombre de la chistera y todo se había hecho pedazos.

Vio que Antoinette se secaba el sudor del cuello y se limpiaba la nariz. Se había sentado en un banco, se cubría el rostro con las manos y lloraba desconsolada. Llevaba un vestido amarillo precioso y una cartera a juego que contrastaba con la oscuridad del entorno, allí, sola en medio de aquel parque y en plena noche. Marie la observó desde lejos, tratando de comprender qué había sucedido, qué esperaba ver y qué era lo que realmente había encontrado ante sus ojos.

Avanzó. Sus pasos pusieron en alerta a Antoinette, que se volvió para gritarle de nuevo en cuanto la tuvo lo suficientemente cerca:

—¡No te atrevas a seguirme, maldita estúpida! ¿Es que no has tenido suficiente con arruinarme la noche? ¡Déjame en paz!

Marie la miraba y lloraba ella también. No entendía qué había de malo en querer pasar un rato con su hermana y conocer a... No entendía quién era aquel hombre, si no era su novio.

—Sólo quería una taza de chocolate con nata y que nos presentaras. Parecíais tan felices la otra noche... —Marie se sorbía y trataba de cogerle la mano a su hermana, que la apartaba con brusquedad en cada intento—. No te he seguido, Antoinette, de verdad que no. Estaba paseando con Alphonse y se nos ocurrió ir allí porque es un café agradable.

—Sí que lo es. Hasta que los mendigos revoltosos e indiscretos como vosotros os coláis y lo arruináis todo. ¡Es un sitio elegante, Marie! No es el mercado ni la portería de l'Académie. Allí la gente sabe comportarse.

Marie no comprendía a qué se refería su hermana al acusarla de esa forma. Ella había querido tomarse una taza de chocolate... ¡Tenía dinero para pagarla! ¿Qué había sido lo que la había ofendido tanto?

—Pero ¿por qué no te has alegrado de verme allí?

Antoinette suspiró. Estaba harta de la inocencia de su hermana pequeña. Creía que ya tenía edad para comprender ciertos asuntos, pero no se atrevía a explicárselos.

—Me has hecho perder mucho dinero, Marie...

—Pero entonces ¿trabajas allí? Pues parecías muy tranquila con tu novio. ¿Y vas allí con él todas las tardes? ¿Por eso te saltas las clases? Te van a expulsar, Antoinette, sabes que lo harán, y madre se enojará cuando se entere.

La hermana soltó una carcajada de burla en cuanto oyó a la inocente de Marie decir aquello.

—No seas estúpida, Marie. ¿No ves que no me importa? ¿No entiendes que no es mi novio? ¿Eres incapaz de comprender que con clientes como ese gano más dinero que acudiendo a las clases de l'Académie? Allí no puedo aspirar a nada más que a un par de papeles de relleno, monigotes humillantes al fondo del escenario.

Aquella información atravesó el pecho de Marie como una corriente de aire helado. Su hermana tenía «clientes».

—Pero madre te pegará… —le dijo, sopesando lo que imaginaba que serían las consecuencias más inmediatas de su comportamiento por la forma con la que acababa de descubrir que Antoinette se ganaba la vida.

—¡Deja ya de pensar en ella, Marie! ¡Por el amor de Dios! Nuestra madre lo sabe y lo acepta porque le doy una parte. ¿Lo entiendes ahora? ¿De dónde crees que saqué los dos francos que tú habías perdido la otra noche? ¿Acaso piensas que cayeron del cielo? ¿Creíste que me los había dado un hombre «bueno» porque me quiere? No, hermanita, me los dio un cliente porque me acosté con él. Entiéndelo de una vez: los hombres no son buenos con nosotras.

Marie no podía parar de llorar. Antoinette, arrepentida por su brusquedad, le tendió un pañuelo para que se secara las lágrimas. Era su hermana pequeña, y había ciertos asuntos que aún no había tenido ocasión de comprender, pero ya era el momento.

—Venga, anda, que se ha hecho muy tarde. Vamos juntas a casa.

La mayor cubrió a la pequeña con el brazo izquierdo y le echó parte de su chal por encima. La niña se apretó contra ella y caminó a su lado sin dejar de llorar.

Continuaron en silencio. Marie lloraba asustada, decepcionada, confundida por la dureza de las palabras de su hermana. Debía creerla. Antoinette sabía más de la vida porque era mayor. Siempre le decía por dónde tenía que caminar en los grandes bulevares: arrimada a los edificios, ya que los hombres eran quienes debían ir por el borde de la acera, por la parte peligrosa. Antoinette era la que le aconsejaba que regresase a casa nada más terminar la clase sin entretenerse por el camino, pero no porque su madre lo hubiera dicho antes, sino porque la calle, durante la noche, era un espacio para otro tipo de trabajo, para el que ahora sabía que ella desempeñaba.

Su hermana era prostituta.

Su hermana había renunciado a seguir bailando.

Pero su hermana se equivocaba, porque Marie sabía que sí existían hombres buenos con gente como ella. Conocía a uno, uno que le pagaba por hacer algo que se le daba bien, algo que quería hacer y a lo que nadie la obligaba.

33

París, 1841

Los golpes en las sienes fueron la primera molestia que notó y acabó despertándose con un ruido que venía del otro lado del pasillo. Théophile llevaba un rato dormido en uno de los sofás del salón en casa de madame Leriche. Cuando abrió los ojos, se dio cuenta de que estaba solo.

—¡Maldita sea! El vino terrible que sirven en esta casa ha acabado conmigo...

Se incorporó con cuidado, sin dejar de palparse la frente, como si el frío de sus manos pudiera hacer algo para aliviar aquel dolor terrible que pesaba sobre él tanto como su conciencia.

Pensó que debía marcharse y caminó por la habitación buscando a alguien de quien despedirse, tal vez algún invitado rezagado como él, pero no había ni un alma.

Sin saber cuánto tiempo había transcurrido desde que había llegado a la fiesta, imaginó que era lo suficientemente tarde como para que nadie se hubiera tomado la molestia de reparar en un hombre dormido en el salón. La diversión los volvía a todos egocéntricos e indiferentes al entorno.

Théophile no recordaba casi nada de lo que había sucedido antes de caer inconsciente sobre la tapicería mullida del sofá de madame Leriche, sólo un enfado intenso, una rabia que le quemaba las entrañas y que lo había llevado a desahogarse con

Eugénie Fort, que se había cruzado con él por el pasillo. Poco a poco fue poniendo orden en sus recuerdos.

Se acordó de la discusión con Carlotta: lo había rechazado. Ella, a quien se lo había entregado todo. Le había negado su cariño y su intimidad, y no le había quedado más remedio que desquitarse de todo aquel dolor en la fiesta a la que lo habían invitado.

Por algún motivo, el festejo se le había ido de las manos, de modo que quería marcharse y borrar aquellas circunstancias que no hacían más que avergonzarlo y cargarlo de culpa. Pero, cuando estaba a punto de agarrar el pomo de la puerta de salida, de nuevo oyó aquel ruido tan molesto.

Desde la habitación del fondo, la que se adivinaba como alcoba principal, un gruñido o un jadeo masculino lo sacó de sus recuerdos y lo trajo al presente. Théophile caminó intrigado hasta la puerta entreabierta por la que asomaba un hilo de luz. Aunque imaginaba que se encontraría una escena íntima, una pareja entregada al placer amatorio como último coletazo de aquella fiesta que ya hacía un buen rato que se había dado por terminada, la curiosidad de poner cara a aquellos gemidos lo animó a continuar.

Pero el horror de lo que descubrió lo dejó clavado en el pasillo.

Guido Philidor, con los pantalones en las rodillas, se restregaba contra el borde de la cama ante la atenta mirada de un grupo formado por dos personas dispuestas en el extremo opuesto de la habitación. Théophile no fue capaz de distinguir sus caras en la penumbra, pero le pareció ver a Contant, el jefe de máquinas del teatro, e inmediatamente recordó que uno de los motivos que inicialmente había tenido para acudir a la fiesta había sido hablar con él de los arreglos para la puesta en escena de *Giselle*. Se sintió mal por haber desaprovechado la oportunidad, pero la estampa que tenía ante sí convirtió su arrepentimiento en repulsión. Una orgía no lo hubiera alarmado más que en anteriores ocasiones: sucedía casi siempre si uno se demoraba más de la cuenta en retirarse de ese tipo de fiestas, pues la actividad se trasladaba a un ambiente privado y la lujuria se desataba hasta sus últimas consecuencias.

Las orgías habían sido siempre una forma de diversión que Théophile nunca había tenido reparos en compartir, pero ver aquello, lejos de divertirlo, lo conmocionó. Quiso culpar al alcohol cuando una arcada le sobrevino y le hizo vomitar en la puerta de la alcoba, provocando la interrupción de aquel desagradable ritual.

—¿Quién está ahí?

Guido Philidor se detuvo al ver a Théophile, apoyado en el marco de la puerta y rodeado de un pestilente charco de vómito. Se subió los pantalones y soltó a la niña que yacía inconsciente al borde de la cama con las piernas abiertas.

El grupo oculto en la oscuridad se dispersó para ver quién había cortado el ritmo de su perversa celebración. Théophile comenzó a gritar:

—¡Eres un monstruo, Guido! ¿Qué es todo esto? —Se acercó a la cama, limpiándose la cara con la manga, y vio a la pobre criatura desvanecida—. Por Dios santo, Guido, ¡es una niña! ¿Qué le habéis dado?

Alarmados por la actitud agresiva de un invitado que no parecía estar por la labor de sumarse a sus actividades, entre todos lo condujeron hacia la salida.

—Ya basta, Théo. Has bebido demasiado. —Una vez en el pasillo, el *régisseur* dio una palmada para llamar la atención del servicio—. ¡Que alguien limpie esta porquería! Y cierren la puerta.

Pero Théophile había recuperado la lucidez a la vista de todo aquello y no podía soportar la idea de permanecer indiferente.

—Estás loco, Guido. ¡Esto es una barbaridad! Se lo diré a Pillet y será el final de tu carrera, pero ¿cómo es posible? ¿Para esto me has invitado? ¡Sois un atajo de enfermos!

Sin embargo, el director de escena no parecía intimidado por las amenazas de Théophile.

—No dirás nada, Théo. No te atreverás porque, si lo haces, entonces seré yo quien arruine tu trabajo para siempre. Como cuentes algo de esto al director, te juro que retiraré a tu querida bailarina del nuevo ballet. —Guido se relamió sonriente mientras decía aquello—. Sí, Théo, esa italiana deliciosa por la que babeas en cada maldito ensayo, esa zorra... Le quitaré su papel. ¡Hay candidatas de sobra para reemplazarla! Te juro que lo haré.

Aquello no podía estar sucediendo. Théophile negó con la cabeza sin apartar la mirada del *régisseur*, sin poder dar crédito a aquella salvaje estampa de la que acababa de ser testigo.

Aturdido por los acontecimientos, se precipitó escaleras abajo hasta la calle y caminó con paso firme en dirección a su casa, a pocas manzanas de distancia. El frío en el rostro lo ayudó a encajar el meollo de sensaciones que se revolvían en su cabeza y acompañaban cada latido en sus sienes.

Supo que había sido una suerte discutir con Carlotta y ahorrarle aquella fiesta. Debía hacer todo lo posible por evitar que un acontecimiento como el que acababa de presenciar volviera a repetirse.

34

París, 1866

—Lo siento, pero le tengo que pedir que comience de nuevo con todo esto. Explíquemelo desde el principio: ¿quiénes son esas wilis? ¿Se trata de un grupo organizado?

A Marcel Douter se le agolpaban las explicaciones de Théophile una encima de la otra en su cabeza de policía recién llegado a la ciudad. No daba abasto, no comprendía esa delirante teoría del escritor acerca de unas asesinas que, según él, habían invadido París durante aquellos días.

—No, chico, no son exactamente un grupo organizado, aunque sí que actúan como tal... Verás, es algo más complejo que todo eso: se trata de fantasmas.

La pareja cruzaba en ese momento el pont Royal y Marcel Douter tuvo que detenerse porque seguía sin entender absolutamente nada. Alzó la vista. A lo lejos, más allá de la elegancia del Palais des Tuileries y sus jardines, la interminable columnata del Louvre y la hilera de casas en los fuertes diques del río, pasado el teatro que debía su nombre a la diva Sarah Bernhardt, y solemne ante la torre de Saint-Jacques que asomaba como un resorte unas calles por detrás, se alzaba la catedral de Notre-Dame. La silueta de aquella mole de piedra, precedida por un reguero de fachadas desiguales y caóticas a orillas del río, le recordó por un momento a un monstruo amenazante y tuvo que reconocer que las narraciones lo estaban sugestionando más de lo conveniente. Sin duda, aquel hombre tenía mano para la narración. Sortearon varios charcos. Théophile tuvo que agarrarse al joven en un par de ocasiones para no caerse.

—Estas malditas obras han puesto patas arriba todo el centro de la ciudad. ¡No acabarán nunca! ¿Puedes creer, muchacho, la cantidad de tierra que se acumula bajo los adoquines?

—Hay que tener paciencia, monsieur. Las reparaciones de la vía pública siempre son un engorro, pero el resultado final merecerá la pena. Fíjese en todas esas casuchas abandonadas que parece que estén a punto de caerse. —Marcel Douter señaló la ribera izquierda del río. En aquel momento parecía un decorado ruinoso y hasta terrorífico—. Allí, por ejemplo, ¿cree usted que todavía vive gente?

—No te quepa la menor duda, muchacho. Familias enteras aún por desalojar hacen vida entre esos escombros. Tal vez ellas hayan encontrado en un barrio como ése el mejor sitio donde guarecerse, ahora que lo dices...

Théophile aguardaba impaciente la reacción del muchacho a sus palabras. Era su única esperanza para hacer valer su teoría... ¡Necesitaba que aquel joven creyera en lo que le decía!

—Pero... está usted hablando de mujeres muertas, monsieur. ¡Eso no tiene ningún sentido! —Tal como lo dijo, rectificó—: Mejor dicho, me cuesta comprenderlo, ¿sabe usted? Yo nunca he visto un fantasma.

—Por supuesto que no, chico. Siéntete afortunado por ello. No es fácil... ¡No se dejan ver hasta el momento definitivo en que deciden cobrarse venganza y atacar! Entonces son implacables y nada los detiene hasta que acaban con su víctima.

Théophile alzaba el puño y se dirigía al oficial. Su mirada ansiosa y desesperanzada terminó de conmover a Marcel Douter. Era un anciano desvalido. Le pareció que aquel pobre viejo había perdido el juicio por completo. Sin embargo, se dijo que no sería él quien se sumase al maltrato al que lo habían sometido en la comisaría. Conocía a aquellos tipos y sabía perfectamente lo crueles que podían llegar a ser respecto a todo lo que escapase a su escaso credo de conocimiento. No, él no era así, acababa de llegar de un pueblo y puede que le faltase experiencia en la gran ciudad, pero al menos tenía compasión. Pensó en seguirle la corriente y continuó acompañándolo hasta su casa.

Por el caminó fue tirando del hilo de sus argumentos con preguntas. Percibía una necesidad de atención inmensa por parte de aquel tipo.

—¿Y cree usted que tanto Guido Philidor como Contant vieron a esos fantasmas antes de morir?

—Pero, chico, ¿es que no oyes lo que te estoy diciendo? ¡Claro que sí! Las wilis los atacaron y las wilis fueron quienes los mataron. Tan firme como la piedra que nos sostiene ahora mismo sobre el río es mi convicción y, si no hacemos algo por frenar a esa horda de espíritus, yo seré el siguiente.

El cabello ondeaba en el cogote de Théophile mientras decía aquello. Su silueta se recortaba en el horizonte de la ciudad solemne, como un profeta en posesión de la máxima verdad, un Moisés que recibiera las tablas de la ley allí mismo, en el pont Royal.

Marcel Douter tuvo que hacer grandes esfuerzos por contener la risa. Aquel viejo chiflado, en el fondo, le hacía mucha gracia.

Llegaron por fin hasta la puerta de la pensión de Théophile y, con la excusa de tener que regresar cuanto antes a la comisaría, donde acusaban su ausencia desde hacía una hora, el policía se despidió:

—Supongo que no me queda otro remedio que marcharme, monsieur. Ha sido un placer escuchar sus teorías. Haré lo que esté en mi mano para que le escuchen allí —dijo apuntando con el índice hacia arriba, como si la dirección del cuerpo de policía se ubicara en los dominios celestiales.

—No tengo ni idea de lo que se proponen tus superiores con ese despliegue en las calles de los distritos del norte del que hablaban hace un rato. Que yo sepa, además del mercado de la carne, hasta ahí arriba me extrañaría que llegaran estas perversas criaturas, pero ¡quién sabe! Tal vez me equivoque, aunque sigo considerando que es un error, chico. Me parece que el verdadero peligro acecha en el aire.

Se dieron la mano y se despidieron.

Al subir las escaleras de la pensión, Théophile iba pensando en lo que acababa de contarle a aquel chico. Se le veía con buena voluntad y, aunque no tenía muy claro si realmente podía hacer algo de presión para mediar en su favor en la Sûreté Nationale, le parecía un contacto interesante. Siempre podía ser beneficioso tener amigos en la policía. Lo sabía desde los tiempos en que Gérard no hacía más que meterse en líos noche tras noche y debía ir a buscarlo. Había perdido la costumbre de visitar las comisarías.

Por todo ello, y a pesar de los desagradables acontecimientos de la jornada, Théophile regresaba dichoso, con hambre. Decidió que se cambiaría de ropa y bajaría al *bouillon* más cercano a dar cuenta de alguna de las especialidades de la casa. Se lo había ganado: resolvería aquel caso y pondría a salvo a la ciudad entera.

Era el mejor.

Pero algo al entrar en la habitación le hizo temer que podía estar equivocado. Se respiraba un aire diferente al que él había dejado al irse a primera hora de la mañana.

Como si alguien hubiera entrado después de salir él.

Como si todavía no se hubiera marchado.

El miedo, una vez más, se instaló en su interior. Théophile oyó el crujir inconfundible de las tablas del saloncito. Quienquiera que fuese la visita inesperada, avanzaba con delicadeza hacia él justo cuando entró por la puerta. Cerró los ojos y se quedó inmóvil, sin saber si adentrarse, muy probablemente al encuentro con su propia muerte, o si huir de allí, despavorido y cobarde, gritando en busca de ayuda. Tal vez todavía estuviera a tiempo de alcanzar al joven policía.

Los pasos se oyeron cada vez más cerca hasta que, por fin, llegaron junto a él.

Théophile abrió los ojos sin poder creer a quién tenía delante.

35

París, 1877

A la mañana siguiente de haber discutido con Antoinette, Marie se dijo que aceptaría una taza de té caliente de la portera si ésta se la ofrecía al llegar a l'Académie. Caminaba de la mano de Louise-Joséphine y había conseguido sacarla de la cama un poco antes de lo habitual con la intención de llegar temprano, encontrarse con madame Crosnier y hablar con ella.

A partir de ese momento, Marie iba a hacer lo que considerase que era mejor para ella, sin tener en cuenta los mandatos de su madre ni los consejos de su hermana mayor. Las cosas habían cambiado para siempre.

—¿Por qué vamos tan rápido? Me duelen los pies.

La pequeña se lamentaba porque Marie tiraba de ella y la alzaba por el brazo, como a un perrillo perezoso.

—Vamos, no te quejes tanto. Seguro que te apetece un poco de té calentito, ¿a que sí?

Habían salido de casa con el estómago vacío, como era habitual, así que la niña no tuvo dudas en hacer caso a lo que su hermana le estaba diciendo.

Ahora iba a ser ella quien decidiera por las dos.

Cuando alcanzaron la entrada de los artistas del Palais Garnier faltaban todavía quince minutos para que comenzara la clase. Marie y su hermana se descalzaron, saludaron a la portera con una amplia sonrisa y la pequeña, animada por lo que le había dicho la otra, enseguida preguntó:

—¿Tiene una taza de té para nosotras, madame? Es que no hemos desayunado...

Marie sonrió ante el descaro de la niña y la anciana se ajustó el chal sobre los hombros antes de responder:

—No me extraña que preguntes... Llegáis muy pronto esta mañana, ¿no? —Miró a las dos hermanas de arriba abajo, con detenimiento—. Aquí siempre tendréis un plato de comida, lo sabéis. Niñas tan trabajadoras y responsables se merecen que las cuiden.

Las hermanas se adentraron en la portería y aceptaron la taza de café con miel que acababan de ofrecerles junto con un par de galletitas. A Marie aquel manjar al que estaba tan poco habituada le supo delicioso, y vio cómo su hermana, con los mofletes llenos de migas, se bebía de un trago el contenido del pocillo que la anciana le había puesto delante.

Carraspeó antes de levantarse.

—Muchas gracias, madame, pero no podemos entretenernos. Hoy se reparten los roles en la actuación de la próxima temporada, por eso hemos venido un poco antes... —Le entregó a la portera una de las monedas que todavía guardaba en el bolsillo; la noche anterior había intentado gastarlas en el café de la galería—. Tenga, espero que sea suficiente.

Madame Crosnier le cerró la mano a la niña con la moneda dentro. No podía aceptar dinero de las alumnas.

—Pero, niña, ¿quién te has pensado que eres? No pienso permitir que me pagues por un desayuno, ¡ni hablar! No voy a preguntar de dónde has sacado ese dinero, pero ya imagino que no es parte de la mísera paga semanal que os dan aquí, o no lo soltarías con tanta ligereza. Guárdatelo, querida. Gástatelo en algo que te guste.

A Marie le sorprendió el rechazo por parte de la anciana, pero volvió a guardarse la moneda en el bolsillo.

Louise-Joséphine ya había echado a correr hacia los vestuarios. En ese momento, la portera se acercó a ella de nuevo para hablarle en un murmullo silencioso.

—Yo que tú estaría muy pendiente de no perder de vista esas monedas, niña. Aquí entran todo tipo de personas y algunas no tienen tan buenas intenciones... —Se bajó los lentes hasta la punta de la nariz para mirarla fijamente y Marie percibió un aire agresivo en aquellos ojos que hacía unos instantes habían sido tan amables con ellas dos—. ¿O quizá has ganado ese dinero sin salir del edificio? ¿Ha sido alguno de los socios del club?

Marie se apartó unos pasos de la mujer, asustada.

—No, madame, no conozco a ninguno de los miembros del Jockey Club. —La simple mención de aquellos hombres le recordó a la niña el encuentro con los estudiantes en la *boutique* de madame Sebillotte hacía unos días, la forma en que le habían acariciado la mejilla y cómo le ofrecieron «compañía». Casi todos los abonados preferentes pertenecían al selecto club y podían pagar sumas considerables por colarse entre las bambalinas del teatro, hablar con las bailarinas y escoger a cualquiera de ellas para que los acompañase en la actividad que ellos decidiesen.

—Claro que no. Supongo que hago demasiadas preguntas...

Marie enseguida se retiró anunciando que debía prepararse para la clase. Su hermana la llamaba desde los vestuarios. Se despidió de la portera y apresuró sus pasos para no llegar tarde.

Sin duda, era una anciana intrigante, pero la niña continuaba sin entender por qué a su madre le caía tan mal y se empeñaba en prohibirles que hablasen con ella. Sólo por llevarle la contraria, en adelante estaba dispuesta a entablar conversación con cualquier excusa, cada día, pese a que le había incomodado un poco aquella forma de mirarla.

Cuando las dos hermanas entraron en el aula, se encontraron con monsieur Auber, que las esperaba a todas apoyado en su bastón. Tenía noticias para ellas.

Una a una, fue indicando el rol de las afortunadas que iban a participar en el ballet principal de la programación de la temporada.

Al escuchar su nombre, Marie saltó de alegría. Monique comenzó a dar palmadas a su lado y las dos amigas se estrecharon en un abrazo sincero.

—¡Enhorabuena! Te lo has ganado, Marie. Este año también te toca ti. Estoy muy orgullosa de tu trabajo.

El profesor les pidió que guardaran silencio. Entre el resto de las bailarinas hubo quien se lamentó por no haber sido escogida y quien no dejó de chillar al saberse entre las elegidas.

Marie iba a formar parte por primera vez del grupo de campesinas del primer acto en la representación de *Giselle*. Supuso que la habían escogido gracias a los progresos de las últimas semanas y a las horas extraordinarias de prácticas durante las sesiones con el pintor.

Fue la mejor noticia que recibía en mucho tiempo y se sintió feliz.

36

París, 1841

La resaca no ayudaba en ningún caso a ver las cosas con claridad, pero ya se había hecho de día y en cualquier momento iban a dar comienzo las clases. Levantarse, mirarse en el espejo, arreglarse para encarar una nueva jornada y acudir al teatro para cumplir con sus obligaciones se le figuraron tareas imposibles, pero tenía que acometerlas. Théophile debía hacer lo correcto.

De camino a Le Peletier, iba pensando en las veces anteriores, en fiestas como la de Carnaval, que reunía cada año a la *crème de la crème* de la Opéra y a la que se sumaba con gusto junto a Gérard Nerval para ver y dejarse ver, chismorrear…; fiestas en las que había disfrutado, se había reído y había cometido algún que otro desliz inconfesable…, pero nunca de aquel calibre.

Lo que había visto la noche anterior en casa de madame Leriche era un delito. Sobre sus hombros pesaba la culpa de haber presenciado una violación a una menor, y sólo una conversación con el director podría aliviarlo.

Notre-Dame de Lorette anunciaba el mediodía con sus campanadas mientras él bajaba por la rue des Martyrs. Le pareció tarde para llegar al teatro antes que Carlotta, pero también era tarde para echarse atrás.

Cruzó la entrada y el parterre del patio interior como una exhalación, sin saludar a nadie. No quería replantearse sus intenciones. Debía hacerlo. Era lo correcto. «Vamos —pensó—, sólo saldrán perjudicados los últimos responsables». Théophile no quiso mirar siquiera al tímpano de los leones de la fachada, el que cada día observaba con curiosidad porque quería volcar sus energías en localizar a Léon Pillet y darle su mensaje.

En el interior del edificio, a esas horas, lo normal hubiera sido hallar las aulas cerradas y las diferentes músicas procedentes de cada clase entremezclándose y rebotando contra los cristales. Sin embargo, lo que Théophile se encontró al cruzar la entrada fue una de las clases con la puerta abierta de par en par. Dentro había un grupo de bailarinas sentadas en el suelo; atendían al discurso de una de ellas, que se alzaba ante todas apoyada en el piano desde una de las esquinas de la sala.

Aunque no quiso asomarse para ver lo que ocurría, no pudo evitar que una de las frases de aquella muchacha se colara por la puerta y llegara a sus oídos:

—... una semana. Será para finales de junio. ¿Hasta cuándo van a seguir disponiendo de nuestro tiempo? Ellos deciden sin tenernos en cuenta. No podemos consentirlo.

Todavía aturdido por lo que acababa de escuchar, siguió su camino hacia el despacho del director, pero se topó con Carlotta. Aquella situación sí que lo detuvo. No podía ser de otra forma.

La bailarina caminaba envuelta en una de sus chaquetas de punto y se cubría el cuello con una bufanda, algo que podía parecer exagerado para una persona normal en el mes de mayo, pero no para una bailarina que ha de asegurarse el calor en cada músculo del cuerpo. Vio a Théophile y le cortó el paso al abalanzarse sobre él.

—¡Menos mal que estás aquí! No he podido pegar ojo en toda la noche, Théo. ¡Lo siento tanto! —Carlotta se le abrazó temblorosa y comenzó a darle besos en el hombro—. Perdóname, fui una estúpida hablándote así. No tengo ningún derecho, con lo bien que te has portado siempre conmigo.

Él no podía creer lo que estaba sucediendo. Mareado por la resaca, sostuvo a la bailarina por las muñecas para apartarla y mirarla a los ojos.

—*Chère et douce* Carlotta mía... Si hay alguien aquí que deba disculparse soy yo, en todo caso. Anoche me comporté como un imbécil.

La pareja se miró y, por unos instantes, ambos sintieron que no existía nada más a su alrededor, como si el edificio de la Opéra —con sus ruidosos pasillos, sus escaleras, sus interminables columnas y todas las personas que allí trabajaban cada día— se hubieran esfumado.

Se disculpaban por un malentendido que a Théophile prácticamente se le había borrado de la cabeza, con todo lo que había sucedido después, aquella noche terrible.

Carlotta no sabía nada y no debía llegar a enterarse. Él se encargaría de ello.

Théophile se dio cuenta de que, para ella, mantener aquel secreto iba a ser tarea imposible. Debía denunciarlo. Entonces recordó la amenaza de Guido Philidor: «Le quitaré su papel —había dicho—. ¡Hay candidatas de sobra para reemplazarla!».

Carlotta se mantuvo firme en su postura.

—Te quiero muchísimo, Théo, lo sabes —dijo, con la espalda erguida y sin apartar la mirada de Théophile—, pero no podemos hacer que este afecto que sentimos interfiera en mi carrera. ¡Sabes que es lo más importante para mí!

Se lo había dicho la noche anterior, y él lo había entendido entonces igual que lo entendía ahora, pero había un dolor profundo y nuevo, el dolor de saber que, si denunciaba los actos atroces del *régisseur* durante la fiesta de madame Leriche, estaría arruinando también su trayectoria.

Théophile sacudió la cabeza, apenado.

—Yo también te quiero. Te quiero muchísimo, Carlotta. Por favor, no lo dudes nunca.

Permanecieron allí abrazados durante un rato, ajenos al caos que poco a poco se iba extendiendo a su alrededor. Théophile entonces se apartó para preguntarle:

—Por cierto, ¿por qué no estáis ensayando? Antes he pasado por delante de una de las clases y me ha parecido que se había interrumpido.

Carlotta entonces sonrió y movió la cabeza hacia ambos lados con perplejidad. Todo aquello era una locura desde hacía un par de días.

—No te lo imaginas, Théo, estoy al borde de la desesperación. Las chicas no quieren trabajar. Están molestas por una serie de irregularidades en sus contratos y en ciertas condiciones impuestas desde la cúpula directiva a la hora de afrontar los estrenos de la temporada. No sé, todo esto es nuevo para mí. Sólo espero que no afecte al estreno de *Giselle*.

—Esperemos que no, tranquilízate. Nada impedirá ese estreno, *mon chère*, te lo prometo.

37

París, 1866

—¡Por todos los santos! Carlotta, me has dado un susto de muerte... Pero ¿qué haces aquí? ¿Cuándo has llegado? ¿Por qué no me has dicho que venías?

Desde la butaca junto a la ventana, una Carlotta crecida con los años de éxito, consolidada como artista ya retirada y diva eterna de los escenarios de todo el mundo, observaba sonriente a su amigo Théophile. Conservaba su estilo de siempre, aunque desprendía un aura nueva. A sus cuarenta y siete años todavía acostumbraba a llevar el cabello recogido en una media melena tocada con diadema, como había hecho de joven, pero sus manos de largos dedos, aquellas tan características que remataban el movimiento de sus brazos en delicadas filigranas sobre el escenario, se adornaban ahora con sortijas y brazaletes. Era una dama y su estatus se apreciaba en aquel tipo de detalles. Se había desplazado desde Saint-Jean, a las afueras de Ginebra, donde vivía en una mansión alejada de todos, nada más recibir la noticia de la muerte de Guido Philidor. Al afirmar que era la cuñada de Théophile, en recepción no habían puesto reparo a la hora de dejarla entrar en su habitación y allí lo había esperado.

—Recibí tu carta, pero me pareció más responsable interrumpir nuestra correspondencia y venir personalmente. Mi marido se pone ansioso cada vez que identifica tu letra en el buzón.

—El «pobre príncipe»... Sabes que no tiene de qué preocuparse; mis intenciones contigo jamás han sido deshonestas... —Théophile sonrió con picardía. Pese a las circunstancias incómodas que los habían llevado a reírse de nuevo, lo cierto era que imaginarse celoso a Léon Radziwill lo colmaba de satisfacción.

—No seas cruel, Théo. ¡Te estoy hablando en serio y tú te ríes! He estado muy preocupada por ti.

La pareja de amigos se fundió en un tierno abrazo. Théo aprovechó la cercanía de ella para oler su cabello, su cuello... Eran los de siempre y los añoraba, los extrañaba como nunca.

—Estoy francamente nervioso con todo este jaleo de los asesinatos y lo último que me esperaba era encontrarte aquí. ¡Podían haberme dicho algo en recepción antes de subir! Creía que eras una de ellas.

Carlotta frunció el ceño sin comprender a qué se refería su amigo, pero, acostumbrada a sus excentricidades, dejó que se explicara sin interrumpirlo.

—Temí que hubieran podido colarse en el edificio. Habrás comprobado lo poco cuidadosos que son en esta pensión, y ellas son tan menudas, tan rápidas...

—Sí... Bueno, sólo soy yo, ya ves, ¡menos mal! —Sonrió algo incómoda y comenzó a moverse por la habitación tratando de cambiar de tema—. El viaje ha sido agotador, pero necesitaba verte y comprobar que estabas bien... ¡Y ya veo que sí!

Durante casi una hora —el tiempo que había transcurrido desde que había llegado—, Carlotta había tenido ocasión de fijarse en cómo vivía el escritor. El desorden habitual con el que ella estaba familiarizada desde siempre se había convertido en una especie de masa informe de papeles, libros, cojines y artículos de escritura que dominaban el espacio con ánimo de querer devorarlo todo, a él incluido. Théophile vivía rodeado de recuerdos, de dibujos y pañuelos de seda, de pipas de agua y exóticos sombreros tocados con plumas que, desde el momento en que Ernesta lo echó de casa, habían ido a parar a cualquier recoveco o cajón de aquel diminuto cuartucho y allí se habían quedado. Olvidados y a la vez presentes en su vida. Sin orden ni concierto.

Era un ambiente angustioso que Carlotta reconoció nada más poner un pie en él. Conocía a Théophile demasiado bien como para no ser capaz de identificar una crisis en su amigo.

La echaba de menos, y ella lo sabía, pero también intuía una preocupación que iba más allá.

Los asesinatos eran sólo la punta del enorme iceberg amenazante que se escondía bajo aquella actitud del escritor, más delirante de lo habitual.

—¿Has comido ya? Porque yo estaba a punto de cambiarme de ropa y bajar a comer algo. —Théophile se fue quitando la chaqueta y desabrochando la camisa de camino al biombo que separaba el saloncito de su zona de dormitorio—. Hay un *bouillon* aquí cerca que sirve un estofado de cordero exquisito. ¿Te apetece? Yo invito.

—Supongo que puedo acompañarte, sí, no hay problema. Lo cierto es que he picado algo durante el viaje, pero no me importaría tomarme una sopa. Quiero que me cuentes... Théo, ¿cómo estás?

Reacio a entrar en detalles que no le apetecía tratar con ella, se cambió rápidamente y la tomó del brazo para salir de allí. Al ir a apagar la luz, se fijó en la maleta que descansaba junto a la entrada, un detalle en el que no había reparado todavía. Ella se dio cuenta; tenían una conexión que trascendía las palabras y, en cuanto apagó la luz, le dijo:

—He hablado con Ernesta y me espera para cenar esta noche. Me ha dicho que puedo dormir allí, así que no te preocupes. Sé que aquí no tienes apenas sitio para ti y para todos estos trastos que te acompañan. Luego tomaré un coche hasta Neuilly.

Él no quiso conocer más detalles.

Durante la comida se pusieron al día respecto a los últimos acontecimientos. Ahora ella impartía alguna clase magistral, pero dedicaba la mayor parte del tiempo a dar largos paseos, aprovechando el magnífico entorno natural de su casa, en Suiza. Los días en Saint-Jean eran siempre agradables, un paréntesis de sosiego en plena naturaleza, siempre a punto para una excursión por la cordillera del Jura o el monte Salève. A ojos de alguien como Théophile, que pasaba los días entre el caos y el ritmo frenético de una ciudad como París, era la perfección.

—He retomado las críticas para el Salon de los artistas y, a excepción de algún que otro artículo un poco más extenso para *Le Moniteur*, ya casi no escribo relatos largos como *Espirita*. Fuiste mi musa, y temo que contigo morirá mi inspiración.

Ella se alarmó al oír aquello.

—¡No digas eso ni en broma! Aún tienes mucho que ofrecer como autor, Théo. Todo tu talento... Son estos días extraños; es normal que estés confuso y aturdido... ¿Quién no lo estaría?

Théophile acarició la mano de su amiga, que descansaba sobre la mesa. Siempre sería un apoyo para él. Entrechocaron sus copas y disfrutaron de aquel reencuentro.

—Por cierto, antes, cuando has dicho que pensabas que yo era una de ellas, ¿a quiénes te referías?

Théophile dio un nuevo sorbo a su copa y fingió no haber oído la pregunta.

—Este cordero está tierno como la mantequilla. Querida, ¿por qué no lo pruebas? Creo que es el mejor de la ciudad —dijo, y continuó masticando como si Carlotta no hubiera dicho nada.

—Théo, te he hecho una pregunta. ¿Es que crees que hay alguien siguiéndote? Si tu vida corre peligro, debes acudir de inmediato a la policía.

Théophile ya no pudo contenerse más: soltó los cubiertos a ambos lados del plato y se apoyó en la mesa para arrastrar la silla, en un amago de querer levantarse sin apartar la mirada de Carlotta.

—¡Por supuesto que he hablado con ellos! Si cuando has llegado a París no me has encontrado en la pensión es porque he pasado la mañana en la Sûreté Nationale, tratando de hacer entrar en razón a esa panda de oficiales incompetentes que no tienen ni idea de dónde están los auténticos peligros.

Théophile comprendió que aquél era el momento de hablar en serio con su amiga y aclarárselo todo.

38

París, 1877

Algo dentro del pecho, debajo de las costillas y donde ella imaginaba que debían encontrarse sus pulmones, no dejaba de temblar. Se agitaba, y ella se sentía bien, feliz, entusiasmada por la noticia. Esa mañana hizo los ejercicios de clase sumamente concentrada, entregada al trabajo y sin prestar atención a sus compañeras. Sólo se observaba a sí misma, se reconocía en el espejo con detalle, con agradecimiento. Aquel esfuerzo había merecido la pena y, por fin, iba a formar parte de uno de los ballets más importantes de la programación de la temporada.

Nada más terminar, recogió a Louise-Joséphine del aula contigua y las dos hermanas corrieron de vuelta a casa.

—¡Hasta luego, madame Crosnier! Nos vemos esta tarde.

La pequeña se detuvo a despedirse de la portera, pero Marie no dejó que se entretuviera con ella. Habían tenido suficiente conversación esa mañana, y ahora lo más importante era llegar a casa y darle la noticia a su madre. Luego iría al estudio del pintor y a él también se lo contaría. Estaba segura de que se alegraría por ella.

Apoyado en la escalinata de la entrada estaba Alphonse. Había pasado por allí preocupado por el suceso de la otra noche. Marie no había vuelto a hablar con él y temió que algo hubiera ido mal entre ellos. Al reconocerlo, fingió no verlo y pasó de largo arrastrando a su hermana.

—¡Marie! ¿Es que ya no quieres hablar conmigo?

Louise-Josephine se soltó de su hermana y corrió hacia su amigo. Se abalanzó sobre él y éste la levantó para darle un beso y revolverle el peinado con cariño.

—¿Se puede saber adónde vais con tanta prisa? Marie, ¿qué mosca te ha picado? Esta mañana pasé por tu casa y tu madre me dijo que ya os habíais ido.

Marie se detuvo con resignación. Pensar de nuevo en el asunto de su hermana la angustiaba y, ahora que le habían dado una noticia tan buena, no quería desperdiciar el momento.

—No te preocupes, Alphonse, es sólo que tenemos que volver a casa antes de que mi madre se marche. Quiero hablar con ella, quiero contarle algo...

Él la miró preocupado.

—Pero ¿estás bien? ¿Es por lo de anoche?

Marie hizo un gesto llevándose el dedo índice a los labios para indicar que no dijera nada de ese asunto delante de su hermana pequeña. Y luego le dio la noticia.

—¡Es que me han dado un papel en la nueva representación de *Giselle* y estoy feliz! ¡Seré la campesina número cinco en el primer acto!

Alphonse respiró aliviado y luego se acercó para darle un abrazo.

—Me alegro mucho por ti... Pensaba que había hecho algo que te había molestado... yo...

—No seas bobo, tú no has hecho nada malo. En realidad, nadie lo ha hecho, ha sido sólo una confusión por mi parte. Tengo mucha imaginación, ¿sabes? A veces creo que entiendo las cosas y resulta que no me entero de nada. —Negó con la cabeza y se dio un par de golpecitos con la mano sobre la sien—. En fin, nos vamos corriendo a casa, que estoy deseando contárselo a mi madre.

—Claro, Marie, no te entretengo más. —Avergonzado, agachó la cabeza y se rascó la nuca antes de preguntarle—: ¿Te veré esta tarde? ¿Después de la clase? Mañana me han apuntado para aplaudir en el teatro de la Comédie, pero esta tarde podríamos vernos…

—Vale, pero no vendré para aquí. Hoy tengo sesión con el pintor. Ven a buscarme si quieres cuando termine.

Sonrió y le dijo adiós con la mano. Luego tomó a su hermana del brazo y ambas continuaron su camino hasta Montmartre.

Al llegar a su casa, Lolo salió a recibirlas moviendo la cola y ladrando con alegría. La pequeña lo tomó en brazos y caminó hacia la cocina, donde Eloise estaba revolviendo algo en el fondo de una olla humeante. Marie entró después y se quitó el abrigo para dejarlo sobre una de las sillas. La madre lo agarró y comprobó que, de nuevo, uno de los bolsillos se había descosido por el forro.

—Te he dicho mil veces que lo cuelgues junto al fuego. Traéis humedad de la calle… ¿Es que queréis que se pudra y se rompa para que os tenga que hacer otro? No tengo dinero, no puedo estar haciendo abrigos cada dos por tres. ¿Es que no os dais cuenta? Me paso el día cosiendo vuestros descuidos.

Eloise caminó hacia la habitación y regresó con el maletín de costura, que dispuso sobre la mesa. Al abrirlo salieron de su interior varias madejas de hilo, unas tijeras, trozos de tela y un acerico con alfileres clavados por todas partes.

Junto a la palangana en donde se lavaban las manos había una botella de vino casi vacía. Eloise habría dado cuenta de lo que faltaba a lo largo de la mañana, y Marie temió que su madre se hiciera daño al ponerse a coser en ese estado. Tomó las tijeras y comenzó a hablarle mientras caminaba a su alrededor.

—Lo siento, madre. De verdad que tengo cuidado con las prendas, pero a veces, simplemente con el uso… —Abría y cerraba las tijeras inconscientemente. Las acariciaba nerviosa; no se atrevía a dar la noticia, aunque deseaba hacerlo. Se acercó a su madre y le dio un beso en la mejilla. Eloise la miró desconcertada. No era habitual que se comportara así con ella cuando la veían malhumorada. Marie sostuvo su sonrisa.

—Madre, debo decirle algo. ¡Me han dado un papel en el ballet más importante de la temporada!

Eloise soltó el abrigo y se cruzó de brazos para mirar a su hija de arriba abajo. Luego le dio otro trago a la botella y se secó las manos en el trapo que llevaba colgando del delantal.

—Vaya, sí que es una buena noticia.

La niña corrió a abrazarla y lloró de la emoción mientras le anunciaba de qué coreografía se trataba.

—¡Seré una de las campesinas del primer acto de *Giselle*, madre!

Entonces, de un golpe seco, ésta se volvió y soltó la botella, que cayó al suelo y derramó el escaso contenido sobre los baldosines de la cocina. Marie se apresuró a recoger los trozos con cuidado de no cortarse, pero la madre la agarró por los hombros y la levantó.

—¿Qué es lo que acabas de decir? —Su rostro era la imagen de la desesperación, de la rabia contenida que estaba a punto de estallar sobre su hija—. ¡Ni hablar! No consentiré que nadie de esta familia forme parte de ese ballet maldito, ¡jamás!

La madre levantó el brazo y comenzó a golpear a Marie, pero ella se hizo un ovillo, encorvada sobre sus piernas para protegerse. Eloise, fuera de sí, rompió a llorar y dejó de azotarla.

Marie, poco a poco, se levantó asustada y caminó pegada a la pared. Quiso acercarse a su madre, que estaba sentada a la mesa, lloraba sin parar y balbucía extraños lamentos.

—No puede ser... De todo el repertorio que tenían, tuvieron que escoger *Giselle*... ¡No puedo creerlo! Me las pagarán...

Marie cogió el abrigo y caminó hacia la puerta, pero Eloise se interpuso y la cerró con llave.

—No saldrás de esta casa hasta que hable con alguien de ese teatro. ¡No volverás allí!

La muchacha, aterrorizada por no poder acudir a la sesión con el pintor, agarró el pomo de la puerta y trató de abrirla, pero era imposible.

—Pero ¿qué demonios le pasa, madre? No puede hacerme esto, ¡no puede encerrarme aquí!

Eloise regresó junto al fuego y comenzó a remover el guiso en la cazuela. Se mordía la uña del dedo pulgar con el nerviosismo propio de una persona fuera de sí. Luego se acercó a la puerta y le advirtió a su hija:

—Escúchame bien, porque no pienso volver a repetirlo: mientras yo viva, en esta casa nadie formará parte de esa maldita producción, ¿me has oído? ¡Nadie! Me da igual lo mucho que te hayas esforzado. Ese ballet no existe para nosotras, ¡y no vuelvas a mencionarlo! —Luego, con la serenidad de alguien a quien le daba igual lo que acababa de suceder, llamó a Louise-Joséphine—. ¡La comida está lista, *ma poupée*!

39

París, 1841

El *foyer de la danse* se alzaba indiferente a la imprudencia de Ernesta. La parte trasera del escenario —un espacio reservado para los ensayos y ejercicios de los artistas antes de que se alzara el telón y que, tras el espectáculo, se transformaba en el punto de encuentro con los admiradores— permanecía allí, igual que siempre, ajeno a las hermanas Grisi, que se preparaban para una nueva clase. Ernesta ayudaba a peinarse a Carlotta, pero los efectos de una resaca desconocida hasta entonces hacían que le temblara el pulso y le martilleara la cabeza.

—¡Ay! Ernesta, ten más cuidado. Me vas a dejar la nuca como un acerico.

Una horquilla se había clavado por error en la cerviz de la bailarina. La hermana pequeña se disculpó.

Estaba nerviosa. Se sentía culpable por haber asistido a la fiesta contraviniendo las órdenes de Carlotta y, aunque ésta no había llegado a enterarse, continuaba confusa respecto a lo que había visto.

—No sé qué te ocurre, pero tienes muy mal aspecto. Ya me lo ha parecido esta mañana... ¿Ha sucedido algo?

—No, no es nada, sólo que no he descansado bien. —No se atrevía a hablar con ella, no podía contarle que había visto a Théophile sin confesarle que había acudido allí sin su permiso y, en realidad, tampoco estaba segura de nada... Los recuerdos se amontonaban en su cabeza sin orden ni concierto.

Carlotta rebuscaba en su estuche la cajita con polvos de rubor que siempre utilizaba para quitarle brillo a las zapatillas.

—He oído que la fiesta de anoche fue todo un acontecimiento. Quizá Théophile estaba en lo cierto y lo mejor hubiera sido aceptar su invitación... Acabo de hablar con él, pero no me ha dicho nada. ¿Crees que habrá ido sin mí?

Ernesta se detuvo unos instantes y se quedó en silencio. Las sienes le latían con un dolor agudo y penetrante. Sólo con escuchar el nombre Théophile sintió ganas de vomitar.

—¿Hola? Ernesta, ¿te encuentras bien? Te has quedado muy callada.

—Sí, ¡claro! No... No es nada, es sólo que no he dormido muy bien y me duele la cabeza.

En ese momento llamaron a la puerta.

Carlotta se levantó para abrir y se encontró a una bailarina menuda, pálida y con unos ojos enormes que le dijo con una extraña tristeza:

—Disculpe, madame Grisi. La llaman en el escenario para repetir el paso a dos de esta mañana.

Ernesta se asomó por encima del hombro de su hermana y, cuando la vio, algo en el semblante de la chiquilla le resultó familiar.

La niña se hizo a un lado para dejar pasar a Carlotta, que salió apurada hacia el escenario. En un descuido, la falda de la niña se enganchó a un clavo que sobresalía del marco de la puerta, rasgando con el movimiento un llamativo pedazo de tul.

—¡Dios mío! ¡La falda! ¡La he roto!

Asustada, la muchacha se agarró la capa del tejido del que colgaba un trozo como un pañuelo o una cola sobrante y miró a Ernesta implorando ayuda ante la situación.

—Madame, sólo venía a darle las gracias por ayudarme anoche. Fue usted muy amable al acompañarme a casa en la calesa.

Sostenía confundida el jirón de gasa sin saber qué hacer. Ernesta trató de hacer memoria y encajar aquel rostro en alguno de los acontecimientos de la noche pasada, pero no recordaba mucho. Aun así, asintió amable y ayudó a la pequeña con el vestido.

—No te preocupes, yo te ayudo con esto. —Ernesta agarró la tela con intención de tirar de un golpe seco de ella, pero la niña la frenó.

—¡Espere! No, así no. Es muy delicado. Va usted a romper el resto de la falda si hace eso. ¿Tendría unas tijeras?

—Es posible. Deja que busque entre los cajones del tocador. Mi hermana siempre tiene de todo por aquí.

Rebuscó entre las cosas de Carlotta. Sobre el tocador había frascos diminutos con perfumes, carmín, un pequeño jarrón con flores, zapatillas perfectamente dobladas y con las cintas enrolladas sobre la palmilla..., y ni una sola tijera.

—Veamos... Si le doy un tirón fuerte, estoy segura de que no pasará nada, pero como tú prefieras.

La niña se apartó de nuevo. No quería destrozar aquel traje que era propiedad del teatro.

Desde la planta baja, en el escenario, Carlotta lanzó un grito para llamar a su hermana.

—¡Ernesta! ¿Puedes traerme el tirso, por favor? Creo que está en el armario.

Le pedía la larga vara con cintas enrolladas y rematada en una piña con varios nudos, una especie de toisón con la que sus amigos nombraban a Giselle reina de la vendimia. Siempre lo dejaba tirado en el lugar menos oportuno y acababa perdiéndolo.

—Perdona, tengo que irme. Busca tú, a ver si encuentras unas tijeras. Mi hermana tiene de todo.

Y, después de coger aquel extraño instrumento que Carlotta le pedía, dejó allí a la chiquilla, que enseguida encontró lo que necesitaba: un objeto brillante y puntiagudo que asomaba del interior de un saquito de tela verde. La niña lo tomó con cuidado y reconoció el instrumento perfecto, unas preciosas tijeras doradas con las iniciales «C. G.» grabadas en una de sus caras.

40

París, 1866

—«Ellas». —Carlotta recalcó aquella palabra. Temía que su amigo no se diera cuenta de la importancia y la locura de lo que le estaba explicando—. Lo dices como si se tratara de personas a quienes conoces... Théo, ¿se puede saber qué demonios te pasa con todo esto?

—Bueno, es que las conozco, por supuesto. Conozco a quien tiene motivos para querer vengarse, aunque hayan pasado años.

Fuera de sí, le habló a Carlotta de las wilis, olvidando que la bailarina había sido una de ellas sobre los escenarios. ¡Había sido la primera Giselle! Théophile se refería a unos personajes ficticios creados por él mismo para un ballet que se había estrenado veinticinco años antes. Según las explicaciones que también le había dado a Marcel Douter y que había compartido con el comisario antes de que lo expulsaran de la Sûreté Nationale, se trataba de una suerte de séquito coordinado bajo las órdenes de Myrthe, un grupo de fantasmas de mujeres que habían muerto antes de contraer matrimonio, vírgenes enamoradas, intactas y, por lo tanto, también sedientas del sexo masculino por toda la eternidad. Capitaneadas por su reina, las wilis vagaban por el bosque aprovechando las horas de oscuridad y, si se topaban con un hombre, lo obligaban a moverse y a bailar hasta morir. Las despiadadas wilis, pese a ese deseo constante de fornicación, guardaban un rencor eterno hacia los varones, ya que todas ellas habían sido traicionadas por alguno antes de perder la vida. Myrthe portaba una rama de romero como símbolo a la memoria, el recuerdo al que todas ellas debían aferrarse: ellos les habían hecho aquello y nada ni nadie era capaz de frenarlas.

—Piensan que pueden jugar a esconder mensajes en el cuerpo de los asesinados —le dijo—. Una «G» de «Giselle» en la nuca... ¿Puedes creer semejante patraña? Pero esas criaturas se equivocan, poco saben de mí si piensan que así van a intimidarme. No las temo ni sostengo ramitas, pero tengo memoria y sé que tú también la tienes.

Carlotta se acomodó en el respaldo de la silla y pidió otra copa de jerez al camarero. Comprendió que Théophile estaba muy nervioso y confundía la realidad con el producto de su creación artística. Se encontraba ante una situación complicada y se permitió beber un poco más.

—Para empezar te voy a pedir que, por favor, dejes de referirte a ellas como «las wilis», ya que esos espíritus no existen, Théo, ¡los creaste tú! Es imposible que unos fantasmas de bailarinas vírgenes hayan matado a dos hombres en París. Deja de comportarte como un loco, ¡basta ya!

—No puedo creerlo. ¿Tú también vas a negar la evidencia? No esperaba esto de ti, Carlotta.

Ella se frotó la cara para tratar de calmarse. Debía ser cuidadosa con sus palabras para no alterar a Théophile, que se mostraba más irascible de lo habitual.

—No niego ninguna evidencia, querido, es que me parece que por dos muertes, por muy relacionados que estuvieran esos dos hombres entre sí y con la Opéra, no puede concluirse que todo sea un plan de venganza orquestado por... ¡fantasmas!

—Si es que ya lo decía Gérard. A la gente iba a costarle entenderlo, desde luego que sí... Lo único que me sorprende es que también te cueste tanto a ti… ¡Tú, que las conociste tan bien! —Negó con la cabeza y continuó masticando—. Por cierto, insisto en que este cordero está sublime. Deberías pedirte una ración.

Pero Carlotta no podía probar bocado. Prefería saborear el jerez con tranquilidad, escuchar comprensiva a un amigo que consideraba que estaba cada vez más alejado del mundo racional y que había puesto un pie en las fantasías de su imaginación.

La lluvia no dejaba de azotar los cristales del restaurante. Unas calles más abajo de donde Théophile y Carlotta discutían sobre el origen de lo que estaba sucediendo a su alrededor, ocurrió lo que muchos temían.

Las precipitaciones llevaban meses alterando el ritmo de los trabajos en lo que serían las bases del edificio que albergaría la nueva sede de la Opéra gestada por Charles Garnier. Con cada crecida del río, y a pesar de las innovadoras técnicas de ingeniería que habían puesto en práctica, como el drenaje de la tierra sobre la que se alzaba la nueva estructura, el terreno seguía siendo un barrizal que se volvía indomable con el diluvio.

Un empleado de la construcción gritó al ver algo espeluznante:

—¡Alto! ¡Aquí! ¿No es esto una pierna? ¡Aquí hay algo!

Se encontraba en las inmediaciones de uno de los nuevos bulevares y alertaba a sus compañeros para que detuvieran las máquinas antes de que pudieran llevarse por delante aquello que acababa de ver.

Enseguida varios trabajadores se juntaron para arrastrar, fuera de aquel amasijo de lodo espeso y restos de gravilla, lo que parecía el cuerpo sin vida de una nueva víctima de asesinato.

41

París, 1877

Después de comer, Louise-Joséphine se había quedado dormida. El perrito descansaba a sus pies y Marie había dejado que su hermana se acomodara en su regazo. Ambas se cubrieron con una manta. La madre estaba en la cocina cosiendo el bolsillo del abrigo, pero Marie no se atrevía a ir junto a ella y preguntarle qué era lo que la enfadaba de aquel ballet. No podía comprenderlo, así que la frustración la llevó a ponerse nerviosa: se había citado a las cinco en el estudio del pintor y todo parecía indicar que no podría asistir. ¿Se enfadaría con ella y no volvería a pedirle que posara para sus trabajos? ¿Dejaría de pagarle?

Continuó acurrucada junto a su hermana. El cansancio de aquel día terminó pesando sobre ella hasta que también se quedó dormida.

Antoinette bajaba sin prisa por la rue Douai. La mañana no había sido especialmente memorable: sólo había conseguido que un cliente la invitara a comer, uno de los viejos que no la obligaban a esforzarse demasiado, pero que tampoco le daban buenas propinas. Llegaba a casa con ganas de descansar y se sorprendió al encontrar en el portal a un caballero desconocido. Lo miró y él se volvió a observarla. No era una situación que le resultara extraña: llevaba un vestido precioso y el aroma de su perfume podía hacer que se volvieran para admirarla a dos leguas de distancia. Sin embargo, algo en aquella figura triste de hombre despistado le llamó la atención y decidió preguntarle si estaba buscando a alguien. Él agradeció el acercamiento y le respondió:

—¿Vive aquí Marie van Goethem?

Que le preguntara por su hermana en la misma puerta de su casa sí que era extraño. ¿Quién sería aquel hombre? Antoinette dio un paso atrás para observar su atuendo: un abrigo gris y una chistera del mismo color le daban un aire anodino. Su silueta habría podido mezclarse y confundirse en cualquier aglomeración sin llamar la atención. Tenía la tez muy pálida, los ojos grandes y tristes y una boca, de labios carnosos, femeninos y rosados, que se mostraba fruncida en un gesto de preocupación. Aquel desconocido se interesaba por su hermana, una niña que, hasta donde ella era consciente, sólo se relacionaba con sus compañeras de clase en l'Académie y con el hijo de una lavandera del barrio de Notre-Dame de Lorette. Antoinette estaba equivocada y, pese a la ira y la envidia que comenzaron a alterarla, miró al desconocido y le respondió:

—Quinta planta. Perdone, ¿es usted amigo de mi hermana?

Edgar Degas, sin abandonar su rictus distante y serio, asintió a la mayor de las hermanas Van Goethem.

—Trabajamos juntos. Debía acudir esta tarde a mi estudio. Hace más de una hora que la espero y estaba preocupado.

Aquello realmente atrajo la atención de Antoinette, que pensó que, por unos minutos que se retrasase en la cita con sus clientes, ellos no iban a tenerlo en cuenta. Se cruzó de brazos y sonrió al caballero.

—¿Mi hermana se había citado con usted? ¿Puedo saber para qué? No tiene ni doce años y a esa hora tendría que estar en su clase de ballet en l'Académie de la Opéra. ¿Me va a decir lo que está pasando o quiere que vaya a denunciarlo a la policía?

—¡Oh, no, mademoiselle! En ningún caso. Su hermana trabaja para mí como modelo mientras realiza algunos de sus ejercicios de la clase de ballet. ¡Jamás le pediría ninguna otra cosa! No me confunda usted...

Asustado ante esa posibilidad, Degas se disculpó y trató de aclarar el malentendido. No podía permitir que lo llevaran ante la policía. Lo que hacía con la niña en el estudio no tenía nada de malo. ¿Cómo podía alguien querer castigarlo por ello? Él era un artista. Él creaba belleza.

—Está bien, no se ponga nervioso. No pretendo llamar la atención de la policía en absoluto, créame—. A Antoinette le encantaba llevar a los hombres a situaciones extremas y tensas de las que ellos pensaban que no podrían salir y luego tenderles el cabo de la esperanza—. Escuche, hagamos una cosa: ¿qué le parece si hoy voy yo a su estudio y hago el trabajo de Marie? —Desplegó los brazos para que el artista tuviera ocasión de contemplarla y evaluar su oferta con detenimiento—. Valore la situación: yo también soy bailarina y ella hoy no puede salir de casa. Supongo que estará castigada y tendrá que cuidar a nuestra hermana pequeña. Prometo no contarle nada a nadie si usted me paga lo mismo que le pagaría a ella.

Edgar Degas no necesitó pensárselo demasiado.

42

París, 1841

La secretaria personal de Léon Pillet se quitó los lentes para limpiarlos con la manga de su vestido. Desde la escalera del edificio se oía una auténtica jauría de voces y gritos entrecortados, las muchachas estaban molestas y manifestaban sus quejas así, interrumpiendo el trabajo en las oficinas y dejando de acudir a clase. Era su obligación y había de poner sobre aviso al director, pero cada vez que debía importunar a aquel hombre para darle una mala noticia se ponía de los nervios porque temía su reacción.

Tras un par de golpes en la puerta, la secretaria por fin agarró el pomo con decisión y abrió una pequeña rendija para informar al director del revuelo que había en el edificio.

—Disculpe...

La habitación olía al tabaco de Léon Pillet, que se escondía de sus responsabilidades tras un nubarrón espeso provocado por él mismo, cigarro tras cigarro, a lo largo de las últimas dos horas.

Sentado detrás de su escritorio, arrastró la silla en cuanto vio que se abría la puerta y se colocó su chaqueta para abandonar el despacho.

—Sí, gracias, mademoiselle Corot, lo sé. Iba a salir ahora mismo a ver lo que sucedía. Imagino que la situación se está yendo de las manos por ahí abajo. Oigo voces y gritos cuando debería escuchar las melodías de cada aula... En fin, dígales que ya bajo. Que hablaré con ellas.

—Monsieur, son ellas las que han dicho que van a hablar con usted. No piensan retomar los ensayos hasta que las escuche. —Agarró el cuaderno que portaba y se lo acercó al pecho como por instinto, como para protegerse antes de terminar de transmitir su mensaje—. Lo esperan en el aula central, han dicho.

Léon apartó a la secretaria con brusquedad y se abrió paso hacia el pasillo para bajar las escaleras casi a la carrera. Estaba indignado con aquella suerte de sublevación que él consideraba estúpida y desproporcionada. Se sacó el reloj del bolsillo y comprobó que no eran ni las doce. Esa jauría de rebeldes había echado a perder una jornada casi por completo. Las cosas no podían continuar así o, en vez de una semana, tendrían que acabar retrasando el estreno un mes o incluso suspendiéndolo... ¡Una auténtica desgracia! Pensó en el dinero invertido, en los socios del club, las autoridades, el personal contratado con antelación para el estreno y la temporada completa: más de dos mil localidades, una recaudación que podía alcanzar los doce mil francos... No podía permitirlo. Hablaría con ellas.

Al llegar a la planta baja tuvo que sacar un pañuelo para secarse el sudor que le había empapado la frente con el apuro. No daba crédito a la estampa que tenía ante sus ojos: cientos de muchachas perfectamente ataviadas con sus trajes habituales —con sus faldas de tul almidonado, sus corpiños, sus tocados y sus zapatillas— se agolpaban entre los bancos a la entrada de las aulas o llenaban el espacio de los pasillos, el suelo desprovisto de alfombras, las tablas de ensayo... Los chicos las observaban, curiosos, desde la zona reservada a sus clases. Nadie parecía dispuesto a reanudar el trabajo, así que Léon Pillet tuvo que rendirse a la evidencia y sucumbir a la petición de las artistas. Una de ellas alzó la voz por encima del resto en cuanto él apareció al pie de la escalera.

—¡Por fin! Venid, sentaos aquí delante. Parece que ha llegado el momento de que se nos escuche.

—Veamos, mademoiselle, cuénteme a qué se debe este parón. No sé si es usted consciente del perjuicio de todo este jaleo para el avance de la producción que teníamos en marcha...

Un grupo de muchachas sentadas en el suelo comenzó a aplaudir y el resto les siguió dando silbidos y con gritos de animación.

—Por supuesto que nos hacemos cargo —aclaró la más avezada de todas, portavoz de aquella suerte de revolución en la Opéra—. De no producirse este desbarajuste, nuestros esfuerzos no habrían servido para nada, monsieur. No regresaremos a las aulas ni reanudaremos el trabajo hasta que se regule la asignación mensual de manera proporcional a las horas extraordinarias.

—¿Y qué ha sido de las niñas que faltan? —Alguien alzó la voz para formular una pregunta que nadie parecía estar dispuesto a responder—. ¿Es que nadie va a explicar por qué ha habido tantas bajas y sustituciones en los últimos días?

—No podemos subir la paga hasta que estrenemos y veamos si la acogida por parte del público ayuda a mejorar la situación —respondió Pillet nervioso y acorralado por sus bailarinas—. Debemos poner de nuestra parte... ¡desde todas las partes!

Un abucheo generalizado silenció las palabras del director, que comenzaba a perder la paciencia y ya no tenía argumentos para continuar excusándose. Se agarró los tirantes con ambas manos y resopló varias veces antes de continuar, pero, cuando no había hecho más que abrir la boca para quejarse de aquella huelga, a lo lejos distinguió la figura de Carlotta Grisi, que se abría paso entre la multitud.

Las bailarinas se hacían a un lado y ella avanzaba cubriéndose con su chal.

—Es suficiente, monsieur Pillet. Deje de aburrir a las chicas con detalles que a nadie más que a usted y a sus empleados de la administración les pueden interesar.

Una de las bailarinas que acompañaba a Carlotta se acercó a la portavoz para decirle algo al oído. Acto seguido, todas las muchachas se unieron a dar la bienvenida a la artista con una ovación. Comenzaron a aplaudirle en cuanto se hubo colocado al lado del director y frente a ellas.

—¿De qué está hablando, madame Grisi? ¿Es que no se da cuenta de que estas chiquillas caprichosas están poniendo en peligro el estreno de *Giselle*?

La multitud se dispersaba. Poco a poco, los murmullos se apagaban y las bailarinas se reincorporaban a las aulas. El silencio volvía a dominar el ambiente ante la perpleja mirada de Léon Pillet, que no comprendía nada de lo que estaba sucediendo. A su lado, Carlotta Grisi se acercó un poco más para hablarle.

—Monsieur, no tiene usted nada de lo que preocuparse. El estreno sigue adelante para el 28 de junio, ya he lo hemos hablado. Acabo de reunirme con ellas mientras usted debatía aquí abajo y, entre todas, parece que hemos llegado a un acuerdo.

—Pero ¿se puede saber qué demonios ha hecho usted para sosegar a estas salvajes?

Carlotta puso los ojos en blanco y suspiró antes de responderle:

—Monsieur, está claro que usted no ha sido nunca una bailarina adolescente. Le digo que ya he hablado con ellas y que está todo solucionado.

43

París, 1866

Llevaba un rato esperándola en la puerta de su casa de Neuilly, sin perder detalle de los ruidos procedentes del interior. Théophile había visto la noticia en el titular de un número extra que ya se repartía por la calle desde esa misma mañana. Estaba asustado, pero no había querido cancelar su cita con Carlotta esa tarde. No era un cobarde.

Auguste, el tercer asesinado en lo que llevaban de mes, había acumulado una fortuna y eso lo sabía toda la ciudad. Desde el primer momento, y a diferencia de los casos anteriores, la muerte del administrador de la *claque* del teatro de la Opéra se creyó relacionada con un ajuste de cuentas. La noticia de la aparición del cadáver entre las obras del nuevo *paláis* había causado estupor. El cuerpo, se dijo, medio enterrado en el barro de la explanada, había tenido que ser trasladado hasta allí por alguien que tenía la intención de esconderlo. La víctima, Auguste, había logrado ahorrar tanto dinero que sus posesiones eran comparables a las del mariscal de Francia. Se decía que los negocios en la administración de localidades y asignación de aplaudidores para los artistas en el teatro a lo largo de los años le habían proporcionado riquezas como para poseer varias casas, algunas en el centro de un París en plena reforma y otras en las inmediaciones de la campiña. Sus funciones le habían permitido dar trabajo a hombres desesperados por ganar unas monedas. El teatro de la Opéra no siempre se llenaba —el precio de las butacas podía doblar perfectamente al de cualquier espectáculo programado en el vecino teatro de la Comédie, sólo unas calles más abajo, en la rue Richelieu— y era importante para las bailarinas principales que su primera irrupción en escena fuera acompañada del cálido y ensordecedor aplauso que una diva merecía. Auguste garantizaba este tipo de ovaciones con sus colaboradores, a quienes reunía antes de la representación en la rue Favart, a cambio de suculentos sobornos a las estrellas. Llegó a tener a unos sesenta hombres a su servicio, en su mayoría chiquillos de la calle con poco interés en el arte, pero el suficiente para querer llevarse algo a la boca cada noche. A la mitad les pagaba y al resto les asignaba un asiento gratis, mientras que los espontáneos de última hora podían beneficiarse de una reducción del cincuenta por ciento del importe de la entrada.

Aquel trabajo no debía haberle ayudado a forjarse muchas amistades, aunque Théophile lo había llegado a conocer bien: la actitud autoritaria con la que dirigía a sus empleados, por medio de unos golpes en una lata en cuanto las bailarinas principales salían a escena, definía su carácter, pero también era cierto que aquel oficio suyo lo había puesto en contacto con lo más alto de la sociedad parisina y que no había fiesta ni reunión, legal o ilegal, a la que no fuera invitado, incluidas las de la modista Leriche.

Théophile le había prometido a Carlotta que iría a recogerla para pasar la tarde juntos, y la aparición de un tercer hombre muerto —según los periódicos a manos del «asesino de la Opéra»— no iba a interrumpir aquel encuentro. La esperaba con una calesa aparcada en la misma puerta de su vivienda. Le apetecía entrar por darle un beso a Estelle y porque estaba seguro de que Judith no tendría reparos en acercarse a abrazar a su padre, pese a lo ocupada que debía de estar organizando los preparativos de la boda. Tal vez la menor de sus hijas pudiera ayudarlo a recoger unas cuantas cajas con libros para llevárselos a la pensión, pero la presencia de Ernesta lo echaba todo a perder. Prefirió esperar e imaginarse a sus hijas. «Ya habrá ocasiones más adelante, cuando la bruja de Ernesta no se encuentre por aquí», pensó.

Enseguida se oyó la despedida de las hermanas. Carlotta abrió la puerta de la cancela para saludar a Théophile y, tomándolo del brazo, caminó con él hasta el coche.

—Buenas tardes, querido. Acabo de leer la noticia, así que no hace falta que me expliques nada. Vamos a ver a ese policía amigo tuyo.

Sorprendido por la decisión de Carlotta, que apenas dedicó un gesto con la mano para despedirse de su hermana mientras ésta los observaba desde la puerta, accedió a sus deseos e indicó al conductor la dirección de la Sûreté Nationale.

—Espero que tu estancia en esa casa esté siendo agradable, *mon chère*. Imagino que Ernesta no ha desperdiciado la oportunidad de sacar toda su artillería contra mí. ¿Ha sido muy incómodo soportar sus comentarios? —Le hablaba sin apartar la vista de la ventanilla con una especie de pudor arrepentido. En el fondo, a pesar de los diferentes puntos de vista que ambos tenían hacia Catulle Mendès y de la boda inminente con su hija Judith, sabía que Ernesta tenía motivos para hablar mal de él y que los utilizaría para volver a Carlotta en su contra—. Tu hermana puede ser de un vehemente terrible a veces...

—Querido, conozco a Ernesta a la perfección. Créeme cuando te digo que sus palabras en estos momentos son lo que menos me preocupa. Está enfadada contigo, sí, desde luego, pero no he venido para escuchar sus quejas. He venido por algo mucho más urgente.

El coche avanzó ágil por la avenida de los Champs-Élysées, sorteando la zona en obras. Théophile dio un aviso al cochero para tomar la ruta más rápida:

—No se desvíe por los bulevares. Tenemos un poco de prisa…

El cochero se giró ante el comentario.

—Lo siento, monsieur, pero hay parte de la ciudad cortada por el asesinato de anoche. Ya saben, toda la avenida de la Opéra… Me temo que doblaré dos calles más abajo. Todo este lío complica aún más la circulación. ¡Como si no tuviéramos suficiente con que nos pongan patas arriba la ciudad cubriendo el adoquinado y demás, *mon Dieu*!

44

París, 1877

Antoinette esperó sentada a que Edgar Degas terminase de preparar sus utensilios. Iba a trabajar con una pieza de cera y necesitaba tener los cinceles a mano para no demorarse. Le pagaría por una hora de sesión, igual que hacía con su hermana, pero a ella no iba a pedirle que bailase, pues prefería trabajar el volumen del cuerpo, la línea de la cabeza y el cuello y, sobre todo, una postura fija en equilibrio. Miró hacia los lados, curiosa.

—¿Y sólo hace esto? No me creo que mi hermana venga aquí cada día a sentarse mientras usted la dibuja o la esculpe o lo que sea que haga... Marie es una niña muy nerviosa y le cuesta permanecer quieta. —Antoinette se mordía el extremo de una trenza. Se había quitado la toquilla en cuanto habían llegado al estudio, acalorada tras subir los cinco pisos de escaleras. Estaba sentada en una silla cubierta por una tela verde, de un color muy similar al de su vestido, y se había remangado el bajo para no mancharlo con restos ocasionales de pintura, tan abundantes que parecían brotar de entre las tablas del suelo. Tenía las piernas cruzadas y su actitud era poco elegante para tratarse de una bailarina.

—A veces le pido que baile. Otras simplemente necesito que esté quieta para apuntar las proporciones del cuerpo. ¿Podrá usted hacer lo mismo?

—¿Bailar, dice? Ya le dije que hasta hace poco yo también tomaba clases en la Opéra.

—No, permanecer quieta.

Aquella respuesta la enmudeció. A Antoinette, acostumbrada al galanteo y las palabras seductoras de clientes y amigos, le costó encajar un carácter como el de Edgar Degas, desprovisto de adornos, de dobles sentidos y de palabras cariñosas. Él le pidió que estuviera quieta y a ser posible en silencio, y ella enseguida se arrepintió de su ofrecimiento a sustituir a Marie en aquel trabajo.

—Está bien, no se enfade, pero ¿no se supone que ustedes, los artistas, trabajan con la luz? —Antoinette observaba a su alrededor, llena de curiosidad ante los cortinajes que lo cubrían casi todo—. A mí me parece que esta habitación podría estar mucho mejor iluminada de lo que está.

Se levantó para abrir una de las ventanas y, al deslizar la tela, Edgar Degas le gritó furioso:

—¡Deje eso como estaba! La luz directa me molesta. Es importante que no me dé directamente en los ojos mientras trabajo. —Con brusquedad, apartó a la joven y corrió de nuevo la cortina para dejarlo todo en las condiciones que necesitaba. Luego le ordenó que regresara a su asiento—. Necesito que se ponga de pie y que mire a un punto fijo de la habitación, adonde usted quiera, pero que siempre sea el mismo. Es importante que, por favor, no haga ningún movimiento.

Antoinette se levantó y apartó la silla. Cruzó los brazos por debajo del pecho y se esforzó por encontrar algo que pudiera llamarle la atención entre aquel caos tan poco interesante formado por lienzos, telas, gasas y prendas que parecían haber sido robadas de una clase de ballet y que estaban cubiertas de polvillo y suciedad.

—Usted no limpia mucho, ¿verdad? Por el mismo precio que le paga a mi hermana, estoy segura de que mi madre estaría encantada de venir aquí a echarle una mano quitándole el polvo a todo esto. Piénselo, no me ofrezco yo porque ya tengo bastante con lo que hago, pero si le interesa...

El pintor alzó la mirada con seriedad y el gesto logró que Antoinette entendiera que estaba resultando molesta con su conversación. Ella se mordisqueó una pielecilla del labio y entonces encontró un objeto al que mirar fijamente: un cuadro cubierto con una sábana, apoyado en un caballete, junto a la estantería.

En cuanto acabó la hora acordada, Antoinette se levantó y dio una vuelta por el estudio mientras esperaba a que volviese Edgar Degas con el dinero. Aprovechó ese tiempo para husmear detrás del caballete en el que se había estado fijando durante toda la sesión. Le sorprendió la cantidad de cuadros y bocetos sobre papeles y cartulinas que el artista conservaba, todos con motivos similares: bailarinas en el escenario, bailarinas en clase durante los ensayos, bailarinas en reposo, bailarinas ejecutando *arabesques* y *tendues*... Reconoció a Marie en varias imágenes y sonrió al comprobar lo bien que aquel hombre había capturado el gesto de su hermana, su cabeza diminuta y sus largos brazos y piernas, la actitud inquieta que, a pesar de estar en un dibujo, daba la sensación de querer salir corriendo de allí en cualquier instante.

—No toque eso, por favor. Son piezas inacabadas.

Antoinette soltó de golpe la carpeta que tenía en la mano y algunos de los cartones cayeron al suelo.

—Lo siento, me he asustado. No se preocupe, los recogeré. —Se agachó para tomar uno por uno los dibujos con cuidado de no poner la mano en ellos, ya que el pastel se desprendía y resbalaba por la superficie. Al levantarse, el vuelo de su falda hizo caer la tela que cubría el misterioso cuadro del caballete; era grande, de algo más de un metro de largo—. Vaya, parece que hoy será el día que lo tire todo. Discúlpeme.

Edgar Degas se apresuró a recoger los dibujos y colocarlos de nuevo en su carpeta. Quiso tapar el lienzo que acaba de descubrirse, pero, para su sorpresa, aquella insensible y más bien grosera criatura acababa de quedarse ensimismada ante lo que acababa de ver, así que le permitió recrearse en la contemplación del cuadro. Le gustó percibir la admiración y el desconcierto en el rostro de la chica.

—Intenté exponer este cuadro hace años —le explicó a la joven—. Nunca me convenció demasiado y decidí guardarlo para mí.

Antoinette se volvió hacia el artista y de nuevo miró el lienzo que tenía delante. Después se dirigió a Edgar y tomó las monedas que éste le ofrecía a cambio del trabajo que había hecho durante la última hora, volvió a colocarse la toquilla y caminó hacia la puerta del estudio. Antes de salir, se giró para decirle algo:

—¿Usted la conocía, verdad?

—¿A quién se refiere?

—A ella. —Antoinette señaló el lienzo que reposaba al fondo del estudio, todavía sin cubrir—. A la niña del cuadro.

Edgar se quedó pasmado ante la pregunta de Antoinette, sorprendido por la rapidez de la joven a la hora de identificar la temática y el verdadero significado de lo que acababa de ver.

45

París, 1841

Quedaban dos días para el estreno. Las jornadas de ensayos se habían vuelto extenuantes y se alargaban hasta dos y tres horas más de lo habitual. Carlotta estaba nerviosa. Una de las pocas actividades que la tranquilizaban era la costura: bordar miniaturas en cojines —a veces flores, pequeños detalles y motivos de naturaleza—, unas pocas puntadas con hilo de seda y la satisfacción de ver su trabajo completo le serenaban el ánimo. En su casa de la rue Richer solía sentarse en el saloncito, al lado de la ventana que daba a la calle. La labor se disponía en un costurero junto al escabel, y siempre volvía a ella después de una clase intensa o para descansar sus tobillos doloridos, pero esa tarde no encontraba sus tijeras y se inquietó. Por mucho que abría los cajones de cada uno de los muebles de la casa, no aparecían. Ernesta se ofreció a ayudar a su hermana a buscar las tijeras doradas que ella utilizaba para sus bordados y para retocar las prendas de clase, pero no estaban. Habían desaparecido.

—A lo mejor las he dejado en el armario del espejo, en el teatro. Creo recordar que las llevé allí hace unos días, pero me extraña no haberlas metido de nuevo en el estuche de las zapatillas. No lo entiendo... ¿Seguro que no las has cogido tú?

Preguntaba a su hermana en tono acusatorio, porque no era la primera vez que le tomaba prestada alguna de sus pertenencias y no se la devolvía (o al menos no la dejaba en su sitio).

—No sé, no me acuerdo, pero lo consultaré esta tarde. Te acompañaré al ensayo y revisaré en tu camerino. ¿Tan importantes son unas tijeras?

Carlotta ignoró la pregunta de su hermana, porque lo eran y porque Ernesta debería saberlo: habían sido un regalo de su madre antes de que se marchara de Italia; llevaban sus iniciales grabadas y jamás se separaba de ellas.

—Por favor, búscalas, no puedo perderlas. Son importantes para mí, ¡para esta familia! No lo olvides.

Así que esa tarde Ernesta acompañó a su hermana al teatro y, cuando se quedó sola, regresó al camerino en donde ésta guardaba sus corpiños, el maquillaje... y las dichosas tijeras; pero, por supuesto, allí tampoco estaban. Fue entonces cuando recordó que aquella niña a la que había ayudado a salir de la fiesta en casa de madame Leriche había estado pidiéndole unas tijeras y que, en algún momento, la había dejado sola en el camerino.

Aquella pequeña... ¿Cómo se llamaba?

Ernesta salió y caminó por los pasillos de Le Peletier en busca de la clase en donde, supuso, encontraría a la muchacha. No tenía idea de cómo se llamaba, pero sí sabía que interpretaba a una de las wilis, pues llevaba el característico vestido con falda larga de gasa blanca cuando acudió a verla. Aquella idea la llevó a concluir que, al dejarla sola, la niña debió de tomar las tijeras de su hermana para recortar el pedazo de tul que se le había enganchado con la puerta, pero, por lo visto, había olvidado devolvérselas.

O no había querido hacerlo.

Bajó la escalera hecha una furia. ¡Le habían robado un objeto importante para su familia! Al menos eso aseguraba Carlotta, y Ernesta no quería cuestionar el valor que su hermana daba a ciertas posesiones. Se sintió mal por ser tan ingenua... Sólo había intentado ayudar a aquella niña al verla en apuros con su traje roto. Aquella ladrona embustera se había reído de ella y se prometió que la obligaría a pagar por ello.

Lo primero que hizo fue acudir al aula en donde el cuerpo de baile, bailarinas adolescentes sin categoría, trabajaban día a día repasando los ejercicios, el moldeado de sus cuerpos y la perfecta ejecución del nuevo ballet. Sin embargo, lo que Ernesta se encontró al llegar allí fue a un grupo alterado de jovencitas que, cruzadas de brazos y en actitud hostil, se apoyaban en las barras o se sentaban sin muchas ganas de comenzar la clase. El maestro aún no había llegado, por lo que, en cuanto Ernesta se asomó por la puerta, todas se volvieron curiosas hacia ella. Una de las bailarinas, que acometía una serie de extraños estiramientos en el suelo, se levantó para preguntarle:

—¿Busca usted a alguien o se ha perdido, mademoiselle?

Ella agradeció la cercanía; no sabía cómo reaccionar ante un grupo tan poco dispuesto a comunicarse.

—Sí, estoy buscando a alguien, pero no sé su nombre. Interpreta a una de las wilis en la nueva producción. ¿La conoces?

La joven se frotó la barbilla y lo pensó un instante.

—Lo siento, mademoiselle, somos muchas. Para las wilis han seleccionado a seis...

—¡Siete! ¿No te acuerdas, Pauline? —Al fondo de la clase, una chica algo mayor que la que había iniciado la conversación con Ernesta avanzó hacia ellas alzando la voz, con el torso erguido e hinchada de vanidad y autosuficiencia.—. Eran seis, mademoiselle, pero a Claudette la han reemplazado y ahora voy a incorporarme yo.

—¿Y por qué vas a sustituirla? —preguntó Ernesta—. ¿Qué le ha sucedido?

Las dos muchachas se miraron y comenzaron a reír tapándose la boca con la mano. Todo aquello le pareció desconcertante e insistió para que le dieran una respuesta más formal.

—Disculpe, mademoiselle, es que Claudette ha desaparecido... Bueno, eso es lo que sabemos, aunque llevaba unos días comportándose de forma extraña. Venía a clase con mal aspecto y se marchaba antes, como indispuesta. No hablaba mucho, así que no sabemos más.

El resto de las bailarinas, que se habían ido acercando poco a poco para atender curiosas a lo que sucedía en la puerta, la miraban ahora con interés. Ernesta sintió que una suerte de escrutinio estaba siendo dirigido hacia ella, que debía entender lo que estaba sucediendo, algo que a todas les parecía normal y frecuente, algo que incluso les provocaba la risa.

—Perdonad, pero me temo que no lo comprendo... No sé si esta Claudette es la persona a la que busco, pero, de ser así, resulta que le presté algo que es valioso para mí y que me gustaría recuperar. Si me decís que se ha ido, entonces necesito saber dónde puedo encontrarla para que me lo devuelva.

Nadie se atrevió a darle una respuesta. Las bailarinas permanecieron allí plantadas acariciando sus faldas de tul, murmurando y cuchicheando. Algo más allá de aquella desaparición parecía mantenerlas dispersas. La que hacía ejercicios en el suelo, la que se había dirigido a ella al principio, la tomó por el codo para hablarle de nuevo.

—¿No la han informado? El estreno se retrasará una semana para que la suplente tenga tiempo de aprenderse su parte. Por eso no estrenamos el 21, sino el 28 de junio, mademoiselle...

—Ah, vaya... ¿El estreno del ballet se retrasará una semana por este motivo? Y la huelga también es consecuencia de ese retraso, ¿no? —Ernesta inclinó la cabeza y comenzó a dar unos pasos en dirección a la salida sin dejar de sonreír. Hasta ese momento había creído que aquella semana extra había sido concedida a petición de su hermana y debido a sus constantes dolores de tobillo, pero entonces recordó el trajín de la huelga y lo mucho que Carlotta se había implicado para que las bailarinas reanudasen los ensayos. Algo les había contado, pero Ernesta no sabía qué. Se sintió fuera de lugar; aquel mundillo era mucho más complejo de lo que parecía a simple vista y deseó alejarse de allí cuanto antes—. Muchas gracias de todos modos. Seguiré buscando, a ver quién puede decirme dónde está.

Un poco asustada ante el aire de desconcierto que se había instalado en el ambiente, y sin las tijeras que había ido a buscar, Ernesta abandonó el aula.

46

París, 1866

Cuando llegaron a la comisaría, la aglomeración popular no les permitió ver siquiera la entrada del edificio. Por lo menos diez mujeres, acompañadas de otros tantos caballeros, voceaban tratando de llamar la atención de alguien que les permitiese acceder al recinto. Théophile y Carlotta se apearon de la calesa y esperaron en la acera de enfrente, sorprendidos.

—¿Es que ofrecen degustaciones gratuitas de quesos y embutido? De haberlo sabido antes, te hubiera convencido para dejarnos caer por aquí a primera hora de la mañana, querida.

Las bromas de Théophile no consiguieron arrancar una sonrisa a Carlotta, que insistía en buscar a Marcel Douter y hablar con él directamente.

—Vamos, seguro que se puede acceder por algún callejón de la parte trasera. ¿No crees que por ahí podríamos colarnos?

—¿Colarnos? Pero ¿quién eres? ¿Un personaje de Jules Verne? ¿Una intrépida aventurera? ¿Dónde está la grácil y prudente bailarina Carlotta Grisi? Y ¿a qué vienen estas prisas por hablar con el policía?

Carlotta ignoró los comentarios de su amigo y cruzó la calle agarrando el bajo de su vestido para no pisar los charcos de la calzada, pero un guardia le impidió el paso.

—Madame, ¿es que no ha visto el cartel? No se puede acceder a la comisaría si no es con una citación. Entiendo su nerviosismo, pero debe esperar...

Soltándose de los brazos del guardia, una Carlotta indignada por el trato tan rudo que estaba recibiendo insistió en acceder para hablar «con algo así como un conocido», tal como le hizo saber al policía.

—No he oído nada. Tampoco he leído el cartel del que usted me está hablando y no estoy nerviosa en absoluto, así que aparte sus manazas de mí. ¿A qué se refiere usted con una citación?

El guardia señaló a la multitud.

—¿Ve a aquella gente? Pues llevan horas esperando a que alguien les deje entrar porque aseguran que han visto al asesino de la Opéra... ¡Todos ellos!

Ella hizo pantalla con las manos para ver a qué se refería aquel hombre y tuvo que reconocer que el tumulto era una locura. Se volvió para buscar a Théophile, que la esperaba fumando en la acera de enfrente, y cruzó de nuevo para reunirse con él.

—Me temo que es inútil intentar nada. Yo mejor ni me acerco, porque, si me ven, me echarán de nuevo a patadas y uno tiene una reputación que mantener. Así que, querida, si no te importa, propongo que vayamos al bistró que está a la vuelta de la esquina y esperemos a que este jaleo se disperse. Supongo que lo hará en algún momento...

Resignada, Carlotta le dio la razón a Théophile y los dos se encaminaron hacia el restaurante. Pero la vida, que tantas veces es caprichosa en sus planteamientos y absurda en sus casualidades, les tenía reservada la mejor ocasión del día allí mismo: Marcel Douter estaba sentado a la barra disfrutando de una merienda solitaria, tranquila y alejada de las presiones de la comisaría.

—¡Muchacho! No sabes la alegría que me das apareciendo así, de la nada, en este preciso momento. ¿Cómo estás? ¿Y qué estás comiendo? ¿Puedo probarlo?

Théophile se acercó al policía abriendo los brazos para estrechar al joven, que lo miraba atónito. Él, que sólo buscaba un reducto de paz, acababa de encontrarse con el torbellino delirante que era el escritor.

—Monsieur, ¿qué hace usted aquí? —Al reparar en la presencia de Carlotta, envuelta en su abrigo de pieles lustrosas y mirando a su alrededor con el distanciamiento propio de una diva, se puso nervioso y se levantó de la banqueta para acercarse a saludarlos a los dos—. Disculpen mis modales, es que no esperaba verlo por la zona, dadas las circunstancias...

—Muchacho, sabes que no hay peligros que puedan con un hombre de mundo como yo. Aquí estamos mi amiga, madame Carlotta Grisi, y un servidor, y tratábamos precisamente de dar contigo para hablarte de algo...

Théophile tendió el brazo hacia ella y la animó a presentarse. Ésta se inclinó hacia el policía con refinada coquetería para que le besase la mano.

—Monsieur Douter, encantada de conocerle. He oído hablar tanto de usted... —Carlotta pestañeó seductora al joven, que la miraba sonrojado y nervioso, sin saber cómo reaccionar ante una dama que se dirigía a él en esos términos—. Vamos, no sea tímido, deje que le acompañemos y charlemos.

La bailarina buscó una mesa libre e indicó a los dos caballeros que se sentaran a su lado. En aquella ocasión debía ser ella quien tomara las riendas del asunto, porque Théophile parecía disperso, más alocado de lo habitual, y no tenían tiempo que perder. El muchacho parecía amable; Carlotta percibió su nerviosismo al tratar con ella. Sin duda la admiraba. Supo que debía aprovechar esa baza para obtener la información que buscaban.

—Verá, Marcel... ¿Puedo llamarlo Marcel, verdad? —El joven se sonrojó—. Hay un asunto que nos preocupa.

—Por supuesto, madame. Todo París está conmocionado por esta ola de asesinatos, pero trabajamos muy duro para encontrar al responsable. No deben ustedes preocuparse.

—Sí, Marcel, así es. No cuestiono sus métodos como policía, pero, como bien sabe, tanto Théophile como yo estamos relacionados de forma muy estrecha con el mundo de la Ópera y... Marcel, ya que usted ha vivido de cerca todo este meollo tan turbio, cuéntenos: ¿hay algo más que no se haya dicho en prensa sobre los tres cuerpos encontrados?

Marcel Douter comenzó a transpirar y se frotó las manos contra el pantalón para disimular lo incómodo que se sentía con aquella extraña pareja.

No podía revelar información confidencial.

No era nadie para ir aireando por ahí las investigaciones policiales.

—No, madame, no hay nada más. La información que aparece en los periódicos tampoco es fiable. Los periodistas sólo buscan despertar el miedo entre la ciudadanía y presionar a los miembros del cuerpo de seguridad para que hagamos más de lo que ya estamos haciendo, así que no, por favor, no insistan en preguntarme. No hay nada que yo les pueda decir.

Carlotta le dio un codazo a Théophile, que se empeñaba en robar frambuesas del plato donde habían servido al policía un suculento pastel de crema.

—Pero, muchacho, después de todo lo que tú y yo hemos hablado, ¿de verdad que no hay nada que puedas contarnos? ¿No puedes o no debes, amigo? ¿Es que no ves que la vida del mismísimo Théophile Gautier puede estar en peligro? —Al decir aquello, le guiñó un ojo a Carlotta, que puso los ojos en blanco ante la falta de discreción de su amigo.

Por suerte, Marcel Douter, mucho más simple en su forma de comunicarse, no se había dado cuenta. Ante la insistencia de Théophile, se detuvo y recordó que, por encima de todo, lo que tenía terminantemente prohibido por sus superiores era sacar conclusiones sobre los casos. No lo había hecho y, por tanto, cumplía con su deber.

Pero Carlotta Grisi lo miraba a los ojos y tenía un aura de dama distinguida que podía hacerle perder el control, saltarse sus propias normas, las normas de la Sûreté Nationale. Todo.

Carlotta se lanzó entonces a aplicar una estrategia más directa y no dudó en descalzar su botín y rozar suavemente el tobillo del oficial con el pie, un gesto que expuso de inmediato la vulnerabilidad del joven.

—¡Está bien, está bien! Madame, por favor, se lo ruego…

Ella se recompuso y carraspeó antes de continuar diciendo con disimulo:

—De acuerdo, monsieur Douter. Pero, entonces, ¿hay algo que pueda contarnos?

Théophile interrumpió los escarceos de Carlotta al arrastrar la silla para levantarse.

—Si me disculpáis, he de ir al aseo. Muchacho, ¡no cuentes nada importante hasta que regrese!

Tras decir aquello, se alejó de la mesa y dejó a la pareja en animada conversación.

—¿No le apetece beber nada para acompañar ese delicioso pastel… o lo que queda de él? —Carlotta sonrió seductora a su interlocutor, que bajó la mirada al plato en donde un pedazo mordisqueado parecía observarlo con tristeza—. Tal vez me anime yo también, ¿por qué no?

Y, tras decir aquello, Carlotta hizo señas al camarero para que les sirviera una botella de champán.

—¡Excelente idea! —Théophile se unió con entusiasmo al festín al regresar del aseo —. ¿Qué celebramos exactamente?

Carlotta le dio un codazo al joven policía, que parecía reacio a soltarse dadas las circunstancias.

—He pensado que había que premiar el trabajo de nuestro amigo Marcel. —Carlotta abrió mucho los ojos e hizo un gesto a Théophile con la cabeza para que se sentara— Percibo demasiada tensión. Le vendrá bien relajarse. Vamos, no sea tímido, ¡beba un poco, que no está usted de servicio!

Unas copas más tarde Marcel Douter les había revelado que, en los tres casos, el médico forense había coincidido en interpretar que la muerte había sido llevada a cabo por el ataque con un utensilio afilado, pequeño, puntiagudo y manejado con precisión y destreza.

—¿Un arma afilada como una navaja, monsieur? —preguntó Carlotta.

—No, una navaja habría provocado una herida más abierta. Además, al ser en el cuello, habría cercenado venas que habrían dejado el cuerpo casi irreconocible, desangrado y deshecho. No puede haber sido con una navaja.

—Pero, entonces... —Carlota se desabrochó uno de los botones del vestido, en un gesto que fingía acaloramiento y que logró acaparar la atención del oficial, que ya había perdido completamente la dignidad—. ¿A qué tipo de arma se refieren?

Marcel Douter tragó saliva y apuntó:

—Unas tijeras, madame. Unas tijeras de las que se utilizan para labores de costura.

Carlotta se levantó al oír aquello, tomó a Théophile del brazo y le habló en un susurro:

—Vamos, Théo. Creo que con esto ya tenemos suficiente.

Después de sacudirse el azúcar en polvo del bigote, Théophile se disculpó ante el oficial y ordenó que le sirvieran otro pastel.

—Permíteme que invite, muchacho. Éste será todo para ti.

—No se moleste, Monsieur. Con tanto champán se me ha quitado el apetito. Creo que lo mejor será que me retire yo también. Me temo que se nos ha echado la tarde encima.

Théophile aceptó la decisión del joven y luego se volvió para observar a Carlotta, que parecía inquieta y con ganas de irse de allí cuanto antes, como si tuviera algo que concluir de todo aquello y necesitara hacerlo en privado, lejos de Marcel Douter y lejos de cualquiera. Théophile todavía era capaz de comunicarse con su amiga sin necesidad de palabras, y en aquella ocasión el mensaje que estaba recibiendo era de extrema urgencia.

—En fin, ha sido un gusto compartir contigo esta merienda, muchacho. No te presionaremos más.

—Y puede estar usted tranquilo, Marcel, que esta conversación queda entre nosotros. Ojalá estos incidentes se resuelvan pronto y todos podamos descansar. Están ustedes haciendo un trabajo magnífico.

Carlotta le tendió la muñeca al oficial, que hizo el amago de besarla con galantería, y, tras pagar la cuenta, los tres se despidieron y abandonaron el bistró.

La cortina de una ventana comenzó a agitarse cerca de la cocina. Como si una repentina ráfaga de viento hubiera cruzado el local, como si nadie más que ellos dos en toda la sala pudiera sentirla. Una corriente fría, ágil e inesperada como un fantasma que hubiera estado esperando a ese momento para hacerse notar.

47

París, 1877

Antoinette caminaba nerviosa por la rue des Martyrs, con pasos rápidos pero cortos, hasta donde le permitía el volumen de su vestido, y angustiada como si alguien la estuviera persiguiendo. Acababa de salir del estudio de Edgar Degas y no podía dejar de pensar en lo que había visto, en aquel cuadro oculto tras la sábana que había quedado al descubierto ante sus ojos.

Había oído que la mayoría de los pintores maniáticos u obsesivos —como a todas luces lo era aquél para el que trabajaba su hermana— se empeñaban en tratar siempre con los mismos temas. En el caso de Edgar Degas, el motivo de las bailarinas le había ofrecido grandes éxitos hasta la fecha. ¿Por qué entonces un cuadro como ese?

No era una pintura que tomase una clase de ballet como referencia y, según le había explicado el propio artista, lo había pintado hacía más de diez años. Aun así, ¿por qué ese tema? Antoinette se había fijado en la escena; algo que no había sabido identificar le había resultado familiar, reconocible. Había recorrido la superficie del lienzo siguiendo la línea imaginaria pensada por su creador, esa que guía inconscientemente de un motivo a otro del cuadro y que confiere una suerte de narración al conjunto: una niña, a medio vestir y pobremente iluminada por la luz de una lámpara, estaba sentada de espaldas al espectador; a la derecha, una cama en donde se habían dejado caer varias prendas descuidadas. En el suelo, lo que parecía un corpiño o una enagua. En el extremo derecho de la pintura, apoyado en la puerta de la habitación, un hombre con las manos en los bolsillos que miraba a la joven. Y en el centro del cuadro, sobre la mesa donde también descansaba la lámpara, un maletín abierto con varios objetos en su interior.

Al ver aquello, Antoinette había tenido una corazonada, como si ella misma hubiera estado en esa habitación mal iluminada, como si hubiera sido ella la que se hubiera acostado con ese hombre y se hubiera visto rodeada de esas prendas.

Luego le había hecho la pregunta y ahora se arrepentía de haber obtenido una respuesta.

Aquella respuesta.

Antoinette llegó a las escaleras de la iglesia. Notre-Dame de Lorette se alzaba orgullosa ante ella al otro lado de la calle, igual que las chicas de compañía que acostumbraban a moverse por allí: segura, robusta, ostentando su solidez de edificio dispuesto para ser admirado y penetrado por los fieles. Antoinette saludó a las chicas. Desde luego, no podía decirse que holgazanearan... Aquellas muchachas cumplían con jornadas extenuantes y, al contrario que ella —que mantenía una cartera de clientes reducida, pero que le pagaba con generosidad—, arañaban unas monedas por servicios proporcionados de cualquier forma y en cualquier parte. Miró de reojo a un grupo de caballeros que se apostaban a la entrada de un local de donde salía música de piano y conversaciones animadas por el ritmo del alcohol. Quiso pasar desapercibida y, dando un par de zancadas, atravesó la calle hasta alcanzar la estrecha rue Trevise.

Luego se detuvo y tomo aire. Hasta entonces nunca se había atrevido a compararse con aquellas prostitutas. Ella era de otra pasta, o al menos eso se decía a sí misma después de ceder a las extrañas peticiones de los caballeros con los que se veía en los barrios distinguidos de la ciudad.

Recordó la primera vez con un cliente que le había presentado el dueño de una *maison close* a la que acostumbraba a acudir con sus compañeros de l'Académie tras los ensayos. Aquello nunca le había traído problemas: se juntaban con los chicos de las otras clases, bebían y se divertían. Un día, el dueño, un hombre simpático que siempre la había tratado con la máxima educación, la llevó a un apartado de la sala y le dijo que había cierta persona, un cliente habitual del hotel, que se había fijado en ella y que estaba interesado en pagarle la cena si después se iba con él a una de las habitaciones de la planta de arriba.

Antoinette accedió. A partir de entonces, pasó casi un año aceptando invitaciones similares, unas con desenlaces más desagradables que otras, pero todas discretas y bien remuneradas.

Sí, Antoinette se prostituía y no había nada malo en ello, pero esa tarde, después de ver aquel cuadro y preguntarle al pintor por la niña retratada, algo cambió en ella para siempre.

48

París, 1841

El 28 de junio Carlotta cumplía veintidós años. La noche del estreno se había preparado para salir a escena con un collar de perlas que le había regalado Jules Perrot y temblaba como una rama de cerezo. Le preocupaba sobre todo que el público, acostumbrado a las estrellas que la habían precedido, se empeñara en compararla con ellas, pero también tenía otros pensamientos rondándole la cabeza.

Sentada ante el espejo de su camerino antes de que comenzase la representación, durante esos minutos extraños que anticipan las grandes oportunidades en la vida, le pidió a su hermana que la dejara sola.

—Está bien, no insistiré. Sabes mejor que nadie lo que te conviene en estos momentos, pero si quieres que te ayude en algo estaré en el *foyer*. Creo que Théo está también por allí; si nos necesitas, sólo tienes que llamarnos. —Ernesta acarició la espalda de su hermana con el aceite esencial de violetas que utilizaba para calmar el dolor de los tobillos y cuyo aroma ayudaba a equilibrar la respiración—. Todo saldrá bien, tranquila.

—De acuerdo. En ese caso, dile también a Théo que, si lo desea, puede marcharse. Os agradezco mucho que estéis aquí, pero prefiero estar sola antes de comenzar. Gracias por todo, Ernesta.

Las hermanas se abrazaron y Carlotta cerró la puerta en cuanto se hubo cerciorado de que Ernesta ya estaba lejos, escaleras abajo. Se observó en el espejo; tras pasarse por el rostro una borla impregnada en polvos de arroz y aplicarse un toque de rubor en las mejillas, éste le devolvió la imagen de aquella Giselle a quien todos esperaban encontrarse esa noche. Debía interpretar a una mujer inocente, una joven que únicamente creía en el amor incondicional de un hombre que, en realidad, no era honesto con ella porque estaba prometido a otra; una muchacha que ignoraba las advertencias de su madre acerca de los peligros que podía acarrearle tanto baile a una salud frágil como la suya. Se miraba y trataba de reconocer en sus rasgos los de aquel personaje trazado por la pluma de Théophile, creado para ella antes siquiera de conocerla después de observarla sobre el escenario, construido sobre la base de una fantasía, de la idealización de una bailarina.

Luego se habían hecho amigos, claro. Los tres. Una tríada en la que siempre había una persona que estaba de más, que no era necesaria…

En aquel momento, alguien llamó a la puerta y pidió permiso para entrar.

—Feliz cumpleaños, querida mía. Hoy será una noche muy especial. Estoy seguro de que todo saldrá maravillosamente. —Théophile portaba un enorme ramo de rosas amarillas que entregó a la bailarina—. Me ha dicho tu hermana que preferías estar sola, así que no te entretendré. Sólo quería darte esto y desearte lo mejor.

Carlotta observó las flores y reconoció el mensaje que con ellas le estaba lanzando su enamorado.

—Muchísimas gracias, Théo. —Miró las rosas y se las acercó para olerlas—. Son preciosas. Las rosas amarillas y el sentimiento de los celos suelen ir de la mano… ¿No dicen eso? Imagino que no estarás molesto por nada… —Dejó el ramo sobre la mesa del tocador y luego se fundió en un abrazo con Théophile, que le acarició la nuca y palpó el collar que brillaba con los destellos de la lámpara que descansaba junto al espejo—. Ha sido un regalo de Jules. Espero que no desentone con el personaje.

Él bajó la mirada. Carlotta era una mujer que despertaba pasiones a su alrededor y no podía soportar que fuera otro quien llegara a tocar su frío corazón de bailarina.

—Me conoces demasiado bien como para ignorar a qué me refiero cuando hago este tipo de concesiones a la simbología popular, *ma chérie*. El amarillo es un color muy bonito y se desmarca del rojo, demasiado común, un tanto ordinario si me apuras. —Sus labios esbozaron una sonrisa de sarcasmo bajo el bigote y dio un paso atrás para volver a admirar a quien iba a convertirse en la protagonista de la velada. En aquel vestido de campesina, con sus bucles en la nuca y perfectamente maquillada, era la imagen misma de su heroína, Giselle—. Estás radiante, Carlotta. Va a ser una noche espectacular.

Sin duda, lo fue.

El tercer acto del *Moisés* de Rossini les sirvió a los asistentes como aperitivo para el comienzo de la sesión antes de que arrancaran las primeras notas de la obertura. Marie Taglioni era ya una leyenda y Fanny Elssler triunfaba en América; ninguna de las dos se planteaba la posibilidad de regresar a los escenarios franceses. Era el turno de una *prima ballerina* diferente y muy joven que demostró a todos un aplomo y una seguridad inesperados.

Justo antes de salir, arropada por el calor de las lámparas y acariciando suavemente las capas de gasa que formaban su atuendo, a Carlotta le asaltó un presentimiento: ¿cuál era el motivo principal de un ballet como *Giselle*? ¿Era un argumento cándido e inocente? Su personaje quizá lo fuera, pero la trama... ¿Acaso no contaba también una historia de terror en la que los hombres eran víctimas de las mujeres?

La música de Adolphe Adam ya envolvía el ambiente. Entre cajas, apoyándose en la figura troquelada de un árbol de madera que alguien había abandonado entre los decorados que monsieur Cicéri había realizado para otras representaciones, Carlotta dudó, se cuestionó las intenciones de Théophile, temió que el verdadero mensaje inscrito en el libreto de *Giselle* fuera un reproche hacia las mujeres. ¿Tan mal lo habían tratado? «Sois perversas y rencorosas —parecía decirles—. No olvidáis».

Desde uno de los asientos reservados a los invitados de honor, Ernesta seguía con atención cada movimiento, cada nota y cada gesto de los bailarines en aquella noche mágica e irrepetible. Frágil y crujiente dentro de su vestido, como una figura de porcelana esmaltada, no dejaba de sonreír y mirar a lo lejos en busca de su hermana: estaba orgullosa de ella. Sabía que aquella actuación marcaría un punto decisivo en su carrera y también en la historia de la danza. ¡Simplemente espectacular!

A su lado, movido por la emoción, Théophile tomó la mano de Ernesta y la besó con lo que quiso que fuera un gesto de ternura fraternal, aunque la muchacha lo interpretó como un afecto más profundo e íntimo. ¿Acaso él también podría amarla a ella?

El segundo acto sorprendió a todos con una danza tenebrosa y lírica a la vez: las bailarinas se deslizaban entre las sombras de un escenario tan sólo iluminado por lámparas de gas. Cubrían sus rostros con una fina capa de tul blanco y, como novias espectrales, ejecutaban su baile bajo la dirección de su reina, Myrthe, implacables y vengativas.

El grupo se abrió de pronto y apareció el fantasma de Giselle —a partir de aquel momento, y para siempre, en la piel de Carlotta Grisi—, que comenzó a girar y girar como un diabólico espíritu poseído por la locura del baile.

—Es lo más bello que he visto nunca —se oyó decir a sí mismo Théophile. Era justo lo que había soñado siempre, la perfección.

Ernesta, sin soltar la mano de su amigo, dudó del beso anterior. En ese instante comprendió que la emoción no procedía del momento íntimo que ambos estaban compartiendo, sino de la pasión que él sentía por su hermana. Con la intensidad del convencimiento de una adolescente, Ernesta creyó que aquello era lo más doloroso que iba a sentir jamás.

49

París, 1866

Caminaron de vuelta a la pensión de Théophile. Carlotta iba a pasar la noche de nuevo en Neuilly, pero antes debía retomar el tema de las wilis; tras conocer los detalles que le había proporcionado Marcel Douter, hacerlo se había convertido en una necesidad.

—Théo, hay algo importante que debes saber, algo que ese oficial ha dicho y que creo que podría darnos la solución.

—¿Lo dices en serio? Pues tendrás que explicarme qué has descubierto, porque a mí lo que ha dicho ese joven no me ha ayudado en absoluto a resolver nada. Cada vez confío menos en la eficacia del cuerpo de policía...

Théophile se sentó en su escritorio y se encendió un cigarro dispuesto a escuchar a su amiga, que no quería tomar asiento y daba vueltas y vueltas en círculo ante él, paseando de un lado a otro de la habitación.

—Supongo que debo comenzar por el momento en que supe quién era Claudette.

La invitó a proseguir con un breve asentimiento.

—Adelante, *ma chérie*, yo todavía no sé quién es.

Carlotta resopló: lo que iba a decirle era algo que había mantenido en secreto durante demasiado tiempo, algo que se había prometido que no vería la luz jamás... Y ahora no tenía más remedio que romper su promesa.

—¿Recuerdas la huelga? Aquella revuelta que hubo unas semanas antes del estreno de *Giselle*, cuando las bailarinas amenazaron con interrumpir los ensayos y echar por tierra la producción. ¿Lo recuerdas, Théo?

Por supuesto que lo recordaba. ¿Cómo olvidar aquel episodio? Théophile no había estado presente, pero la fuerza misteriosa con la que ella apareció ante todos en el momento en que las chicas se enfrentaron con sus reclamaciones a Léon Pillet y sosegó los ánimos, apaciguó a las bailarinas y logró que todo volviera a la normalidad se había convertido en leyenda dentro del mundo del teatro.

—Sí, *mon chère*, la recuerdo. Pero ¿qué tiene que ver con las muertes y con lo que nos ha dicho Marcel Douter? ¿Y quién es Claudette?

—Era unas de las bailarinas a las que tuvieron que sustituir en el último momento, una de las más jóvenes. —Apartó una pila de papeles que había sobre el escritorio y se apoyó en la mesa junto a Théophile para continuar hablando—. Verás, yo... Sé que esa niña tomó mis tijeras del camerino y nunca me las devolvió, y sé que la enviaron a un convento para deshacerse de ella porque... —Carlotta comenzó su relato—. Bueno, debería explicarlo mejor. Supe quién era Claudette más adelante, cuando tú y Ernesta decidisteis ingresar a la pequeña Judith en el convento de la Miséricorde para su educación.

—Recuerdo ese día perfectamente, claro. Tú estabas con nosotros. ¡Fue todo un orgullo que aceptaran a mi pequeña en una institución para señoritas tan prestigiosa!

Carlotta asintió.

—Sí, pero no olvides que allí también acogían a pequeñas huérfanas sin recursos, Théo. —Se frotaba los antebrazos para animarse a continuar hablando—. El caso es que ese día descubrí algo. Yo estaba sentada en el patio del convento y una de las internas vino a hablar conmigo.

Théophile, sin dejar de dar profundas caladas a su cigarro, asentía y animaba a Carlotta con impaciencia para que continuase hablando.

—«Me llamo Eloise, madame —me dijo—. Me han contado que usted es una bailarina muy famosa. Quizá conociera a mi madre... También bailaba, como usted».

—¿Su madre había sido bailarina? ¿Dónde? —preguntó Théophile.

—Eso mismo quise saber yo. Comprenderás que me quedé de piedra al oírla, pero la sorpresa fue todavía mayor cuando le pedí que continuara con su relato.

Carlotta le explicó que aquella niña, de no más de once años, había aparecido ante ella entusiasmada por la posibilidad de que le hablase de su madre. Las monjas la habían puesto al día sobre quién era Carlotta.

—«¡Es usted una bailarina famosa!», me dijo. Sabes que siempre tengo tiempo para atender a mis admiradores y, bueno, ella era una niña, pero parecía bien informada. —Carlotta se apartó un mechón de la cara, un gesto con el que pretendía recuperar su posición de diva—. Aquella pequeña no había llegado a conocer a su madre porque había muerto durante el parto... Y creo que era la hija de Claudette.

Théophile no daba crédito a aquellas palabras de Carlotta.

—¿Claudette? ¿La niña a quien habían sustituido?

—Sí, la niña por la que se montó todo aquel revuelo de la huelga en el teatro... bueno, una de ellas.

—Pero entonces ¿la niña con quien tú hablaste en el convento de la Miséricorde era su hija? —Théophile se acarició el bigote para reflexionar, escupió el cigarro sobre el cenicero y se puso en pie asustado.

—¡Era ella! ¡Tenía mis tijeras! Las llevaba en el bolsillo y las sacó para mostrármelas como el único recuerdo que conservaba de su madre. Las reconocí al instante por las iniciales grabadas. Quise saber más y pregunté a una de las monjas.

Efectivamente, eran lo único que Claudette llevaba consigo el día que la ingresaron allí, pocos meses antes de dar a luz. Ellas habían respetado aquel objeto que colgaba de su cuello, atado con una cinta. Entendían que era suyo por las iniciales «C. G.», que suponían que se referían a Claudette van Goethem. La pequeña lo atesoraba ahora como el más preciado recuerdo que conservaba de alguien. Todo lo demás era desconocido para ella.

Las miradas del escritor y de su musa se encontraron de nuevo, como hacía veinticinco años, cargadas de tensión y de empatía.

—Entiendo, pero ¿qué tiene que ver todo esto con lo que te ha revelado Marcel Douter? —preguntó Théophile.

Carlotta se acercó a él y, en un tono de confidencia, como si temiese que alguien allí pudiera oírlos, le dijo:

—Las tijeras, querido, ¿no lo recuerdas? El oficial nos ha confesado que las tres muertes, al parecer, han sido causadas por unas tijeras de costura.

La cortina comenzó a moverse y los dos se volvieron hacia la ventana. Théophile habló:

—¿Crees que es posible que esas tijeras sean las mismas? —Calculó la edad que aquella niña tendría en ese momento y el resultado cobró sentido para él, que concluyó gritando—: ¡Ella se está vengando por lo que le hicieron a su madre! ¡Ella es la wili!

Emocionados por alcanzar por fin la clave de aquel misterio, los dos hablaban en un tono más elevado de lo prudente en una pensión a aquella hora. Carlotta hizo un gesto a Théophile llevándose el índice a los labios y ambos se serenaron un poco. Luego continuó:

—A Claudette, la madre de aquella niña, la violaron los mismos hombres que ahora han sido asesinados, Théo. Yo sabía que ellos abusaban de las pequeñas, que las llevaban a fiestas y que, cuando algo salía mal, lo solucionaban pagando a las familias o deshaciéndose de las pobres criaturas como hicieron con Claudette. Lo supe cuando ellas plantaron cara al director y se declararon en huelga, ¿comprendes ahora? Sabía lo que habían hecho con Claudette y nunca denuncié nada. No podía arriesgarme a perder la mejor oportunidad de mi carrera, dependía de la aprobación de todos ellos. ¡Hice algo terrible, Théo!

—Pero, entonces, ¡tú lo sabías!

Los terribles acontecimientos de la noche de la fiesta en casa de Madame Leriche regresaron como un torrente a la memoria de Théophile.

—Tú no hiciste nada malo, ¿de acuerdo? Muy al contrario. Conseguiste que regresaran a los ensayos. El ballet se estrenó...

Théophile recordó la huelga y la sorpresa que supuso para todos comprender que había sido Carlotta quien la había sofocado.

—¿A qué precio, Théo? Les prometí algo que nunca llegué a hacer. Les mentí.

—¿Qué les prometiste?

Ella se apartó y respiró profundamente. Estaba decidida a poner soluciones, a ayudar en lo que fuera posible.

—Algo que creo que todavía estoy a tiempo de cumplir, pero tendrás que ayudarme...

50

París, 1877

Habían pasado dos días desde su ausencia en el estudio del pintor y Marie temía que, si llegaba tarde o no se presentaba allí una vez más, Edgar Degas decidiera abandonarla y se negara a volver a trabajar con ella. No podía permitirse perder el dinero de nuevo ni quería que se enfadase... ¿Qué habría pasado? ¿La habría esperado durante horas y, rendido, habría optado por maldecirla?

Por supuesto, ni siquiera consideraba la realidad de lo que había pasado: su hermana la había sustituido. Antoinette no se lo había contado.

Llegó al estudio sofocada y llamó a la puerta, esperando que el portero le abriese y le dedicara alguno de sus sarcásticos comentarios, como siempre.

—Voy a tener que revisar lo que sucede en esa buhardilla, señorita. Últimamente son demasiadas las visitas y no me gusta que esta finca se confunda con un antro... Ándese con ojo y dígaselo al pintor de mi parte.

Sorprendida por lo que el hombre acababa de decirle, Marie subió los cinco pisos hasta el estudio de Edgar Degas y tocó a la puerta.

El pintor le abrió con su semblante habitual, frío, indiferente. Lejos de parecer molesto, transmitía una sensación de concentración alejada de la realidad a la que Marie parecía haberse habituado, un rictus ausente que muchos confundían con antipatía, pero que quienes conocían al artista sabían que formaba parte de su estado natural.

—El portero me ha pedido que le dijera que tiene que hablar con usted. Es por algo relacionado con las visitas. No lo he entendido muy bien... ¿Recibe usted a muchas chicas aquí?

Degas la invitó a entrar y cerró la puerta sin responder a su pregunta. Vestía con una de sus camisolas estampadas con manchas de arcilla y óleo, olía a trementina y parecía demasiado ocupado como para atender a cuestiones como ésa.

—Su hermana hablaba demasiado y eso me despista. Haga usted como hasta ahora y no empiece también a preguntar tonterías.

Aquello no se lo esperaba. Marie se estaba cambiando. Llevaba preparado un discurso de disculpa, pero el artista no había hecho más que darle órdenes y compararla con su hermana. ¿Qué tenía que ver Antoinette en todo aquello? Marie dudó si en algún momento la había mencionado en sus conversaciones.

—Señor, siento mucho lo del otro día. Mi madre tardó demasiado en regresar a casa y tuve que quedarme a cuidar de la pequeña Louise-Joséphine, pero no volverá a ocurrir, se lo prometo. ¿Quiere que baile para usted?

Edgar Degas continuaba desplazando objetos y arrastrando caballetes de un lado a otro de la habitación sin hacer caso a lo que Marie le estaba diciendo.

—No pasa nada. Ya le he dicho que su hermana me ayudó con el trabajo y, salvo esa incontinencia verbal que tiene, la verdad es que su perfil me sirvió para modelar un poco una de mis figuras. He de reconocer que ustedes dos se parecen bastante.

—Un momento, ¿es que mi hermana ha estado aquí con usted? —Marie tiró la falda al suelo, se cruzó de brazos y se sentó en la silla. No podía creer que le hubiera mentido, que hubiera ido en su lugar—. Pero ¿cómo supo...?

—Cuando vi que usted se retrasaba, fui a buscarla a su casa y me la encontré en el portal. Acuérdese: un día me dio usted la dirección. Su hermana se ofreció a sustituirla y, la verdad, no pensé que fuera a suponer una molestia. Son ustedes familia y se ayudan, ¿no es así? Sigue siendo mi modelo preferida, no se preocupe. —Regresó a su banqueta junto al caballete y dejó que Marie se tranquilizara sin decir nada más—. Cuando pueda, voy a pedirle que se suba a la peana.

Los celos le quemaban en la boca del estómago. Se arrepintió de haber confiado en él y deseó que su hermana sufriera un terrible accidente o algo similar por haberle mentido, por haberle robado su dinero y ahora por haberse convertido en una modelo más del artista que primero se había fijado en ella. Miró a Edgar Degas, que actuaba indiferente a todo, con la rutina y la calma habituales en él, y comprendió que no tenía otra alternativa que ceder ante la situación y hacer lo que le pedía si quería cobrar su dinero. Se subió a la peana, adoptó la postura que él le indicó y fijó la mirada en un punto de la sala, en la pila de cuadros amontonados al pie de la estantería y cubiertos con una sábana. Marie observó el primero, que medía casi un metro de longitud, quizá un poco más. Era el único que estaba descubierto, como si, intencionadamente, alguien lo hubiera destapado para observarlo no hacía mucho. Le llamó la atención que no se tratase de una pintura sobre bailarinas.

51

París, 1841

—Por favor, dejen pasar a madame Grisi. ¡Un aplauso!

Auguste, que no podía evitar insistir entre sus colegas para provocar ovaciones, igual que hacía con sus trabajadores de la *claque,* agitaba los brazos en la puerta por la que iba a asomar la bailarina.

El salón contiguo al teatro, adaptado para la ocasión con mesas y sillas dispuestas en grupos, estaba a rebosar. Las más importantes autoridades, junto con los habituales asistentes a todo evento cultural que se inaugurase en París, estaban allí. Nadie se había querido perder el estreno de *Giselle.*

El convite se ofrecía, como siempre, justo después del estreno, y parecía que todos estaban entusiasmados con lo que acababan de ver. Esperaban a la gran estrella de la noche.

En lo que había durado aquella primera representación de *Giselle*, Carlotta Grisi había pasado a convertirse en diva y elevado su rango de bailarina protagonista a la categoría de estrella intocable. En cuanto puso uno de sus delicados piececillos en el salón, todos se levantaron de sus asientos y comenzaron a aplaudirle una vez más, como ya lo habían hecho momentos antes al caer el telón.

Théophile y Ernesta la esperaban en la mesa presidencial, a la que también se sentaban algunos de los bailarines, Jules Perrot, Jean Coralli y el compositor, Adolphe Adam.

Durante la cena, Carlotta, exhausta y emocionada, no fue capaz de probar bocado; si abría la boca con timidez, era tan sólo para llevarse una copa de champán a los labios o una cucharada de áspic que arrancaba a diminutas lascas de la fuente principal.

—Es todo tan... irreal, ¿no te parece? —le susurró a Théophile.

Los pensamientos previos al comienzo de la representación salieron volando de su cabeza como un mal sueño. Se aferró a la mano de su amigo y comprendió que la historia de *Giselle* no había sido más que una pura recreación ficticia de alguna mala experiencia, probablemente ajena a Théophile, o incluso tal vez vivida por un amigo. Nada personal.

Él aprovechaba cada acercamiento de su amiga para llenarle la copa y besarla en la mejilla con respeto, pero también con un cariño que no escapaba a ojos de Ernesta, sentada al otro lado de su hermana.

Los veía más unidos que nunca y los celos comenzaron a abrirse paso en su interior, incontrolables.

—Quizá se esté haciendo demasiado tarde, Carlotta. ¿No querrás que te busque un coche para regresar a casa? —La agarró por el brazo para insistir y recordarle sus buenos hábitos, esas sanas costumbres que jamás abandonaba, pero su hermana estaba distinta. Se dejaba llevar por la felicidad de una noche diferente en la que ella era, sin duda, la gran protagonista.

—¡Ay! Me haces daño, Ernesta. —Carlotta se soltó del brazo que su hermana insistía en apretarle—. No, no voy a marcharme todavía, ¡estoy muy bien aquí! Mira cuántas flores me han traído... —Sin soltar su copa, hizo un barrido y señaló el conjunto del salón a su alrededor, adornado con varios jarrones de gladiolos y peonías.

—Me parece que esas flores no están aquí por ti, Carlotta. Forman parte de la decoración de la sala. —Aquel matiz brotó de sus labios con rabia. Percibía la embriaguez de su hermana. Aquella indolencia y aquella sonrisa no eran más que el efecto del champán, y pensó en la imagen lamentable que ella misma había dado la noche de la fiesta en casa de madame Leriche. Sólo esperaba que en esa ocasión Carlotta fuera un poco más consciente. Y confiaba en que la compañía de Théophile al menos sirviese para protegerla. Estaba segura de que el escritor no tenía intención de despegarse de ella en toda la noche.

—Puede ser, querida —puntualizó Théophile—, pero ¿te has fijado en su camerino? No había forma de cerrar la puerta... ¡Había más vegetación allí dentro que en el mismísimo *jardin des plantes*!

Aprovechó la carcajada de todos los comensales para disculparse ante su hermana y abandonar la cena. Con la excusa de un dolor de cabeza que ya se alargaba varios días, decidió regresar a casa y no continuar asistiendo a aquel lamentable espectáculo de juegos de seducción entre su hermana y su amigo.

—Estoy muy orgullosa de ti, hermana, te has convertido en una estrella. A partir de ahora no podrás dejar de brillar —le dijo con fingida admiración antes de abrazarla y dirigirse a la salida del teatro.

Encogida dentro de su precioso vestido de crinolina y tafetán, Ernesta regresó a casa caminando. Era una noche de verano apacible y tranquila. Con paso sereno, rodeó las calles que conducían hasta la vivienda que compartía con su hermana. No tenía ganas de correr y arruinar aquellas capas de tejido tan bonito con un sudor innecesario.

Sólo quería llegar a su habitación, tenderse en la cama y llorar con amargura porque aquel estreno había significado demasiadas cosas a la vez: la alegría inevitable debida al éxito de Carlotta se confundía con la rabia de sentirse rechazada por Théophile, quien, ignorante de los arrebatados sentimientos románticos de la muchacha, no ponía esfuerzo alguno en disimular su fascinación por la bailarina.

¿Eran celos? ¿Cómo podía sentir celos de alguien a quien quería tanto? Celos hacia su hermana, que era lo más importante que tenía en la vida.

Estaba confundida y necesitaba descansar.

Ni siquiera oyó los pasos atropellados, el entrechocar de las prendas y el collar de Carlotta al caer al suelo y desperdigar cientos de cuentas por todo el saloncito cuando ella regresó a casa unas horas más tarde, ya bien avanzada la madrugada, acompañada de Théophile.

Pasarían la noche juntos y él se retiraría antes del amanecer.

52

París, 1866

—¿Les prometiste que yo escribiría un artículo?

Carlotta asintió y continuó explicándose:

—Iba a ser un texto que en realidad jamás llegué a pedirte que escribieras porque *Giselle* se convirtió en un éxito tan grande y la situación de las chicas mejoró tanto que no volví a pensar en ello.

Théophile, aturdido por aquella revelación encendió otro cigarro y se levantó de la silla. En su memoria latía borroso el recuerdo de los días previos al estreno más importante de sus vidas, la agitación y la confusión, la alegría de ver que todo se había resuelto gracias a algo que la bailarina principal acordó con las demás, algo por lo que nadie se había interesado inmediatamente después. Pensó en la gira internacional de la diva en que se convirtió Carlotta, la mejora salarial en los contratos... Todo parecía haber sido enterrado en una montaña de dinero e hipocresía.

Pero el silencio no dura para siempre y, al parecer, alguien había decidido cobrarse su venganza veinticinco años después.

Tomó a su amiga por las muñecas y aceptó lo que ésta le pedía.

—Hagámoslo, Carlotta. Me ayudarás con tu información, con tu experiencia como bailarina. Juntos escribiremos ese artículo.

—Sí, lo haremos. Prométeme que los dos trabajaremos en el texto más preciso y exacto que seamos capaces de escribir sobre cómo trataban a esas niñas. Vamos a denunciar los abusos, las vejaciones y el maltrato que las bailarinas más jóvenes tuvieron que sufrir entonces. ¡Todavía estamos a tiempo de que la verdad salga a la luz!

Los dos se abrazaron, y Théophile sintió la fragilidad de Carlotta atravesando cada poro de su piel como hacía años que no la sentía. La máscara de la diva acababa de caer al suelo y afloraba una mujer arrepentida y vulnerable.

Sintió lástima por su sufrimiento, la besó en la coronilla y se dejó impregnar por su aroma a violetas…

Pensó que él había hecho todo lo posible por preservar el éxito de la bailarina al callar y no denunciar aquellas atrocidades de las que había sido testigo durante la fiesta, y, sin embargo, en ningún caso había ahorrado el dolor de la propia Carlotta. Necesitaba escribir aquel artículo: lo haría por ellas y también por los dos.

—Está bien, está bien. —Théophile regresó al escritorio y tomó papel y pluma—. Hablemos de ellas… Hablemos de las wilis.

Carlotta se agarró a las cortinas que colgaban a ambos lados de la ventana para estrujar la tela con ansiedad y tratar de calmar así su nerviosismo. Apartó con cuidado el faldón de terciopelo para dejar pasar más luz a la habitación. Notó al hacerlo que el bajo estaba roto, deshilachado en el extremo, como si un pequeño roedor hubiese acabado con los remates o como si el roce permanente con el suelo lo hubiera desgastado de manera natural. Al verla, aquello le dio una idea a Théophile.

—¿Recuerdas los momentos previos a la subida del telón?

Carlotta lo miró sorprendida. No entendía por qué traía ese recuerdo a colación, pero, conociendo a su amigo y sus excentricidades, no quiso plantearse más cuestiones y respondió:

—¿Te refieres a los nervios de la noche del estreno?

—No, me refiero a lo que hacíais tú y las otras bailarinas cuando comenzaban a llegar los espectadores y ocupaban sus asientos. Ese momento antes de que sonara la primera nota de la obertura, cuando la sala todavía estaba iluminada y la gente poco a poco iba llenando el teatro, se saludaba… ¿Recuerdas dónde estabais vosotras?

—Supongo que observábamos al público. Nos asegurábamos de que se cubriesen todas las localidades, de que los palcos estuvieran ocupados por las personalidades relevantes en aquel momento, de que la *loge infernale* se llenase, de que la *claque* estuviera en su sitio, bien alta en el paraíso…

—¡Exacto, querida! Observabais. ¿Alguna vez te has parado a pensar que era una actividad clandestina y que el único modo que teníais tú y las demás de hacerlo era a través de los orificios de la cortina?

Carlotta supo perfectamente a lo que se refería Théophile. Desde siempre, en los teatros, el telón se rasgaba con cuidado por las manos diminutas de las bailarinas. Las más pequeñas, las de la edad de aquella que había desaparecido, se dedicaban a arrancar las hebras más finas y abrían jirones con cuidado y una técnica admirable. Nadie se percataba de ello, pero la tela estaba rota por cientos de huecos menudos por los que se podía espiar todo lo que sucediera delante del escenario, antes de abrirse el telón y antes de que comenzase la representación.

Carlotta sonrió e hizo el gesto de aplaudir ante lo que le había parecido una idea magistral del escritor. Tenían la forma de contarlo; debían apoyarse en el relato de ellas, por supuesto, *le petit rat*…

Sobre el papel comenzaba a tomar forma la historia de las pequeñas ratitas de la Opéra de París.

> «¿Qué es la rata?», se pregunta el lector menos versado en la jerga parisina.
>
> «Esa es la cuestión», como diría Hamlet (…).

53

París, 1877

Pasaron los días y Marie ya no sabía qué decisión tomar respecto a su familia: Antoinette apenas pasaba por casa y su madre estaba encerrada en una melancolía rabiosa que la alejaba aún más de sus otras dos hijas. Se quejaba y maldecía.

—Ésta no ha vuelto, otra vez enredada entre esa panda de burgueses de medio pelo... Espero que al menos le paguen bien por sus servicios, porque, si no, juro que no le permito que vuelva a pisar esta casa, ¡lo juro!

Estaba colérica. Se movía por la cocina con brusquedad, daba golpes contra las puertas, arrastraba las sillas y quería pelearse con todo objeto que le saliera al paso. Fregaba los cacharros y los dejaba caer sobre el barreño con energía, provocando el mayor ruido posible. Parecía querer despertar no solo a las dos hijas que todavía debían prepararse para ir a l'Académie, sino también al resto del vecindario.

—Déjelo ya, madre. Estoy segura de que volverá con monedas de sobra para que usted pueda dar buena cuenta en el mercado. Yo me encargo de ir a buscarla, si quiere.

Marie dedujo que el mejor lugar para encontrarla sería la pestilente *maison close* de la rue Frochot. Monique solía hablarle del que se había convertido en uno de los locales de moda en la noche parisina, tan decadente como refinada. Al parecer, las reuniones y fiestas que solían celebrarse en la primera planta del edificio eran famosas por su imperante desmesura. Quiso matar dos pájaros de un tiro con el ofrecimiento, y su madre, sin concederle siquiera una sonrisa, aceptó la propuesta.

—Recuérdale de mi parte que en esta casa todas debemos aportar algo y que, si prefiere gastarlo, no le permitiré que ponga un pie dentro.

Marie se metió una manzana en el bolsillo del abrigo y engulló un poco de pan duro con manteca junto al café que su madre le había dejado servido. Era temprano. Tendría tiempo de subir hasta Le Rat Mort y recuperar a Antoinette antes de que comenzara la primera clase; aprovecharía para desentumecer los músculos con la carrera.

Al llegar allí comprendió que aquel antro, efectivamente, no podía tener un nombre más acertado. Golpeó un par de veces en la puerta, apartando con cuidado el bajo de su falda de un enorme rastro de vómito que pringaba el zócalo de la entrada. Ocupaba una esquina de la plaza de Pigalle y alrededor había varios locales similares, lugares que se notaba que, durante la noche, habían estado repletos de actividad, euforia, música y disfrute, pero que en ese momento, a primera hora de la mañana, recibían la luz del día con vergüenza.

Alguien desde el interior respondió inmediatamente a la llamada de Marie.

—Está cerrado. No abrimos hasta las seis. ¡Váyase a casa a dormir!

Era una voz femenina y joven. Marie imaginó a una empleada de la limpieza que, en ese momento, estaría mucho más despierta y despejada que si hubiese pasado la noche en vela, trabajando y bebiendo, como suponía que sería el caso de Antoinette.

—Disculpe, estoy buscando a mi hermana. ¿Podría entrar un momento?

La puerta se abrió acompañada de un molesto crujido de las bisagras. Al otro lado apareció una muchacha de más o menos la edad de Marie y vestida, tal y como había adivinado, con el uniforme de las limpiadoras. Las dos niñas se observaron con atención.

—¿Qué te hace pensar que vas a encontrar a tu hermana aquí? No tienes pinta de conocer el tipo de trabajo que llevan a cabo las chicas que pasan la noche en Le Rat Mort. Vete a casa, anda, aquí no hay nadie que te pueda ayudar.

Marie resopló de pura frustración y, de un empujón, apartó a la chica de la puerta para abrirse paso sin su permiso. La entrada del local, con la pared revestida de madera hasta media altura y numerosos apliques con la luz apagada (hacía un rato que había amanecido) decepcionó a Marie que, antes de acercarse a uno, había imaginado los burdeles como espacios mucho más sofisticados y bonitos. El techo, de color burdeos, tenía humedades en algunas zonas, y el mobiliario estaba revuelto: las sillas dispuestas sobre las mesas con las patas hacia arriba y las cortinas con los bajos enroscados a las abrazaderas. Era la hora de la limpieza y, sin querer, tropezó con el cubo de agua jabonosa que había tras ella. El contenido se derramó hacia la calle, sobre el charco de la puerta, y un reguero de espuma y restos de alimentos a medio digerir se desplazó calle abajo debido a la inclinación del terreno.

Marie dio un salto para esquivar el agua y luego se dirigió amenazante hacia la limpiadora, apuntándola con el dedo.

—Sé perfectamente lo que hacen aquí y también estoy segura de que mi hermana es una de ellas. ¿Por qué no te preocupas de seguir frotando el suelo y aprovechas para quitar toda esa porquería de la entrada? No me sorprende que os llamen así. Este sitio apesta a podredumbre y a rata muerta.

Al oír aquello, la otra saltó inmediatamente sobre su espalda y le arrancó un mechón de pelo. Marie dio un grito de dolor y le clavó las uñas en el brazo. La limpiadora se apartó con brusquedad y resbaló en la enorme mancha de jabón que ya se había extendido bajo los pies de ambas. Las dos niñas estaban enzarzadas en una pelea que parecía que no iba a tener fin; gritaban y se maldecían, rodaban por el suelo y sus vestidos se empapaban con los restos del contenido de aquel cubo que nadie se había molestado en recoger.

—¿Se puede saber qué significan esos gritos? ¡Suzanne! ¿Qué estás haciendo?

Un hombre enorme, y que a Marie le dio la sensación de que apenas cabía por el marco de la puerta, apareció en mitad de la sala y las separó por la fuerza.

—Ha sido ella, ¡ha tirado el cubo y me ha empujado! —gritó Suzanne.

El hombre sostuvo a Marie en volandas con unas manos cuyos dedos parecían salchichas de Alsacia. La mantuvo en el aire unos momentos hasta que ella se tranquilizó y dejó de patalear.

—¡Suélteme! Sólo he venido a buscar a mi hermana Antoinette. Sé que está aquí y ella no me ha dejado entrar.

El hombre soltó a la niña y luego se metió las manos en los bolsillos para observarla con detenimiento. La repasó de arriba abajo, como si tomase medidas de sus proporciones, deteniéndose en cada detalle. Luego sonrió y un hoyuelo se le formó en el hueco que su barba rala le dejaba en la mejilla derecha. Marie se sintió intimidada: de nuevo un hombre que la miraba, pero no como lo hacía Edgar Degas. Aquel hombre veía otra cosa.

—Conque eres la hermanita de Antoinette, ¿eh? Está bien, puedes subir, a ver si eres capaz de despertarla. Está en la habitación de la puerta verde. —Luego se volvió hacia la otra y le propinó un cachete en el trasero—. ¡Y tú, regresa a lo que estabas haciendo y deja de causarnos problemas a todos o te devolveré a la calle!

Marie corrió escaleras arriba en cuanto se sintió libre de aquellos dos, pero antes se volvió para mirar a Suzanne, que le sacó la lengua con desprecio.

Encontró a su hermana dormida en una de las habitaciones, tal y como le habían dicho. Abrió la puerta con sigilo y entró.

—Antoinette, por favor, tienes que salir de aquí. Madre no permitirá que vuelva a casa sin ti y no quiero perder la primera clase de la mañana. ¡Vamos! ¡Arriba!

La habitación no tenía ventanas y olía a sudor, a sexo, a ropa húmeda que no se hubiera ventilado desde hacía meses y a madera enmohecida. La hermana mayor de Marie estaba dormida boca abajo; el pelo le cubría la cara y un hilo de saliva le caía por la comisura de la boca, empapando el cojín sobre el que recostaba la mejilla. Sus pies, todavía enredados en unas medias de color azul, asomaban por debajo del revoltijo de mantas y sábanas amarillentas. Marie miraba a un lado y a otro de aquel cuarto en donde, pese a la oscuridad, fue capaz de distinguir un barreño con agua turbia junto a una jofaina agrietada por el óxido, un armario vacío cuyas puertas no cerraban y el maletín de su hermana, abierto y con sus enseres desperdigados sobre la mesa. De nuevo se inclinó sobre ella para sacudirla por el hombro y rogarle que la acompañara. Cada vez se hacía más tarde, tenía que llevar a la pequeña Louise-Joséphine a clase y no podía darle otro disgusto a su madre.

Antoinette se dio la vuelta y se frotó los ojos. Al reconocer a Marie ante ella, lo primero que hizo fue lanzar un grito para ordenarle que se fuera. La cabeza le dolía como si un regimiento entero se hubiera pasado la noche tocando la corneta junto a sus oídos. Pensó que no sería capaz de salir de aquella cama si no la llevaban a rastras.

—Pero ¿tú qué haces aquí? ¿Quién te ha dejado entrar? ¿Por qué me sigues? —Se incorporó para sentarse con la espalda apoyada en el almohadón del cabecero y, al hacerlo, las sábanas le cayeron hasta la cintura, mostrando que lo único que llevaba puesto eran las calzas azules que se le retorcían en los tobillos. Restos de carmín se le habían acumulado alrededor de la boca y tenía los ojos hinchados. Se apartó el pelo de la cara y buscó a tientas un vaso de agua en la mesilla que estaba junto a ella. Al hacerlo tiró sin querer al suelo varias monedas que un cliente le había dejado allí antes de marcharse. Luego agarró el vaso, pero estaba vacío. Marie se dio cuenta y quiso llenárselo con la jarra—. Déjalo: si bebo de esa agua es posible que ya no salga viva de este cuarto... e imagino que prefieres que lo haga caminando, ¿verdad?

El aspecto de Antoinette era terrible: había bebido demasiado, había dormido muy poco y necesitaba asearse más que nunca.

—Sé que fuiste a casa de monsieur Degas y que posaste para él —le dijo Marie mientras Antoinette la observaba con los ojos muy abiertos—. Estoy muy enfadada contigo por ello; no sólo me hiciste perder ese dinero, sino que me mentiste y me reemplazaste sin avisar. Pero no he venido aquí a reprochártelo. He venido para pedirte que regreses a casa o madre no te aceptará de nuevo en ella. Tendrás que darle este dinero.

—¡Jamás! ¿Te has vuelto loca?

Antoinette se abalanzó sobre las monedas para asegurarse de que nadie se las quitara. Al hacerlo, el vaso cayó al suelo y provocó un estruendo que se oyó desde las otras habitaciones. Marie se afanaba en recoger el dinero que se escapaba rodando por debajo de los muebles.

—¡Estate quieta! Vas a conseguir que nos echen a las dos.

Marie tomó a su hermana por las manos y se agachó junto a la cama. Se tragó el orgullo y le suplicó:

—Estoy segura de que a monsieur Degas no le importará que hoy vuelvas tú al estudio. Dejará que te laves un poco. Sabes que no vive lejos de aquí. Si salimos ahora, todavía podré llegar a tiempo a los ejercicios de la barra antes de que entre el profesor. Por favor, Antoinette, hazlo y después vuelve a casa. Madre te dará una oportunidad, ella también quiere que regreses y, si no lo haces hoy, no sé lo que puede pasar.

La hermana salió de la cama y comenzó a vestirse mientras respondía a Marie con suficiencia: quería dejar claro que, si se iba, era porque ella lo había decidido y no porque una mocosa como Marie se hubiera arrastrado hasta allí para pedírselo.

—Yo sí sé lo que pasará, que es lo que ha sucedido siempre desde antes de que tú nacieras: madre recibirá este dinero y se lo gastará en beber con algún hombre que la llevará a una habitación como ésta a fornicar con ella durante el día para que luego, durante la noche, yo haga lo mismo con el siguiente que me ofrezca otro tanto. Siempre será igual. No pierdas el tiempo tratando de entenderlo y vuelve a l'Académie para no perderte las clases de monsieur Auber.

A Marie se le llenaron los ojos de lágrimas. La rabia hizo que quisiera dar patadas a aquellos muebles cochambrosos y abofetear a su hermana, que seguía decepcionándola y que ahora, cuando ella le ofrecía una oportunidad de redimirse, insistía en golpearla con el lado más triste y más oscuro de sus vidas.

—Pero monsieur Degas es bueno. Él podría darte trabajo a ti también. Él no te va a obligar a que hagas esto. Tal vez madre, si hablase con él... —No podía creer que no hubiera esperanza en aquella forma de comportarse. Su madre y su hermana merecían otra salida.

Antoinette se anudó los cordones de los botines y, con un gesto de hastío, respondió:

—Haz el favor de abrir los ojos, Marie. Ese tal Degas no es la solución. No seas inocente. No me va a dar trabajo como modelo porque chicas como tú o como yo las tiene a patadas. Tu querido pintor conoce perfectamente lo que hacemos en sitios como Le Rat Mort. ¿Por qué te crees que se vino a vivir aquí? ¿No te das cuenta de que podría buscarse una casa en una zona con mejor reputación? A veces me sorprende lo estúpida que puedes llegar a ser al no ver este tipo de cosas. Confías demasiado en los demás. Él es uno de ellos.

Marie insistía en aferrarse a una lucecita de esperanza que llegase de parte de Edgar Degas y no entendía la crueldad de Antoinette hacia él.

—Pero ¿por qué dices eso? ¿Cómo estás tan segura? A mí me eligió; en mí debió de ver algo especial para sus dibujos... ¡Yo no soy cualquiera!

Antoinette dio una palmada y comenzó a reírse de su hermana.

—¡Pues claro que lo eres! Ese pintor te pidió que fueras a su estudio por capricho, porque querría ayudarte al verte desesperada y sin dinero, pero mañana se lo pedirá a otra y luego a otra... No seas necia, Marie, abre los ojos. Si tanta confianza tienes con él, pídele que te cuente lo que me contó a mí. Pídele que te enseñe el cuadro.

La pequeña no podía contener el llanto: la rabia y el desengaño se mezclaban con un sentimiento de decepción que se le pegaba al pecho. Antoinette había sido especialmente dura; no podía creer que Edgar Degas se hubiera aprovechado de su inocencia todo ese tiempo. Marie todavía albergaba la esperanza de que el pintor fuese un hombre bueno que hubiera visto en ella algo que lo inspiraba más que en ninguna otra.

Salieron juntas, pero al llegar a la puerta Antoinette le tendió un pequeño saquito de tela en donde entrechocaban unos cuantos francos.

—Vete a casa y dale esto a madre de mi parte. Es la mitad de lo que he ganado esta noche. Dile también que no me espere, porque es probable que no vuelva a verme por allí. —Se pasó la manga por la nariz para limpiarse y luego, aguantándose las ganas de llorar, agarró a Marie por la barbilla y sentenció amenazante—. No te atrevas a volver a buscarme, porque te juro que, como lo hagas y pongas en peligro mi trabajo en este establecimiento, entonces tú tampoco regresarás.

Marie vio cómo su hermana iba en dirección opuesta a la de su casa, sola y tambaleante, sin aceptar el ofrecimiento de acudir en busca de la ayuda de Edgar Degas.

Allí plantada, en mitad de plaza, se dio cuenta de que su única esperanza estaba en el estudio del pintor y no en las clases de l'Académie. Lo que su hermana acababa de decirle le había dado un vuelco al corazón y ya no era capaz de pensar en otra cosa que en ese misterioso cuadro al que se había referido Antoinette.

54

París, 1841

Tras el estreno de *Giselle* hubo quien llegó a considerar a Carlotta como la mejor bailarina que había pasado por la Opéra de París. Ni siquiera los admiradores de las anteriores estrellas del firmamento de la danza se habían atrevido a criticarla o despreciarla. Aseguraban que era imposible, que no tenía defectos, que en ella no encontraban ninguno. La compararon con otras: eran demasiadas las artistas de la competencia —como Fanny Cerrito— y también las divas —como Marie Taglioni— cuya luz todavía brillaba y jamás llegaría a apagarse, pero ella era la única para quien Théophile Gautier había creado un personaje. Aquello la convertía en una diva diferente a las demás.

El *Journal des Femmes* hacía publicidad de un nuevo estampado floral: «Sedosa tela, graciosa como la señorita Grisi, con cuyos rasgos se nos ha aparecido la ninfa Giselle». Una modista lanzó una nueva flor confeccionada con un tejido suave a la que adjudicó el nombre del ballet, el complemento perfecto con el que todas las damas de la alta sociedad deseaban acompañar sus tocados. La partitura de la música compuesta por Adolphe Adam salió a la venta y se agotaron todos los ejemplares a las pocas semanas: cientos de estudiantes aporreaban al piano las notas de la obertura o el *pas de deux* del segundo acto.

El éxito de *Giselle* era innegable.

Y sucedió que, durante uno de los ensayos posteriores, Théophile quiso acercarse a felicitar a su musa, al amor de su vida, a la gran Carlotta Grisi, que acababa de convertirse en diva de la danza. Adivinaba para ella la mejor de las perspectivas profesionales posibles, pero también temía que se alejara demasiado rápido: le hablaban de viajes por escenarios de todo el mundo convertida en la Grisi, la gran artista que encarnaba el ideal de belleza y la perfección etérea que toda bailarina perseguía y que el público salido de todos los rincones del mundo admiraba. Allá donde fuera, Théophile sabía que iba a ser agasajada: ovaciones interminables después de cada actuación; hombres dispuestos a esperarla bajo la lluvia con tal de entregarle ramos de flores a la salida del teatro; aplausos ensordecedores a su llegada a los hoteles, en cuanto saliera de la calesa encargada de dejarla en la puerta, y pulseras de brillantes, de perlas, de oro y de piedras preciosas esperándola en su camerino todas las noches.

Al llegar al teatro les preguntó a las nuevas ayudantes que habían asignado a la bailarina, Mamina y Anette, si sabían si Carlotta ya había llegado ya para ir a verla a la clase. Estas le indicaron que sí y lo acompañaron al aula.

—Madame Grisi ahora tiene el camerino junto al escenario y ensaya con monsieur Philidor y los coreógrafos directamente en el *foyer* —le dijeron. Théophile se alegró: no merecía menos y se había ganado aquella mejora en las condiciones—. ¿Desea usted que le digamos que ha venido?

En realidad, Théophile no quería hacerse notar ni interrumpirla. La concentración era fundamental, por lo que prefirió asomarse entre bambalinas y espiar a la bailarina a hurtadillas.

Las dos jóvenes continuaron trabajando en la limpieza del camerino de la artista, ordenando sus trajes y enroscando las cintas de sus zapatillas. Nada escapaba a su control; todo debía ser perfecto.

Al cabo de una media hora, aburrido de permanecer a la espera de una pausa que no llegaba nunca —las ansias de perfección de Carlotta y la exigencia de sus maestros no le permitían descansar más de una vez en todo el ensayo—, se acercó a las dos muchachas y les preguntó quién ocupaba ahora el antiguo camerino de Carlotta.

—Al reducirse la plantilla han quedado varias habitaciones libres, monsieur. Es probable que no se lo den a nadie hasta la nueva temporada, pero hay rumores de que madame Bellon será la siguiente.

Aquella información le sorprendió, no porque Elisa Bellon fuera a suceder a Carlotta como figura principal en las nuevas programaciones mientras ella viajase por el extranjero, eso lo sabía todo el mundo, sino porque habían mencionado una reducción de plantilla.

—¿Es que hay menos bailarinas? ¿Se han retirado las de edad más avanzada?

La joven Anette, ruborizada por haber hablado más de la cuenta, negó con la cabeza y continuó estirando los lazos del corpiño de Carlotta.

—No, monsieur, se refiere a las bailarinas a las que han despedido. Han sido varias de las wilis, las más jóvenes... —Mamina se atrevió a aclarar la cuestión al ver que su compañera no parecía animada a hacerlo—. Expulsaron a varias una semana antes del estreno por comportamiento indebido.

—¡Mamina, no seas chismosa! —Anette le dio un codazo y se volvió hacia Théophile—: Disculpe, monsieur, no es asunto nuestro hablar de estas cosas.

—¿Cómo que no? Sabes tan bien como yo que expulsaron a Claudette por escaparse de la fiesta de la modista Leriche.

De pronto, la imagen de aquella noche trajo a Théophile la peor sensación: su memoria no le fallaba; si una niña había huido de aquella fiesta, desde luego, tenía motivos para hacerlo.

No se atrevió a confirmar sus sospechas, pero decidió que abandonaría el ensayo y dejaría que Carlotta continuara con su trabajo. Así era como debía ser y aquélla era su carrera, ya imparable.

Lo terrible de la situación fue conocer el precio que un alma inocente había tenido que pagar a cambio.

55

París, 1866

La necesidad de volcar todos los detalles en aquel texto hizo que los dos amigos pasaran la tarde juntos ante el escritorio de Théophile y hasta bien avanzada la noche. Carlotta regresó a Neuilly de madrugada, conmovida por lo sucedido, por el trabajo bien hecho y porque por fin su conciencia iba a poder descansar al cumplir con su promesa.

Desde el jardín, y a través de la ventana, distinguió luz en el salón: alguien la esperaba. Al cruzar la puerta, vio a Ernesta, sentada junto a una infusión de hierbaluisa, cuyo aroma se pegaba al papel pintado de la estancia. Siempre le había llamado la atención la solemnidad de aquel espacio decorado al más genuino estilo de Théophile, pero, esa noche, la abundancia de objetos y pinturas y la ausencia de su propietario la entristecieron de repente. Bajo la ventana, una figura de cera de Frémiet que representaba el caballo muerto del capitán Fracasse, protagonista de una novela de Théophile, era uno de los bienes más preciados de su amigo, uno de tantos de los que hubo de separarse cuando se trasladó a la pensión de la rue Jacob, y parecía que la mirase a ella agonizante, que le preguntase si su dueño iba a regresar.

Carlotta se despojó de la toquilla y se descalzó para ir a besar a su hermana.

—¿Qué haces despierta, Ernesta? Es tardísimo… A estas horas yo ya tengo la sensación de que los objetos hablan.

Ernesta permanecía con la mirada fija en el contenido de su taza, muy seria, dolida por la actitud de Carlotta.

—Al principio pensé que se trataba de una visita a la familia, pero veo que el tiempo que has pasado en París se lo has dedicado a otro tipo de tareas. Espero que estés orgullosa...

Carlotta no comprendía aquel tono de voz ni la actitud hostil de Ernesta.

—Anda, regresa a la cama, hermana, que no son horas de discutir. Además, no creo que haya nada por lo que deba disculparme.

—No lo haré, no pienso regresar a la cama porque todavía no me he acostado... ¡Y no me digas lo que debo o no debo hacer! ¡Hace tiempo que dejé de ser una niña! Mi hija se casa en menos de un mes y esperaba contar al menos con el apoyo de su tía. ¿Se puede saber a qué te has dedicado todo el día paseándote con Théo por la ciudad?

Supuso que alguien le habría contado a Ernesta que la habían visto en algún café, puede que tal vez en la Sûreté Nationale, pues medio París se había agolpado a sus puertas aquel día.

—Apoyo a Judith en todo lo que necesite, se lo demuestro desde que nació. ¡Por Dios santo, soy su madrina! ¿Lo has olvidado? —Las hermanas se aguantaban la mirada con la tensión de un duelo. Carlotta continuó hablando—: No voy a marcharme de regreso a Saint-Jean sin haber hablado con ella, porque sé que no es fácil que tenga un padre que no aprueba ese matrimonio, pero créeme, Ernesta: Théo y yo debíamos trabajar en algo juntos, algo importante. Una publicación pendiente desde hacía tiempo... —Se dio cuenta de que no podía explicarle a su hermana de qué iba todo aquel asunto de las wilis, que ella jamás lo entendería—. A partir de este momento, estaré aquí para vosotras. Sólo espero regresar a mi casa con la conciencia tranquila, de verdad. Sólo eso.

Caminó hacia Ernesta y le dio un beso en la frente. Ésta ahogó su rabia y le tomó la mano para besarla, en el fondo, agradecida y compasiva.

Pese al dolor y la frustración, sabía que había muchos asuntos que, desde siempre, tenía que dejar en manos de Théo y Carlotta. Eran dos almas que se comprendían a la perfección y nadie debía inmiscuirse en eso. Ella tampoco.

A la mañana siguiente, Théophile se despertó descansado y cargado de energía como hacía tiempo. Se sentía satisfecho por el trabajo que habían completado él y Carlotta y, aunque no había podido coger el sueño hasta bien avanzada la madrugada, lo cierto era que había dormido como un lirón.

Releyó las páginas del texto, corrigió alguna errata y completó frases que se habían quedado dispersas y sin conexión para concluir, antes de las doce del mediodía, que el artículo estaba listo para entregarse en la oficina de *Le Moniteur Universel.*

Era un artículo intenso, grave en su forma, y no hacía concesiones en su contenido. En él se aclaraba lo sucedido en aquella fiesta y también en otros eventos similares, ya que abusar de menores era una práctica constante de puertas adentro del edificio de Le Peletier. Carlotta había querido dar nombres y apellidos, mencionar a los responsables, a los tres hombres que aquellos días habían ocupado las portadas del periódico convertidos en víctimas y que, ahora, de forma póstuma, darían la cara como verdugos.

Así debía ser.

Théophile salió a la calle con confianza, sin miedo a las wilis o a quien fuera que amenazara en la sombra para atacar a una nueva víctima. Sabía que con aquella publicación se haría justicia, y con esa seguridad llegó hasta la puerta del despacho de los directores del periódico.

56

París, 1877

Al llegar allí, sonrió dulcemente al portero:

—Disculpe, pero ¿dice usted que a monsieur Degas vienen a visitarlo a menudo?

El portero se bajó los lentes hasta la punta de la nariz antes de responderle:

—Pequeña, como creo que ya te expliqué la otra vez, este barrio está plagado de artistas; lo que hagan o dejen de hacer con sus visitas es un asunto que a mí no me incumbe. Sólo exijo tranquilidad, algo que monsieur Degas ha cumplido a rajatabla todo este tiempo. Él parece que no tenga otro interés que el de dibujaros.

Marie insistió:

—Pero ¿ha habido muchas? ¿Vienen a verlo otras chicas como yo cada día? ¿Cada semana?

El portero sacudió la cabeza y le hizo un gesto con la mano para indicarle que se marchara de allí y lo dejara tranquilo. No estaba por la labor de dar más explicaciones a una ratichuela.

Marie subió las cinco plantas y llamó a la puerta del estudio. Al rato abrió una mujer provista de un delantal y una cofia. Marie supuso que podía ser la cocinera, aunque no la había visto hasta ese momento. La mujer la observó sin molestarse en disimular.

—¿Buscas a monsieur Degas?

La niña asintió y la otra se hizo a un lado para dejarla pasar. Conocía el camino, así que se dirigió hasta la sala de trabajo y se encontró con el artista cubierto por churretones de tinta. Llevaba un mono de tela y unos guantes que, hasta la altura del codo, eran negros como el betún.

—¡Marie! ¿Qué hace usted aquí? No recuerdo haberla citado para hoy...

La niña negó sin decir una palabra y esperó a que la invitara a quedarse sin moverse y sin hacer ruido, como una dócil sirvienta. Él, absorto en su proyecto, se mostró indiferente y hasta que no pasaron varios minutos no se molestó en preguntar a su joven modelo si podía ayudarla en algo.

—Estoy probando una prensa nueva y me tiene demasiado ocupado. Dígame, ¿es urgente lo que necesita?

Marie sonrió, y la sonrisa se le quedó grabada en el rostro a la espera de una reacción por parte de Edgar Degas que no llegaría. Congelada en aquella expresión de niña dócil, bondadosa e inocente —que, sin embargo, ya no iba a serlo nunca más—, aguardó unos segundos antes de responderle:

—No, sólo me gustaría quedarme y que usted me hablara de todo lo que sabe, de lo que ha visto, de la gente a la que ha conocido y de otras chicas que hayan posado para usted. Si a usted no le importa, claro.

Aunque sorprendido por la brusquedad, Edgar intuyó que aquella insistencia se debía a que la niña había hablado con su hermana.

—¿A qué te refieres?

—Quiero ver el cuadro que usted le mostró a Antoinette. Quiero que me cuente quién es ella.

Edgar Degas resopló, incómodo. Aquello era una auténtica encerrona y debía reconocer que se le habían agotado las excusas. Era la hora de mostrarle la verdad a Marie. Se quitó los guantes y los dejó sobre la palangana; a continuación, se enjuagó la cara. Sintió la mirada implorante de la niña clavada en su nuca. Se dio la vuelta y se lanzó a por su relato.

Pensó que lo mejor sería comenzar por el final, caminando hacia el lienzo que descansaba al fondo de su estudio y que había vuelto a cubrir con un sábana, para traerlo frente a ella.

Marie se sentó en la silla en donde habitualmente él la retrataba cuando quería fijarse en su rostro, cuando no necesitaba verla de pie ni apreciar la tensión de los músculos de su menudo cuerpo de bailarina. Miró la pintura que él acababa de colocarle delante y escuchó con atención.

—Comencé a pintar este cuadro el mismo año en que conocí al creador de *Giselle*. —Al escuchar el nombre del ballet, Marie dio un respingo en el asiento—. Ya sé que ha habido días en que dejé que me explicara los pasos mientras usted se movía según algunas piezas de ese ballet, como si yo no lo conociese. Espero que entienda que debía hacerlo para que se relajara. La naturalidad de mis modelos es algo que valoro mucho.

Marie continuaba observando con el rostro muy concentrado.

—No entiendo. ¿Quién es el creador de *Giselle*? ¿Se refiere usted al coreógrafo?

—No, me refiero al autor de la historia, Théophile Gautier, que escribió el libreto.

Marie ignoraba que hubiese una persona que se ocupara de algo así, de escribir una historia sobre la que luego se montaría un ballet. No se había planteado nunca que eso fuera algo a lo que alguien se dedicara, pero ¿quién era ella para conocer ese tipo de asuntos? Ella no era nadie. No significaba nada.

—Monsieur Gautier y yo coincidimos durante la sesión previa a la inauguración del Salon de ese año. Era la segunda vez que me seleccionaban y estaba muy nervioso, así que me fui a beber algo a uno de los locales cercanos al palacio de L'Industrie. Me había citado allí con mi modelo y allí me lo encontré a él.

—¿Y se sentaron los dos a hablar sin más? ¿Sin conocerse de antes?

—Supongo que sentíamos curiosidad el uno por el otro, aunque nunca nos hubiéramos visto en persona. Yo, desde luego, lo admiraba y no quería desaprovechar la ocasión de acercarme a él. Imagino que en su caso estaría lo suficientemente aburrido allí solo como para negarse a compartir unos tragos y una animada conversación.

Edgar Degas continuó narrando a la pequeña Marie lo sucedido ese día hacía más de diez años. Mientras tanto, se paseaba por la sala y gesticulaba imitando las brazadas al aire que Théophile daba para explicar cualquier asunto y que aquella tarde, a las puertas del Salon durante el famoso *vernissage* y a consecuencia del licor de pera, habían sido especialmente memorables. Le contó que hablaron de un suceso que había tenido lugar días atrás: un hombre había aparecido flotando en el río, muerto en extrañas circunstancias. Théophile, más adelante, no cejaría en su empeño por demostrar que no se había tratado de un simple asesinato, como referían en prensa, sino de «un auténtico acto de venganza cometido por las wilis», tal y como él había precisado.

Aquello desconcertó a la niña.

—¿Las wilis? Los personajes del ballet, ¿acaso mataron a alguien en París hace diez años?

—Verá, Marie, hay que tener en cuenta que monsieur Gautier atravesaba una época difícil. Digamos que le costaba discernir lo real de lo que era producto de su imaginación.

Marie observó el lienzo que el pintor había dispuesto frente a ella, una vez más y con mayor detenimiento. Se fijó en la oscuridad de la habitación y se dejó intimidar por esa figura masculina de la derecha que se apoyaba en la puerta cerrada y miraba a la niña, de espaldas, al otro lado de la lámpara. Vio las prendas en el suelo y encima del lecho, identificó las manchas de sangre... ¿Qué tenía aquello que ver con esa muerte o con el ballet de *Giselle* y por qué el pintor se empeñaba en contárselo justo en ese momento?

—Cuando su hermana Antoinette vino el otro día y posó en su lugar, me preguntó por este cuadro. Suelo poner cuidado en que nadie lo vea, no es una obra con la que me sienta muy cómodo y por eso está siempre tapado, pero aquel día la tela cayó y no pude evitar que quedara expuesto. Su hermana reconoció algo en él y me preguntó si yo había conocido a la niña retratada.

—¿Y es así? ¿Usted conoció a esa niña?

Edgar Degas se crujió los nudillos de las manos. Contarle aquello a Marie iba a resultarle más doloroso de lo que había imaginado, pero parecía que la niña estaba decidida a saberlo. No tenía nada que perder: se había presentado en su casa para conocer todos los detalles y nada iba a conseguir que cambiase de idea.

—En realidad no, pero sí conocí a su hija y ella fue quien me sirvió de modelo para el cuadro. Con ella me había citado y a ella era a quien esperaba mientras Théophile Gautier y yo bebíamos aquella tarde a las puertas del Salon. La conocí en el teatro, donde trabajaba como costurera. Buscaba a alguien lo suficientemente natural para un proyecto diferente a lo que había hecho hasta entonces, y madame Crosnier me puso en contacto con ella diciéndome que necesitaba el dinero.

Al oír el nombre de la portera del teatro, a Marie se le abrieron mucho los ojos. Parecía que las piezas sueltas de aquel rompecabezas comenzaban a encajar.

—Esa mujer es extraña... Mi madre no nos deja hablar con ella. ¿Y le pagó para que posara para usted? ¿Igual que hizo conmigo?

—Sí, igual que con usted, pero ella estaba en apuros... Me confesó que había hecho algo horrible...

Se detuvo en aquel punto, tomó aire y dejó que fuera ella quien tirase del hilo de un relato que le estaba costando continuar.

—¿Qué había hecho? —Marie recordó su torpeza el día en que ella y el pintor habían hablado por primera vez, se avergonzó de nuevo por haberle robado y sintió pena por la muchacha del cuadro—. ¿Había tomado también unas monedas?

—No. Había matado a un hombre.

Marie se llevó las manos a la boca para ahogar un grito de sorpresa. Aquello no se lo esperaba, y la forma de contarlo del pintor la hacía sentirse como si le estuviera sucediendo a ella. Dejó que Edgar continuara explicándose.

—Pero entonces no me lo contó todo... o quizá yo no quise comprenderlo tan claramente como lo supe después, cuando se sucedieron los demás asesinatos. Sólo me dijo que necesitaba ayuda y que, si la alojaba en mi casa, haría por mí lo que necesitase.

—¿Y usted la ayudó a esconderse? ¿La trajo aquí?

—Entonces yo no vivía en esta casa, pero sí, lo cierto es que la ayudé a escapar de la justicia a cambio de que me dejara retratarla y me permitiera entrar en el teatro. Yo la acompañaba cada mañana y accedía por la puerta del servicio hasta las clases, con cuidado de que nadie me viera. Aquella experiencia me enriqueció y me dio ánimos para continuar con el ballet como motivo principal de mi trabajo. ¡Sin ella no hubiera sido posible! —Edgar Degas extendió los brazos a ambos lados, señalando su estudio, donde se apreciaban los tutús, las zapatillas, el raso de colores y demás detalles de coleccionista propios de un verdadero amante del mundo de la danza—. Pese a que nunca nadie iba a llegar a saberlo, empleé toda la información que me dio respecto a lo que le había sucedido a su madre, Claudette, y con ella pinté este cuadro...

Marie no pudo reprimir un grito que trató de disimular cubriéndose la boca con las manos. Una pieza más acababa de encajar: Marie sabía muy poco de la madre de su madre... Eloise jamás les hablaba de ella porque nunca llegó a conocerla. «No sabéis la suerte que tenéis —les reprochaba a menudo—. Yo me hice cargo de vosotras...».

Edgar Degas se sentó junto a Marie y la tomó de la mano con delicadeza. Lo que iba a decirle sería doloroso:

—Así es, Marie. Está usted sospechando que me refiero a su madre y a su abuela, y así es. —La niña temblaba y parecía que le faltase el aire al hilo del relato del pintor, que no se detuvo—: Eloise se vio obligada a informarse sobre las circunstancias de su nacimiento a través de los demás, con lo que le contaron años después, mucho después de haber abandonado el convento en donde se crio.

—Mi madre nació en el convento de la Miséricorde, eso sí que lo sabía. También que mi abuela Claudette murió allí durante el parto, pero ¿quién la había ingresado?

—Fue gente de la Opéra, Marie, hombres que les hicieron mucho daño a otras bailarinas que pasaron por lo mismo que su abuela. —Hablarle de violaciones a una niña como Marie, de sólo doce años, era muy duro, aunque llegados a ese punto de la historia ya no le parecía una niña—. Eloise decidió tomarse la justicia por su mano y vengarse. Usé aquella información como motivo para este cuadro que tiene usted delante. Supongo que fue mi forma particular de ayudarla.

Ambos se volvieron hacia el lienzo que descansaba en el suelo. Estaba todo allí: la vergüenza de la niña, la culpa equivocada que la obligaba a ocultar el rostro y mirar en dirección opuesta al caballero, un hombre en la penumbra pero poderoso, autoritario sobre ella. Allí estaban los restos de un sacrificio, el de su virginidad, su inocencia... También allí se apreciaban las manchas de sangre y la blancura rota de las sábanas. Todo se empastaba para contar la misma historia.

Allí estaba el maletín de la niña que no tenía rostro porque estaba vuelta de espaldas al espectador, pero que Marie sabía que era su abuela Claudette. Estaba abierto sobre la mesa y con algunas prendas asomando bajo la luz. A su lado, un trozo de enagua que se había desgarrado, y más a la derecha estaban las tijeras, en el centro del cuadro, iluminadas por la luz de la lámpara, brillantes por el reflejo y desapercibidas a la vez. La pintura no revelaba su forma a la perfección, el color dorado y, sobre todo, las iniciales que llevaba grabadas en una de sus caras. Debían ser una «C» y una «G» porque aquellas, Marie estaba convencida, eran las tijeras de su madre.

Se levantó de la silla y se secó las manos sudorosas en la falda; luego se frotó los brazos, nerviosa. Lo que acababa de contarle Edgar Degas latía en su cabeza y no era capaz de reubicar la información, de calmarse. Lo miró con los ojos inyectados en sangre y las lágrimas comenzaron a brotar al tiempo que le gritaba:

—Pero, entonces... ¡¿Mi madre es una asesina?! ¡¿Y usted lo sabía?! ¡¿Lo ha sabido todo este tiempo y lo único que ha hecho es pintar un cuadro?!

—Marie, debe usted tratar de tranquilizarse. Todo esto sucedió hace años... —Intentó tomarla por los brazos, pero la niña se zafó rápidamente y con desprecio. No podía soportar siquiera el roce de su piel con la de aquel cómplice de un crimen—. ¡Por favor, Marie! No saque las cosas de quicio, ¡no sea injusta!

—¡Aléjese de mí! Y no se atreva a acercarse a mi familia, ¡no puedo creerlo! Todo es mentira, ¡todo es una sucia farsa!

Edgar Degas, cansado de los caprichos de aquella niña, la tomó por los hombros para sacudirla.

—Ayudé a su madre, la he ayudado a usted y también le he dado una oportunidad a su hermana, pero no puedo hacer más por ustedes. ¿Acaso piensa que puedo dedicarme a darles dinero a todas las ratitas de la Opéra? Hágame caso, Marie: el teatro no es un lugar seguro.

No podía soportarlo. Salió corriendo del estudio y bajó las escaleras trotando y sin volver la vista atrás. El artista también la había decepcionado. Marie seguía sin saber qué debía hacer, pero por fin le pareció tener claro de quién debía protegerse.

57

París, 1841

No era una niña cualquiera. Era una de las bailarinas, una niña como aquélla a la que había visto durante el terrible desenlace de la fiesta en casa de la modista, madame Leriche. Théophile maldecía cada segundo que había transcurrido en aquel ambiente enrarecido ya desde el comienzo. Se arrepentía de haber asistido, de haberse emborrachado y de haber buscado consuelo al rechazo de Carlotta en su anterior amante, Eugénie. Se arrepentía de todo eso, pero sobre todo no podía perdonarse haber descubierto el abuso y la crueldad, y no haber hecho nada por denunciarlo cuando tuvo la ocasión.

Ahora era demasiado tarde. Varias niñas habían sido expulsadas del teatro de la Opéra. Sólo Dios sabía qué destino les esperaba, pero ya no tendría nada que ver con su talento sobre los escenarios. Se habían deshecho por lo menos de una de ellas como quien tira a la basura un objeto que ya no necesita, uno que además han roto y que no están dispuestos a reparar.

Porque a esa niña de la fiesta ya no podía ayudarla, pero ¿y a las demás? ¿Acaso no era posible que se dieran más abusos como ese en el futuro?

Los habría, por supuesto.

Pero Théophile había optado por callar.

Abandonó el teatro sin saludar siquiera a Carlotta. Se avergonzaba de lo que había desencadenado su silencio por verla triunfar como *Giselle*. Dejaría que disfrutase, que saboreara el éxito y que creciera como artista. Un talento como el suyo no debía desperdiciarse.

Ni siquiera por defender a las más desfavorecidas.

Decidió buscar a Gérard. Su compañía lo ayudaría a sobrellevar aquella angustia que se le había agarrado al pecho. Se lo contaría todo y en él encontraría el apoyo de un alma comprensiva, un amigo incondicional.

Al llegar a su casa, un edificio en lo alto de Montmartre y rodeado de arboleda, encontró al poeta ataviado con el batín azul que usaba cuando se sentía inspirado para escribir, un atuendo que se completaba con una boina con borla y un amplio pañuelo de seda que había comprado en el viaje que habían hecho juntos a Bélgica unos años antes. La imagen lo reconfortó al instante: la delirante estampa de Gérard Nerval en un momento como aquél devolvía a Théophile al tiempo presente, le ayudaba a relativizarlo todo.

Asomó la cabeza por el vano de la puerta.

—Espero no interrumpir una oleada de inspiración. Amigo, ¿puedo pasar?

Gérard, en un cómico gesto desprovisto de naturalidad, se sacudió la borla que le caía delante de la cara y dio un manotazo al aire para acompañar su respuesta.

—Théo, ¡por supuesto que no interrumpes! Hoy he completado más de dos mil palabras de un trabajo en el que descargo mis reflexiones acerca de la luna, las estrellas, el trasero de aquella cantante flamenca tan hermosa y los nuevos hábitos al defecar de mi pequeña compañera de vivienda —dijo esto último señalando al crustáceo que descansaba sobre dos cojines del mismo color que su pañuelo, su querida langosta—. Últimamente son bolitas más pequeñas de lo habitual, más compactas y menos olorosas...

Théophile consideró que era el momento oportuno para interrumpir los desvaríos de su amigo.

—Sin duda, Gérard. Consistencia y olor, dos aspectos fascinantes que me encantará conocer tal vez otro día, si no tienes inconveniente... —Se revolvió el cabello y tomó asiento junto a la langosta—. ¿No tendrás un poco de esa especia que tú y yo sabemos?

Deseaba perder el control y dejarse llevar por el humo y el jugueteo sensual de esa danza que el rastro de la pipa dejaba ante sus ojos.

Transcurrieron un par de horas. Los nervios de Théophile por fin se sosegaron con la ayuda del opio y al hilo de las narraciones de su amigo Gérard. Tras comprobar que éste roncaba a pierna suelta sobre la alfombra, sin intención de incorporarse a despedirlo y con el brillo de la luna al otro lado de la ventana, sintió que había llegado la hora de retirarse.

Estaba muy borracho y había fumado tanto que no hubiera reconocido su propio rostro en un espejo, pero decidió que lo mejor sería subirse a una calesa y dar órdenes al conductor para que lo llevara hasta la rue Richer, hasta la vivienda de las Grisi.

Théophile estaba llamando a la puerta de su amada en menos de lo esperado. La noche de París había despejado las calles y el cochero avanzó sin impedimentos hasta el destino indicado.

La puerta se abrió y, antes de que la dulce e inocente criatura del otro lado tuviera la ocasión de pronunciar una palabra, Théophile se abalanzó sobre ella con los brazos abiertos como un galante pavo real que la cortejara, la colmó de besos y cerró la puerta tras de sí para dirigirse ambos al dormitorio.

Una vez dentro, ella, sorprendida y excitada, se dejó hacer entre los besos y los requiebros de su amigo. Supo que había acudido a verla en un arrebato de deseo que no había podido contener y no puso freno a la pasión.

58

París, 1866

La peau de tigre se publicó unas semanas después como una antología compuesta por diecisiete relatos y artículos, quince de ellos editados con anterioridad por el sello de Souverain y dos nuevos que se añadían gracias a la nueva revisión del editor Michel Lévy, viejo amigo de Théophile.

Uno de aquellos dos nuevos relatos fue el texto de *Le rat.*

Se trataba de un artículo descriptivo de las costumbres y rutinas diarias de las alumnas en l'Académie de la Opéra de París, las llamadas *petits rats*, pero nada más.

No hubo escándalo ni reacciones a gran escala, no se habló de él en ninguno de los periódicos y tampoco se escogió como blanco de las críticas en los folletines donde, sin embargo, sí se había reservado para cada uno al menos una columna referida al enlace matrimonial entre Judith Gautier y Catulle Mendès.

17 DE ABRIL DE 1866

En el ayuntamiento de Neuilly-sur-Seine, y con monsieur Gustave Flaubert, monsieur Villiers de L'Isle-Adam y monsieur Leconte de Lisle como testigos, se ha oficiado el matrimonio de la pareja formada por el escritor Catulle Mendès y la encantadora intelectual Judith Gautier. La novia iba vestida con una falda de raso blanco con cola, un ramillete de azahar en la cabeza y un velo de encaje ciertamente vistoso, aunque algo menos sofisticado que si el evento hubiera tenido lugar en la iglesia. La pareja se dio el sí quiero ante un reducido grupo de amigos cercanos y familiares, acusándose la ausencia del padre de la joven, monsieur Théophile Gautier, que hizo llegar sus excusas por encontrarse indispuesto para tal acontecimiento.

Ernesta y Estelle se mudaron a Villiers-sur-Marne, por lo que Théophile pudo recuperar el confort de su casa de Neuilly. La boda de su hija con Catulle seguía siendo motivo de enojo para el escritor, sin embargo, si esa tarde estaba enfurecido era por otra cuestión. Carlotta lo miraba desde el otro lado de la mesa.

—No puedo creerlo, esto es inadmisible… ¡Inconcebible! Jamás debí haber aceptado la oferta de Lévy. Ese viejo estafador… Mejor me hubiera ido con una publicación en *Le Moniteur Universel.* ¡Allí apenas retocaban mis textos!

Y es que el artículo, antes de llevarse a imprenta, había pasado por una censura que limó toda referencia comprometida a ninguno de los miembros de la Opéra.

En el resultado final no había nombres propios ni se incluyó la descripción detallada de aquella fiesta y de las actividades que allí se habían desarrollado. Ni una mención a Claudette, ni tampoco un solo detalle sobre su expulsión.

—Théo, si he accedido a pasar de nuevo unos días aquí no es para verte hecho un basilisco. ¿Es que no eres capaz de sacar nada positivo de todo esto?

La paciencia de Carlotta con la intensidad de su amigo comenzaba a fallar.

—Sí, *mon chère*, supongo que tienes razón y que nosotros hemos contribuido a que las wilis sepan que por fin se conoce su historia —anunciaba con un ejemplar del libro en las manos, obcecado. Después de todo, era su idea fantástica de reconocer en aquellos espíritus inventados por él mismo a las criminales responsables de la muerte de los tres hombres del teatro—. Es sumamente importante dejar claro para el lector esa vida de sacrificio en la rutina de las ratitas. En el fondo, lo único que desean es un poco de atención.

—¿Te has parado a pensar, querido, en que el libro lleva menos de una semana en circulación y los periódicos no han vuelto a anunciar ningún caso de asesinato desde entonces? ¿Es o no es una buena noticia?

Sin duda lo era, pero, para Théophile, que manipulasen el contenido de su trabajo era una ofensa a la altura de las grandes batallas y duelos caballerescos de la historia.

—Vayamos a dar un paseo. Hace una tarde preciosa y mañana he de tomar el tren de regreso a Ginebra. No quiero quedarme aquí encerrada y compartiendo tus lamentos sobre el mundo editorial. ¿Qué me dices?

La bailarina consiguió arrastrar a su amigo fuera de la casa. Tomaron la Dame Blanche —el servicio de transporte público colectivo— por la pura diversión de disfrutar de un baño de multitudes, más que por ahorrar el franco del trayecto en una calesa privada, y se bajaron cerca del pont Neuf. Carlotta consideraba que el ejercicio de caminar por el adoquinado relajaría la tensión de Théophile, obsesionado e insatisfecho con el artículo.

Caminaron por las Tuileries agarrados del brazo, ella saboreando los rayos de sol del verano que comenzaba y él empeñado en quejarse.

—¡Es que no comprendo por qué lo han hecho! Un texto así sólo tiene sentido si cumple con su función, y lo que han llevado a imprenta es una absurdo edulcorado sin ninguna fuerza expresiva. Debería ir a hablar con Lévy...

Entonces alguien gritó el nombre del autor unos pasos por detrás.

—Monsieur Gautier, ¡cuánto tiempo sin verlo! Tiene usted un aspecto magnífico.

La pareja se volvió y reconoció la figura desgarbada de Edgar Degas, que se había retirado el sombrero y se inclinaba en una reverencia, dispuesto a besar la mano de Carlotta.

—*Mon Dieu*! Qué inesperado reencuentro. No he reconocido su voz, monsieur Degas. —Miró a Carlotta para hacer la presentación—: Querida, éste es uno de los artistas más talentosos que he conocido nunca y todo un experto en el mundo de la danza, ¿no es así? Estoy seguro de que habrás oído hablar de...

Antes de que él pudiera decir nada, Edgar Degas se deshacía en gestos de alabanza hacia ella.

—... Madame Grisi, a sus pies. Es usted la personificación del ballet. La admiro tanto que yo...

Carlotta se sonrojó al ver que todavía, en aquella época, era capaz de causar esa reacción en sus admiradores.

—Por favor, no haga eso. —Degas estaba casi arrodillado y a sus pies—. Hace tiempo que me retiré de los escenarios, monsieur, pero gracias. Siempre es agradable que la recuerden a una por lo que fue.

Los tres se rieron ante la escena algo ridícula que había hecho que algunos de los transeúntes se pararan a mirarlos y murmurasen entre sí. Théophile ayudó al pintor a incorporarse y aprovechó para cambiar de tema.

—Dígame, ¿está usted trabajando en algo nuevo? ¿Algún cuadro de temática ecuestre para el Salon de la nueva temporada, o ha decidido volver a los clásicos históricos?

—Por supuesto, monsieur. Continúo con el proyecto de hace unos meses, el mismo del que le hablé el día que nos conocimos.

A pesar del tiempo transcurrido, Théophile recordaba a la perfección la belleza de la joven con quien Edgar Degas se había citado durante la tarde del *vernissage*. Guiñó un ojo al artista sin soltarse del brazo de Carlotta y se aproximó para comentarle con discreción:

—En ese caso, no dude en avisarme si expone usted. No tendré inconveniente en volver a ver a esa encantadora modelo con quien trabajaba. Ya sabe, la que era un poco impuntual...

59

París, 1877

Marie abandonó el estudio aturdida. No entendía cómo había podido vivir todos aquellos años ignorando que su madre había matado a tres hombres, ni tampoco imaginaba el sufrimiento por el que habría pasado para llegar hasta donde estaba, allí donde se encontraban las cuatro, como supervivientes de un naufragio que había sacado a flote Eloise en soledad.

Pero era una asesina y debía huir de ella.

Caminaba con pasos errantes. Al llegar a la plaza junto a la iglesia de las *lorettes*, no se dio cuenta de que Alphonse estaba ayudando a una lavandera a cargar con varios fardos de ropa limpia que ésta debía entregar a un cliente. Él sí que la vio y le hizo un gesto para llamar su atención, acompañado de un silbido.

Marie salió de su ensimismamiento y cruzó la calle para saludarlo.

—Hola, Alphonse. ¿Necesitas ayuda? Vas muy cargado —Con cuidado, tomó una de las bolsas y la mujer sonrió agradecida antes de desaparecer en el interior de una pensión de esa misma calle—. Perdona que no haya vuelto a aparecer por aquí…

—¡No te preocupes! Han entrado pedidos grandes de un hostal del barrio y hemos estado echándole una mano a mi madre. Imagino que estarás ocupada con los ensayos de *Gi-*

selle... —Le guiñó un ojo con complicidad. Sabía que su papel en el ballet era lo que más ilusionaba a su amiga.

Pero Marie no sonrió al oír aquello.

Comenzaba a cuestionarse su permanencia en l'Académie de Musique et Danse de la Opéra: lo que el pintor acababa de decirle la había animado a abandonarlo todo.

—Escucha, Alphonse. Si te dijera que... que me voy a marchar, ¿tú vendrías conmigo?

Alphonse soltó de golpe los paquetes y los dejó caer al suelo al oír a Marie.

—¿Marcharte? ¿Adónde? ¿Es que ha pasado algo en tu casa?

—No. —Marie dudó si contarle o no todo lo que acababa de descubrir—. Bueno, no lo sé todavía, pero, si me fuera a otro distrito, a vivir con Monique y a trabajar con ella en el Bon Marché, por ejemplo, ¿tú me acompañarías?

Aquello no tenía ningún sentido, y lo único que acababa de conseguir era que Alphonse se pusiera nervioso y llamara la atención de la lavandera, que le gritaba desde la puerta de la pensión para que regresara a la faena y se diera prisa.

—Marie, no sé de qué estás hablando. Yo te ayudaría siempre, ¡por supuesto!, pero no sé si puedo.

—Claro, tienes razón, yo... Bueno, ya te lo explicaré con calma. ¿Irás esta noche al teatro?

Alphonse asintió. Lo habían seleccionado para la *claque* nocturna en el teatro de la Comédie. Le dio un beso a su amiga y regresó junto a su compañera, lleno de dudas ante lo que acababa de suceder.

Marie tuvo la certeza de que jamás volverían a verse.

Debía regresar a su casa y llevarse a Louise-Joséphine de allí. Saldrían cuanto antes y buscarían a Monique. Confió en que su amiga tuviera la posibilidad de acogerlas a las dos por un tiempo.

Al llegar a su casa, la encontró vacía. El puchero hervía en la cocina, pero no había nadie. Debía darse prisa si no quería que su madre la encontrase allí cuando regresara al terminar con cualquiera que fuese el recado que la entretenía fuera.

Tomó una bolsa de tela de las que utilizaba para llevar las prendas de clase y trató de echar dentro todo lo que consideró que podría serle útil para una vida, para su nueva vida, cosas que se fue encontrando a su paso: una sábana, un peine, un pedazo de jabón del que su madre usaba para frotar la olla, las dos únicas camisas con las que se vestía a diario y el abrigo, porque el invierno, a diferencia de ella, sí que regresaría.

Vio algo que brillaba en el suelo, a los pies de la cama, y se agachó para recogerlo. Eran las tijeras que acababa de ver en el cuadro. Las echó a la bolsa y, justo cuando se disponía a salir a la calle para ir a buscar a su hermanita a l'Académie, llegó Eloise.

El corazón de Marie comenzó a palpitar con fuerza por el miedo a que le diera otra paliza.

—Vaya, ¿qué haces aquí? ¿Te han soltado antes de la clase? Escúchame, he hablado con tu maestro y...

Entonces recordó la prohibición de bailar en *Giselle.* ¿Habría sido capaz de pedir al maestro que la echara de la producción? Pese al dolor de una idea así, en el fondo, ¿qué importancia tenía eso ahora?

—Madre, escúcheme bien. Sea lo que sea que vaya a decirme, yo ya no voy a regresar a l'Académie ni tampoco a esta casa. Me voy a ir y Louise-Joséphine se vendrá conmigo.

Eloise dejó caer al suelo el paquete que llevaba en la mano.

—¿De qué estás hablando, niña estúpida? ¿Cómo que te vas? No puedes, no podéis marcharos. ¿Y de qué vivirás, eh? ¿Piensas que la vida es sencilla ahí fuera? ¿Piensas seguir los pasos de tu hermana?

Marie la empujó por los hombros y Eloise cayó sobre el jergón.

—¡Deje de mentirme! Lo sé todo. ¡Él me lo ha contado! ¡He visto el cuadro y sé que usted los mató!

Eloise, furiosa y sobreexcitada al oír aquello, se abalanzó sobre su hija y la agarró por el cuello.

—¡Cállate, desgraciada! ¿De qué cuadro estás hablando?

—Del cuadro que pintó Edgar Degas. ¡Hace semanas que yo también poso para él como hizo usted!

Los gritos de la niña llenaron la habitación, pero Eloise acababa de enmudecer. La sangre le bajó hasta los pies, el aire dejó de llenarle los pulmones y un dolor en el pecho como nunca antes lo había sentido la obligó a soltar a su hija y sentarse sobre el jergón. Sólo entonces se vio capaz de articular una explicación.

—Lo hice para protegeros... ¡Para protegerte a ti, que acababas de nacer y no hiciste más que complicarlo todo! No tienes ni idea de lo que he sufrido... ¡Estaríais muertas si no llega a ser por mí! —Eloise agarró de nuevo el cuello de Marie, que tosía, trataba de zafarse, pero el peso de su madre sobre ella la ahogaba. Comenzó a darle patadas y Eloise volvió a apartarse—. No podéis iros... ¡No me abandonarás!

La madre agarró la bolsa de Marie y su contenido cayó al suelo delante de ellas. Eloise tomó las tijeras y alzó el brazo amenazante para tratar de clavárselas, pero se detuvo. Marie lloraba y se cubría el rostro, como tantas otras veces, para evitar los golpes, las patadas y los bofetones que ella le había dado todos aquellos años.

Cuando estaba a punto de cometer un nuevo crimen, algo hizo que Eloise se detuviera antes de continuar: no podía matarla. Se agachó hasta tener el rostro de su hija muy cerca de ella y luego le habló entre sollozos:

—Marie, por favor, no te lleves a la pequeña, ¡no os marchéis! Yo sólo quería que estuvierais a salvo de ellos... ¿No lo entiendes? Mira a tu hermana Antoinette, mira lo que han hecho con ella.

Marie, encogida en el suelo, miraba con recelo a su madre, que había soltado las tijeras y ahora no dejaba de lamentarse y de gritar sumida en el llanto más desesperado.

Comprendió que no podía abandonar a la mujer que tenía delante, porque era una superviviente y porque le debía la vida. Poco a poco, se incorporó y se acercó a ella hasta tocarle el hombro. Al hacerlo, Eloise se estremeció y, por primera vez, tomó la mano de la niña y la besó. Luego continuó explicándose:

—Esa vieja Crosnier... Fue ella quien te puso en contacto con el pintor, ¿verdad? Os dije que no os acercarais. Ella siempre lo sabe todo... Conocía perfectamente a quienes forzaron a tu abuela... ¡Lo hacían con las bailarinas más pequeñas! Pero a vuestra abuela Claudette la dejaron embarazada y tuvieron que esconderla.

—No, madre, no fue madame Crosnier. Edgar Degas fue quien me propuso que posara para él, fue... fueron otras circunstancias. La portera no tuvo nada que ver.

Marie no quería confesarle a su madre que había intentado robar al pintor y que por eso había comenzado todo. En el fondo, las dos eran unas supervivientes.

60

París, 1841

El amanecer irrumpía embustero a través de las cortinas de la habitación. Théophile abrió un ojo para asegurarse de que aquélla no era su cama y de que aquél no era tampoco el dormitorio de su casa.

Giró sobre sí mismo al notar un peso a su lado que le hizo recordar inmediatamente la noche agitada y apasionada que había compartido con Carlotta: su sabor, el suave aroma a violetas que desprendía su piel, su respiración entrecortada por la excitación del momento...

—*Ma chère*, Carlotta... Anoche fue todo tan maravilloso que no quiero despertar. Ven aquí. Abrázame de nuevo.

Se acercó para acariciarle el pelo y notó que aún estaba dormida. Poco a poco, ella se fue desperezando y alargó un brazo para apartarse las sábanas de la cara, para volverse hacia él.

Y entonces Théophile lo comprendió todo.

Horrorizado, descubrió que quien se estaba despertando a su lado y le había devuelto el beso en cuanto él le había puesto una mano sobre su cabeza no era Carlotta, sino su hermana Ernesta.

Había sucedido algo inesperado, algo que escapaba a las previsiones de Théophile, un acto cuyas consecuencias no admitían medida. ¡Se había acostado con la hermana equivocada!

—Buenos días, *mon amour*...

Ernesta apretó el cuerpo contra el de Théophile, rozó las caderas con el vientre de él, como invitándolo a dejarse llevar una vez más por el juego que habían mantenido durante la noche, un juego cruel que desconcertaba a Théophile porque debía reconocer que lo había disfrutado, que se había entregado en cuerpo y alma a él.

—Esto... Ernesta, yo... —Trató de frenarla y se apartó ligeramente al sentir que ella se colocaba sobre él e iniciaba un curioso ritual consistente en besar cada hueco de su cuerpo—. Espera, espera.

Saltó de la cama y buscó su camisa con la excusa de tener que ir a asearse.

No, aquello no podía estar sucediéndole a él.

Cerró la puerta y caminó por el pasillo de puntillas, sin saber si tenía más miedo ante la posibilidad de ser descubierto por Carlotta o de regresar al lecho en donde una irreconocible Ernesta acaba de prender la llama de una pasión adulta fuera de control.

Se encerró en el cuarto de baño y, después de orinar, apartó la bacinilla y se sentó para encajar todo lo que estaba sucediendo, la locura de las circunstancias, el caos en donde él sólo parecía haberse metido y del cual ahora no se veía capaz de salir.

—¡Théo!

Ernesta se atrevía a llamarlo desde el dormitorio, como una amante ansiosa por disponer de su presencia cuanto antes.

La noche había sido como un baile borroso que los dos amantes habían ejecutado confusos y dispersos, pero con intensidad. Una danza similar a la de un objeto que flotara por el aire junto a otro, fugaz, impreciso... como el humo que sale de una pipa.

De camino al dormitorio, reconoció el batín de Carlotta, que asomaba por la puerta del salón, y se aproximó hasta la puerta. Ella lo observaba sonriente.

—Buenos días, Théo. —Continuó sorbiendo su taza de té y concentrada en su bordado…—. ¿Has pasado buena noche?

La vergüenza tomó el control de Théophile, que, por primera vez en su vida, se vio sin recursos y no supo qué responder ni cómo abordar una situación incómoda como aquella. Estaba confundido. Si todo había sido un error, ¿por qué Carlotta le sonreía y restaba importancia a sus actos?

—Supongo que te debo un disculpa…

Pero Carlotta se levantó de su asiento y caminó hacia él para acariciarle la mejilla con condescendencia.

—Por favor, Théo, no arruines este momento ni compliques las cosas con mi hermana. Piénsalo bien: ¿es que acaso te sientes mal por tu equivocación? No lo parece…

Carlotta había comprendido por fin no sólo los verdaderos sentimientos de Théophile y sus motivaciones, sino también el sentido de *Giselle*. Las dudas que la habían asaltado minutos antes del estreno regresaban a ella para aclararse: un amor que perduraba en el tiempo sólo era posible de dos formas: si trascendía la muerte, como en el caso de los protagonistas del libreto creado por su amigo, o si nunca llegaba a consumarse, como les estaba sucediendo a ellos dos.

Théophile agachó la cabeza. ¿Era posible que se sintiera bien respecto a lo que acababa de suceder? Todo había sido fruto de un malentendido, pero hacía tiempo que no despertaba con tanta tranquilidad. ¿No era el deseo inalcanzable algo que lo colmaba y lo llenaba de satisfacción desde siempre? Veía cumplida su mayor fantasía, la ilusión de enamorarse de una idealización. ¿Podía amar a Carlotta y no convertirse nunca en su amante? ¿Sería capaz de construir una vida junto a Ernesta y quererla de otra forma a ella también?

—Te conozco mejor de lo que crees conocerte, Théo. Hazme caso: déjalo estar. Así está todo bien.

Regresó al dormitorio, donde la promesa de una vida familiar comenzaba para él y para Ernesta.

Coda final

París, 1881

Monique estaba sentada con las piernas cruzadas; la punta del pie derecho se balanceaba con parsimonia. Se encontraba en una de las mesas ubicadas a la derecha de la barra. Su cuerpo se mecía hacia atrás y hacia delante, al ritmo sincopado de una melodía que existía sólo en su cabeza. No prestaba atención al jaleo que llegaba desde la sala contigua donde, como cada jueves, un grupo de poetas se habían reunido. Ella, de aspecto demacrado, no reparaba en las risas procedentes del grupo ni tampoco en los gritos que se iniciaron cuando uno de ellos, un hombre de cabello blanco y encrespado como un nido sobre su cabeza, se había lanzado en una atropellada carrera hasta la puerta.

—¡Al ladrón! ¡Me han robado, Augusta! Estoy seguro, ¡ha sido esa chiquilla! ¡Deténganla!

Catulle Mendès se había levantado de su asiento al comprobar que le faltaba la cartera y se había lanzado a correr tras la ladrona, que había huido. La dama que lo acompañaba, su segunda esposa, trataba de sosegarlo.

—Tranquilo, Catulle. Gritando no vas a conseguir nada. Deja que el servicio se ocupe...

Mientras tanto, Monique se dejaba llevar por la borrachera, indiferente.

Estaba sola. Sobre la mesa, y delante de ella, acababan de servir una tercera ronda de absenta. El tenedor que se mantenía apoyado en el borde de la copa sostenía un azucarillo. Cada cierto tiempo, Monique vertía un chorrito de agua de una jarra sobre el azúcar y éste se derretía para luego caer en la bebida. Gota a gota, se deshacía el jarabe dulce sobre el líquido viscoso. Ella bebía y volvía a hundirse, como si un peso infinito le impidiera levantarse de aquella silla, en aquella *brasserie* y ante aquella mesa.

Los gritos continuaron. Tras Catulle habían salido dos camareros. Uno de ellos había logrado cruzar la calle, pero no alcanzó a la adolescente que Mendès aseguraba que acababa de salir con su cartera.

—Lo lamento, monsieur —le dijo al regresar al restaurante—. A veces parece que lleven alas en los pies, y son tan escurridizas que ni las vemos entre el gentío... Ha desaparecido. —Trataba de recuperar el aliento después de la carrera infructuosa—. Avisamos siempre de que no pierdan de vista sus pertenencias. París está atestado de delincuentes.

—¿Es que acaso insinúa usted que ha sido culpa mía?

Enseguida la discusión dio paso a una retahíla de disculpas por parte del dueño del local, que ya había alertado a la policía que rondaba por la zona. La ladrona había huido. No era la primera vez, ni tampoco era nuevo el lugar.

Monique tenía dos hijos, uno de cinco meses y otro de dos años. Los había dejado solos en casa, dormidos. Antes de salir se había asegurado de que la combinación exacta de somníferos mezclados con la leche había hecho efecto. Cuando los dos niños habían acompasado su respiración bajo las sábanas, ella había cerrado la puerta y había bajado a la calle hasta la *brasserie* de Les Martyrs, que es donde se encontraba en el momento en que acababa de producirse el robo. Apuró el último trago de la copa y se levantó tambaleante. Una de las chicas al otro lado de la barra la llamó:

—¡Madame! ¿Necesita ayuda?

—Tranquila, *chérie*, estoy perfectamente. Apunta estas tres en mi cuenta, que mañana me entra un pedido y te podré pagar.

—Está bien, pero que no la vea el jefe. Dese prisa, ahora que está ocupado con este lío de la cartera...

Tan rápido como su mareo le permitió, Monique caminó hacia la salida sin prestar atención al tumulto, dobló la esquina y continuó hasta su casa.

Al entrar se escuchaban los llantos del menor de los niños y una voz todavía adolescente que entonaba una melodía para tratar de sosegarlo. Apoyándose en la pared, Monique llegó hasta la cocina y descubrió allí a su compañera, que todavía no se había quitado el abrigo. Sostenía al bebé en brazos y lo mecía con brusquedad, cantándole y paseándose de un lado a otro de la habitación.

Se acercó a saludarla y estiró los brazos para tomar al chiquillo.

—Sí que te has dado prisa, Marie. Anda, pásamelo, que le daré el pecho. Como sigas sacudiéndolo de esa forma, lo único que conseguirás es que grite aún más alto.

Marie acababa de cumplir dieciséis años y, aunque seguía siendo menuda, su cuerpo se había desarrollado: sus brazos eran fuertes y no eran capaces de mecer a un bebé con suavidad ni ternura. El niño cerraba los puños y chillaba con desesperación, por lo que Marie no insistió más y se lo pasó a su madre.

—Creo que llevaba un rato llorando, Monique. Lo oí desde la escalera. Si no nos aseguramos de que se quedan bien dormidos antes de irnos, un día nos van a echar de esta casa. ¡Menudo escándalo!

En cuanto el bebé encontró algo que succionar, se hizo el silencio. Marie se levantó la falda y hurgó entre las medias hasta dar con la cartera. La dejó sobre la mesa de la cocina e hizo un gesto de satisfacción alzando el pulgar que su amiga le correspondió con el niño en brazos.

—No he contado cuánto dinero hay, pero aquel cliente y su esposa estaban dando cuenta de una buena cena, así que imagino que no será poco.

Marie se retiró y dejó a su amiga con el bebé, que continuaba chupando con fruición, buscando a la vez el sueño y el alimento. En la otra habitación, el hermanito mayor de la criatura respiraba tranquilo. Con él, la droga había hecho su efecto.

Se desvistió con cuidado para no despertar al chiquillo y comenzó a masajear sus gemelos, que temblaban todavía tras la carrera desde la *brasserie.* Aunque habían pasado unos años, Marie seguía siendo ágil y podía esconderse en los rincones y despistar al más despierto de los policías. Sus pies ligeros se desplazaban a saltos de una acera a otra, pues de algo le habían servido las clases, las lecciones, los golpes recibidos con el bastón. La *petit rat* había encontrado una nueva forma de ganarse la vida, y era buena en ella.

Se había instalado la misma vitrina que el año anterior, una caja de cristal en mitad de la sala de un metro y medio de altura, aproximadamente. La quinta exposición de grupo, apodada en casa de los Monet-Hoschedé como «la exposición de Caillebotte», había despertado en 1880 curiosidades y todo tipo de rumores alrededor de esa caja transparente, que permaneció vacía durante los días que duró la famosa muestra de arte.

Edgar Degas no había llegado a tiempo y su pieza, la talla en cera que quería haber presentado, se tuvo que quedar en el taller sin terminar, esperando a su aparición un año más tarde, dentro de aquella vitrina de cristal.

—Deshonroso sería que los volvieras a mantener en vilo de esa forma, Edgar. ¡Todos esperan por ti! Sin duda va a ser tu año y la figura será tu gran éxito.

Achille Degas trataba de infundirle ánimos a su hermano pequeño, que acudía un año más a la exposición alternativa al

Salon que él mismo organizaba junto con otros de los más representativos artistas de París, como Berthe Morisot y Pissarro, pero desconfiaba de aquella escultura. Tenía miedo de la reacción de un público que, tal vez, no iba a estar preparado para comprenderla.

—Agradezco tus palabras, Achille. No sé si será mi mejor pieza, pero desde luego que es una de las más importantes, a la que le tengo más cariño, eso es seguro...

Y se acercó a la figura para ahuecarle la falda, para asegurar el remate de su lazo y cerrar luego el cubo de cristal sobre ella.

No fue hasta bien avanzada la muestra, días después, cuando por fin se expuso.

Más auténtica que mil bailarinas dispuestas en fila y esperando a ser seleccionadas en una audición, la *Pequeña bailarina de catorce años*, tal y como quisieron llamarla después, se mostró al mundo como la niña a quien Edgar Degas había conocido años atrás. Exactamente igual que ella, adoptaba su postura indolente dentro de la vitrina.

—Pero vamos a ver, ¿dónde está monsieur Degas? Necesito hablar inmediatamente con él y pedirle que retire de la sala esta cosa horrenda y de mal gusto. ¿Alguien sabe dónde puedo encontrarlo?

El indignado era uno de los más reputados críticos de arte, que, a sabiendas de que ese sería el año en que por fin se conocería el contenido de la caja, había acudido a primera hora y estaba encantado de considerar la pieza como un desastre, un amago fallido de plasmar la realidad desprovista de belleza que causaba, como consecuencia, auténtico asco en el espectador.

—No entiendo, ¿a qué se refiere? Es una niña, una *petit rat*, ya sabe usted... Menuda, seria. A mí no me parece tan fea. Quizá me moleste su expresión, no sé... Ese gesto distante la vuelve antipática. —Madame Cassatt, otra de las artistas amiga de Degas, se había acercado al crítico en cuanto había escuchado sus quejas y opinaba también—. ¿A quién estás juzgando tú, si puede saberse, ricura? ¡Ja, ja, ja, ja! Me temo que no me contestará, pero ¡es verdad que se ve muy realista! ¿No le parece a usted?

La urna se vio rodeada de observadores, todo el mundo quería ver de cerca a aquella niña esculpida que desafiaba a los curiosos con su postura, su cuello erguido y su seriedad. Todos opinaron: que si era fea, que si era demasiado pequeña, que si era muy grande para estar metida en una caja, que por qué no la habían dejado fuera para verla mejor, que por qué tenía una falda y un tocado en el cabello de tela auténtica, que cuáles habían sido los motivos que habían llevado a un artista consagrado del lienzo y del pastel como era Edgar Degas a dejarse llevar por innovaciones técnicas y probar suerte con la escultura en cera... ¡Ese material voluble! Tan poco agradecido, tan vasto.

Mientras tanto, el artista, como siempre recluido en su estudio y evitando los espacios demasiado iluminados y las compañías demasiado entrometidas, sentía que, pese a todo, había visto cumplido su deseo.

Aquellas críticas, sin duda, lo molestaron. ¿Quién podría permanecer indiferente ante ellas? Pero lo que nadie comprendió y no comprendería nunca fue que, pese al daño que causaban, él estaba seguro de que merecían la pena. Marie debía mostrarse a ojos de todos, y que fuese la protagonista compensaba cualquier otro sacrificio.

Quizá no fuera la mejor forma de expresión de su talento artístico, tal vez debiera seguir los consejos de la crítica y regresar al dibujo y la pintura. Tal vez. Edgar Degas continuó pensando en eso mientras encendía su gramófono y se sentaba a escuchar una de sus piezas favoritas, dejando que el estudio se llenara con aquella melodía sugerente que lo animaba a cerrar los ojos y a pensar en un bosque, en un lago, en la tenue luz de la luna y en una figura femenina que emerge de entre las sombras con el único propósito de cobrarse su venganza.

Nota de la autora

De haber existido, es muy probable que Guido Philidor hubiera conocido el artículo de *Le rat,* el famoso texto descriptivo de las niñas y adolescentes que bailaban en la Academia de Música de la rue Le Peletier, las alumnas antes de convertirse en bailarinas profesionales de la Opéra. De haber sido él un personaje real, quizá hubiera tenido la ocasión de leerlo en algún momento antes de morir a manos de la hija de una de ellas, durante el baile de carnaval celebrado en febrero de 1866.

En realidad, *Le rat* se publicó por primera vez el 27 de mayo de 1840, un año antes del estreno de *Giselle,* como parte del tercer volumen de los cinco que formaban el compendio firmado por varios autores y titulado *Les français peints par eux-mêmes.*

La peau de tigre, por su parte, se publicó por vez primera en 1852 y comprendía quince textos. En 1865, Gautier acordaba con Michel Lévy sacarla al el año siguiente. La obra reuniría un total de diecisiete artículos, uno de ellos el de «Le Rat».

Los motivos por los cuales se decidió sacar a la luz de nuevo ese texto nunca los conoceremos. Pertenecen al criterio de editor y autor, y con ellos se fueron a la tumba hace más de ciento cincuenta años.

Edgar Degas trabajó con cientos de *petit rats*, en su mayoría modelos procedentes de las apretadas aulas de la Academia

Nacional de Música, desde donde se formaba a las bailarinas y los bailarines del teatro de la Opéra, primero en la rue Le Peletier y, a partir de 1875, en la nueva sede, el edificio de la Opéra Garnier.

Conoció a muchas niñas que se beneficiaban de ciertos privilegios derivados del comercio con sus cuerpos y a otras que, en cambio, eran forzadas desde la propia Academia a mezclarse con los abonados del teatro. Ellas posaban para él y le contaban sus experiencias, los relatos de sus vidas. Casi todas procedían de familias pobres, con frecuencia hijas de madres solteras, trabajadoras del barrio de Notre-Dame de Lorette, entre Montmartre y los grandes bulevares, que no tenían más fuente de ingresos en sus casas que ridículos sueldos de las madres como lavanderas. Éstas las llevaban a tomar clases para la Academia en busca de unos pocos francos al mes para mantenerse.

Así fue como conoció a las hermanas Van Goethem.

La escultura *Pequeña bailarina de catorce años* se exhibió en París por primera vez en una exposición de grupo organizada, en parte por el propio Degas, el 2 de abril de 1881. Fue la primera escultura que mostró Degas en uno de esos salones y también la última, aunque trabajó toda su vida con diversas piezas de cera que reproducían los movimientos y equilibrios de las bailarinas que tanto lo fascinaban. Para entonces, Marie ya hacía años que había sido expulsada definitivamente de la Academia por sus frecuentes faltas de asistencia, y se la veía a menudo rondando cafés de mala fama en las inmediaciones de la rue Vivienne y la rue des Anglais, entre otros. Marie abandonó el ballet por entregarse al robo y la prostitución.

Tal vez el cuadro de Degas titulado *Intérieur* explique algo más de la vida de Marie y de las que fueron como ella en aquellos años. Pintado entre 1868 y 1869, y mostrado por primera vez en el Salón de 1905, expone a una niña a medio vestir y a un hombre que la observa en la penumbra desde el otro lado de la habitación. En el centro, e iluminada por la tenue luz de una lámpara, hay una mesa sobre la que descansa un maletín abierto y a su lado unas pequeñas tijeras. Era este objeto una herramienta indispensable de las prostitutas, pues ejercían su trabajo acompañadas siempre de un maletín como el del cuadro que contenía lo imprescindible para salir del paso ante un apuro. Podían así arreglar su aspecto si éste se descolocaba, su vestido y su peinado, pero también contaban con prendas de ropa interior con las que cambiarse después de algún encuentro con clientes, pastillas de jabón e incluso perfume.

La protagonista del cuadro es probablemente una niña a quien han obligado a mantener relaciones sexuales con el hombre que la observa con las manos en los bolsillos, apoyado en la puerta. Las prendas caídas en el suelo son las que le faltan de su indumentaria y, sobre la cama, lo que parece una enagua está manchada de sangre. Quizá fuese ésta su primera experiencia sexual y ese hombre la forzó. Las tijeras están abiertas, igual que el maletín, y, a su lado, un trozo de tela blanca e inmaculada aparece rasgado o está a punto de cortarse.

Las cosas hubieran podido suceder de otro modo, pero quizá la madre de Marie, Antoinette y Louise-Joséphine van Goethem hubiese podido llamarse Eloise.

Cuando Eloise se hubiera marchado del convento de la Misericordia en donde había nacido, lo primero que hubiera podido hacer hubiese sido seguir la pista de su madre y, para ello, buscar trabajo en la Opéra de la rue Le Peletier. No le habría costado mucho adivinar qué había sucedido, conocer por boca de las bailarinas y de algunos de los empleados las prácticas habituales llevadas a cabo por los hombres poderosos al mando de la institución. Le hubiera tomado varios años y habría tenido que fregar suelos, repasar miles de bordados de los trajes y ayudar durante horas en los preparativos de cada representación, pero no hubiera tenido prisa. Habría sabido que, en algún momento, llegaría la ocasión perfecta para cobrarse su venganza, sin importar cuándo.

Con poco más de veinte años y fruto de su matrimonio con un comerciante holandés, por quien habría renunciado a su trabajo en el teatro, Eloise habría tenido dos niñas, Antoinette y Marie. El comerciante hubiera podido abandonarlas tras dar a luz Eloise a la segunda de las criaturas, dejándola desesperada por salir adelante en una ciudad que se habría vuelto especialmente hostil tras las revoluciones y los alzamientos populares de los últimos años. Sin dinero y sin recursos, no habría encontrado otro camino para mantener a sus hijas que el de la prostitución.

Hubiera sido entonces cuando, movida por la necesidad, habría decidido llevar a cabo su anhelada venganza: el mismo año en que habría conocido al pintor Edgar Degas, a quien le habría confesado sus crímenes en la confianza que el artista le habría brindado en su estudio de la rue Victor Massé. Conmovido por su relato, él habría decidido convertirla en la protagonista de uno de sus cuadros el mismo año en que Théophile Gautier publicaba el ensayo *Le rat* para dar a conocer la vida de niñas como Claudette, las pequeñas alumnas de la Academia de la Opéra. Ese año, y sirviéndose de las tijeras de Carlotta Grisi heredadas de su madre, Eloise habría acabado con la vida de los tres hombres que habían arruinado la de su madre.

Pudo haber sucedido así, aunque todo esto no sea más que una historia de ficción.

Agradecimientos

Sin la paciencia y la amabilidad de Mr. Richard Holmes, es muy probable que esta novela fuera todavía un borrador: estoy en deuda con él por sus consejos a la hora de buscar sus fantasmas, los de Gautier y, me temo, también los míos, por las calles de París, donde me instalé durante dos meses gracias a la ayuda a la movilidad para escritores del Ministerio de Cultura y Deportes.

Gracias al Centre National de la Danse, que me brindó cada día dos mesas: una para comer rodeada de bailarines y otra para escribir en su Mediateca y Biblioteca.

A Séverine Forlani, que sacó del archivo infinito del Museo de la Opéra Garnier todas las fotografías y afiches que le pedí.

A Marién, que fue mi intérprete cuando lo necesité.

A mi madre, la primera persona que me habló de lo que era un libreto, y a mi padre, que se dejó arrastrar bajo la lluvia hasta Montmartre cuando hizo falta.

Muchas gracias a todos, pero, sobre todo, gracias a Fran, que está convencido de que París no se acaba nunca... y puede que tenga razón.